बाजार में रामधन

बाजार में रामधन

कैलाश बनवासी

वाणी प्रकाशन ग्रुप
भारतीय ज्ञानपीठ

वाणी प्रकाशन : भारतीय ज्ञानपीठ की पुस्तकों के एकमात्र प्रकाशक एवं वितरक

सजिल्द पहला संस्करण : 2004
सजिल्द दूसरा संस्करण : 2025

लोकोदय ग्रन्थमाला : ग्रन्थांक 734

4695, 21-ए, दरियागंज, नयी दिल्ली-110 002
फ़ोन : 011-23273167, 23275710
ईमेल : sales@vaniprakashan.in

बाजार में रामधन

(कहानी-संग्रह)

कैलाश बनवासी

ISBN : 978-93-6944-825-8

मूल्य : **450**

मुद्रक : *सिटी प्रेस, दिल्ली-110 095 में मुद्रित*

BAZAR MEIN RAMDHAN (Short Stories) *by* **Kailash Banvasi**

अँधेरा अपने चोर अड्डों समेत बेहद तरल हो चुका है अब
इस तरल अँधेरे के खिलाफ
अब आप पहले की तरह नहीं लड़ सकते
कोई सुविधाजनक और अनचाही ठण्डी लड़ाई
इतने तरल अँधेरे के खिलाफ
आपका सुविधामय अस्तित्व बेहद नाकाफी है।

—पाश

अनुक्रम

बाजार में रामधन

यह बालोद का बुधवारी बाजार है।

बालोद इस जिले की एक तहसील है। कुछ साल पहले तक यह सिर्फ एक छोटा-सा गाँव हुआ करता था—जहाँ किसान थे, उनके खेत थे, हल-बक्खर थे, उनके गाय-बैल थे, कुएँ और तालाब थे, उनके बरगद, नीम और पीपल थे। पर अब यह एक छोटा शहर है—शहर की सारी खूबियाँ लिये हुए। आसपास के गाँव-देहातों को शहर का सुख और स्वाद देने वाला। इसी बालोद के हफ्तावार भरने वाले बुधवारी बाजार की बात है। रामधन अपने एक जोड़ी बैल लेकर यहाँ बेचने पहुँचा था।

बाजार अभी भरना बस शुरू ही हुआ था। वैसे भी ढाई-तीन बजे धूप में खरीदारी करने कौन निकलता है ? इसके बावजूद यहाँ चारों तरफ रंगीनी और रौनक है। पता नहीं क्या बात है, रामधन जब भी यहाँ आता है, बाजार और शहर की रौनक को बढ़ा हुआ ही पाया है।

अपने बैलों को लेकर वह उधर बढ़ गया जहाँ गाय-बैलों का बाजार भरता है। बैलों का यह कोई कम बड़ा बाजार नहीं है। बैलों का पूरा हुजूम मौजूद है। दो-ढाई सौ से भला क्या कम होंगे!

रामधन के चेहरे-मोहरे, उसकी चीकट बण्डी और मटमैली धोती—जिसका मटमैला रंग किसी साबुन-पानी से नहीं धुलता-देखकर कोई भी सहज जान सकता है कि वह किस स्तर का आदमी है। रामधन के बारे में कुछ मोटी-मोटी जानकारी दे देना मैं उचित समझता हूँ। उमर होगी उसकी लगभग बत्तीस साल की। सम्पत्ति के नाम पर दो एकड़ खेत हैं, दो बैल और एक टूटता-फूटता पुरखौती कच्चा मकान। परिवार में बुढ़िया माँ है, पत्नी, दो बच्चे और एक छोटा भाई है—मुन्ना। रामधन चौथी कक्षा तक ही पढ़ा हुआ है लेकिन मुन्ना को बारहवीं पास किये हुए दो साल गुजर चुके हैं। रामधन ने अपने छोटे भाई को कॉलेज नहीं पढ़ाया। कुछ तो इसलिए कि उनके सरीखे लोगों के पढ़ने-लिखने से कुछ होता-हवाता नहीं। दूसरी बात और असल बात—वही घर की आर्थिक तंगी। वैसे यह शब्द मैं जानबूझकर प्रयोग नहीं

करना चाहता था, लेकिन मुझे लगता है, यह एक बेहद गम्भीर और संवेदनशील शब्द है। मुझे यह भी लगता है कि दुनिया भर के वक्ताओं ने घसीट-घसीटकर दूसरे तमाम बड़े और महान शब्दों की तरह इसे भी ठस्स और निर्जीव बना डाला है। इसे लिखते हुए मुझे इस बात का डर है कि समाचारों में रोज सुने जाने वाले शब्दों की तरह सस्ता और अर्थहीन न रह जाए।

खैर! तो रामधन और उसकी पत्नी मेहनत-मजूरी करके ही अपना पेट पाल सकते हैं और पाल रहे हैं। लेकिन मुन्ना क्या करे? वह तो यहाँ गाँव का पढ़ा-लिखा नौजवान है, जिसे स्कूली भाषा में कहें तो देश को आगे बढ़ानेवालों में से एक है। वह पिछले दो सालों से नौकरी करने के या खोजने के नाम पर इधर-उधर घूम रहा है। परन्तु अब वह इनसे भी ऊब चुका है और कोई छोटा-मोटा धन्धा करने का इच्छुक है। लेकिन धन्धा करने के लिए पैसा चाहिए। और पैसा?

''भइया, बैलों को बेच दो!''

मुन्ना ने यह बात किसी खलनायक वाले अन्दाज में नहीं कही थी। उसने जैसे बहुत सोच-समझकर कहा था। इसके बावजूद रामधन को गुस्सा आ गया, ''ये क्या कह रहा है तू?''

''ठीक ही तो कह रहा हूँ मैं! बेच दो इनको। मैं धन्धा करूँगा!''

रामधन को एक गहरा धक्का लगा था—अब यह भी मुँह उठाकर बोलना सीख गया है मुझसे। लेकिन इससे भी ज्यादा दुख इस बात का हुआ कि मुन्ना उसे बेचने को कह रहा है जो उनकी खेती का आधार है। रामधन ने बात गुस्से में टाल दी, ''अगर कुछ बनना है, कुछ करना है तो पहले उतना कमाओ! इसके लिए घर की चीज क्यों खराब करता है? पहले कमा, इसके बाद बात करना! हम तेरे लिए घर की चीज नहीं बेचेंगे। समझे?''

लेकिन बात वहीं खत्म नहीं हुई। झंझट था कि दिन-पर-दिन बढ़ता जा रहा था।

''आखिर ये दिनभर यहाँ बेकार में बँधे ही तो रहते हैं। खेती-किसानी के दिन छोड़कर और कब काम आते हैं? यहाँ खा-खाकर मुटा रहे हैं ये!'' मुन्ना अपने तर्क रखता।

''अच्छा, तो हमारा काम कैसे चलेगा?''

''अरे, यहाँ तो कितने ही ट्रेक्टर वाले हैं, उसे किराये से ले आएँगे। खेत जुतवाओ, मिंजवाओ और किराया देकर छुट्टी पाओ!''

''वाह! इसके लिए तो जैसे पइसा-कौड़ी नहीं लगेगा? दाऊ क्या हमारा ससुर है जो फोकट में ट्रेक्टर दे देगा?''

''लगेगा क्यों नहीं? क्या इनकी देखभाल में खरचा नहीं लगता?''

"लगता है, मगर तेरे ट्रेक्टर से कम! समझे? बात तो ट्रेक्टर की कर रहा है तू, मालूम भी है उसका किराया?"

"मालूम है इसीलिए तो कह रहा हूँ। यहाँ जब बैल बीमार पड़ते हैं तो कितना ही रुपया उनके इलाज-पानी में चला जाता है, तुम इसका हिसाब किये हो? साला पैसा अलग और झंझट अलग!"

"मगर किसी की बीमारी को कौन मानता है?"

"तभी तो मैं कहता हूँ, बेचो और सुभीता पाओ!"

बातचीत हर बार अपनी पिछली सीमा लाँघ रही थी। कहने को तो मुन्ना यहाँ तक कह गया था कि इन बैलों पर सिर्फ तुम्हारा ही नहीं, मेरा भी हक है।

इस बात ने लाजवाब कर दिया था रामधन को। और अवाक्! कभी नहीं सोचा था उसने कि मुन्ना उसके जैसे सीधे-सादे आदमी से हक की बात करेगा। मुन्ना को क्या लगता है, मैं उसका हिस्सा हड़पने के लिए तैयार बैठा हूँ? रामधन खूब रोया था इस बात पर...अकेले में।

बैल उसके पिता के खरीदे हुए हैं, यह बात सच है। जाने किस गाँव से भागकर इस गाँव में आ गये थे बैल, तब ये बछड़े ही थे और साथ में बँधे हुए थे। किसी ने पकड़कर काँजी हाउस के हवाले कर दिया था उन्हें। नियम के मुताबिक कुछ दिनों तक उनके मालिक का रास्ता देखा गया ताकि जुर्माना लेकर छोड़ सकें। लेकिन जब इन्तजार करते-करते ऊब गये और कोई उन्हें छुड़ाने नहीं पहुँचा तो सरपंच ने इनकी नीलामी करने का फैसला किया था। यह संयोग ही था कि रामधन के गँजेड़ी बाप के हाथ में कुछ रुपये थे। और सनकी तो वह था ही। जाने क्या जी में आया जो दोनों बछड़े वहाँ से खरीद लाया। तब से ये घर में बँध गये और रामधन की निगरानी में पलने लगे। खेत जोतना, बैलगाड़ी में फाँदना, उनसे काम लेना और उनके दाना-भूसा का खयाल रखना, उनको नहलाना-धुलाना और उनके बीमार पड़ने पर इलाज के लिए दौड़-भाग करना—सब रामधन का काम था। तबसे ये बैल रामधन से जुड़े हुए हैं। इनके जुड़ने के बाद रामधन इतना जरूर जान गया कि भले ही बेचारों के पास बोलने के लिए मुँह और भाषा नहीं है, लेकिन अपने मालिक के लिए भरपूर दया-मया रखते हैं। इनकी गहरी काली तरल आँखों को देखकर रामधन को यह भी लगता है, ये हमारे सुख-दुख को खूब अच्छी तरह समझते हैं—बिल्कुल अपने किसी सगे की तरह। तभी तो वह उन्हें इतना चाहता है। इतना लगाव रखता है।

इन्हें बेचने की बात उठी, तबसे ही उसे लग रहा है, जैसे उसकी सारी ताकत जाने लगी है।

रामधन मुन्ना को समझा नहीं पा रहा था। वह समझा भी नहीं सकता था। अब कैसे समझाता इस बात को कि बैल हमारे घर की इज्जत है...घर की शोभा है। और इससे बढ़कर हमारे पिता की धरोहर है। उस किसान का भी कोई मान है समाज में, जिसके घर एक जोड़ी बैल नहीं हैं! कैसे समझाता कि हमारे साथ रहते-रहते ये भी घर के सदस्य हो गये हैं। जो भी रूखा-सूखा, पेज-पसिया मिलता है, उसी में खुश रहते हैं। वह मुन्ना से कहना चाहता था, तुमको इनका बेकार बँधा रहना दिखता है मगर इनकी सेवा नहीं दिखती? इनकी दया-मया नहीं दिखती?

और सचमुच मुन्ना को कुछ दिखाई नहीं देता। उसके सिर पर तो जैसे भूत सवार है धन्धा करने का। रोज-रोज की झिक-झिक से उसकी पत्नी भी तंग आ चुकी है—रोज के झंझट से तो अच्छा है कि चुपचाप बेच दो। न रहेगा बाँस न बजेगी बाँसुरी!

मुन्ना कहने लगा है—अगर तुम नहीं बेच सकते तो मुझसे कहो। मैं बेच दूँगा उन्हें बढ़िया दाम में!

...बाजार की भीड़ अब बढ़ रही है। चारों तरफ शोरगुल और भीड़भाड़। यहाँ की रौनक देखकर रामधन को महादेव घाट के मेले की याद आ गयी। हर साल माघी पुन्नी के दिन भरने वाला मेला। वहाँ भी ऐसी ही भीड़ और रौनक होती है। पिछले साल ही तो गया था उसका परिवार। और पास-पड़ोस के लोग भी गये थे—जितने उसकी बैलगाड़ी में समा जाएँ। सब चलो! पूरी रात भर का सफर था। और जाड़े की रात। फिर भी मेले के नाम पर इतना उत्साह कि सब अपना कथरी-कम्बल सँभाले आ गये थे। रामधन को आज भी वह रात याद है—अँजोरी रात का उजाला इतना था कि हर चीज चाँदनी में नहा-नहा गयी थी—खेत, मेंड़, नहर, पेड़, तालाब...जैसे दिन की ही बात हो।

उनके हँसने-खिलखिलाने से जैसे बैलों को भी इसका पता चल गया था। रात भर पूरे उत्साह और आनन्द से दौड़ते रहे...खन्-खन् खन्-खन्...!

...गाय-बैलों का एक मेला-सा लग गया है यहाँ। हर किस्म के बैल। काले-सफेद, लाल, भूरे और चितकबरे और अलग-अलग काठी के बैल—नाटे, दुबले, मोटे...। ग्राहकों की आवाजाही और पूछताछ शुरू हो चुकी है। बैलों के बाजार में धोती-पटका वाले किसान हैं। सौदेबाजी चल रही है।

रामधन के बैलों को भुलऊ महाराज परख रहे हैं। आस-पास के गाँवों में उनकी पण्डिताई खूब जमी है। चाहे ब्याह करना हो, सत्यनारायण की कथा कराना हो, मरनी-हरनी पर गरुड़-पुराण बाँचना हो—सब भुलऊ महाराज ही करते हैं। कुछ साल पहले तक तो कुछ नहीं था इनके पास। अब पुरोहिती जम गयी तो सब कुछ हो गया। खेती-

बाड़ी भी जमा चुके हैं अच्छी-खासी।

महाराज बैलों के पुट्ठों को ठीक तरह से ठोंक-बजाकर देखने के बाद बोले, ''अच्छा रामधन, जरा इनको रेंगाकर दिखाओ। चाल देख लूँ।''

रामधन ने बीड़ी का धुआँ उगलकर कहा, ''अरे, देख लो महाराज...तुमको जैसे देखना है, देख लो! हम कोई परदेसी हैं जो तुम्हारे संग धोखाधड़ी करेंगे।''

रामधन ने बैलों को कोंचकर हकाला, ''हो...रे...रे...च्चल!'' दोनों बैल आठ-दस डग चले फिर वापस अपनी जगह पर।

भुलऊ महाराज बगुला भगत बने बड़े मनोयोग से बैलों का चलना देख रहे थे—कहीं कोई खोट तो नहीं है! कहने लगे, ''देखो भइया, मैं तो कुछ भी चीज लेता हूँ, तो जाँच-परखकर लेता हूँ।''

''देखो न महाराज, रोकता कौन है? न मैं कहीं भाग रहा हूँ न मेरे बैल। अच्छे-से देख लो। धोखाधड़ी की कोई बात नहीं है। फिर बाम्हन को दगा देकर हमको नरक में जाना है क्या?''

भुलऊ महाराज के चेहरे से लगा, रामधन के उत्तर से सन्तुष्ट हुए। बोले, ''अच्छा, अब जरा इनका मुँह खोलकर दिखाओ। मैं इनके दाँत गिनूँगा।''

''अभी लो। ये कौन बड़ी बात है।'' रामधन ने बीड़ी फेंककर अपने बैलों के मुँह खोल दिये। भुलऊ महाराज अपनी धोती-कुरता सँभालते हुए नजदीक आये और बैलों के दाँत गिनने लगे।

दाँत गिनते हुए महाराज ने पूछा, ''तुम्हारे बैल कोढ़िया तो नहीं हैं?''

''तुम भी अच्छी बात करते हो महाराज! विश्वास नहीं है तो गाँव में पुछवा लो पाँच-परगट। सब पंच गवाही देंगे!''

''ठीक है भई, ठीक है। मान लिया। अब तुम कहते हो तो मान लेते हैं।'' महाराज व्यर्थ ही हँसे, फिर अपने बन्द छाते की नोक को कसकर जमीन में धाँसा—मानो अब सौदे की बात हो जाए। महाराज ने अपने को थोड़ा खाँस-खँखारकर व्यवस्थित किया, फिर पूछा, ''तो बताना भाई, कितने में दोगे?''

रामधन विनम्र हो गया, ''मैं तो पहले ही बता चुका हूँ मालिक...।''

नाराजगी से भुलऊ महाराज का चन्दन और रोली का तिलक लगा माथा सिकुड़ गया, ''फिर वही बात! वाजिब दाम लगाओ, रामधन।''

''बिल्कुल वाजिब लगा रहा हूँ महाराज। भला आपसे क्या फायदा लेना।'' रामधन ने उसी नम्रता से कहा।

जाफरानी जर्दा वाले पान का स्वाद महाराज के मुँह में बिगड़ गया। पीक थूककर खीजकर बोले, ''क्या यार रामधन! जान-पहचान के आदमी से तो कुछ कम करो। आखिर एक गाँव-घर के होने का कोई मतलब है कि नहीं? आँय!''

रामधन का जी हुआ कह दे, 'तुम तो लगन पढ़ने के बाद एक पाई कम नहीं करते। आधा-अधूरा बिहाव छोड़कर जाने की धमकी देते हो अगर दक्षिणा तनिक भी कम हो जाए। गाँव-घर जब तुम नहीं देखते तो भला मैं क्यों देखूँ?' लेकिन लगा इससे बात बिगड़ जाएगी। उसने सिर्फ इतना ही कहा, "नहीं पड़ेगा महाराज, मेरी बात मानो। अगर पड़ता तो मैं दे नहीं देता।"

भुलऊ महाराज अब बुरी तरह बमक गये और गुस्से से उनके पतले लम्बूतरे चेहरे की नरम झुर्रियाँ लहरा उठीं, "तो साले, एक तुम्हीं हो जैसे दुनिया में बैल बेचने वाले? बाकी ये सब तो मुँह देखने वाले हैं। इतना गुमान ठीक नहीं है, रामधन!"

महाराज की तेज आवाज से आस-पास के लोगों का ध्यान इधर ही खिंच गया। रामधन ने इस समय गजब की शान्ति से काम लिया, "मैं कब कह रहा हूँ महाराज। तुमको नहीं पोसाता तो झन खरीदो, दूसरा देख लो। यहाँ तो कमी नहीं है जानवरों की।" इतना तो रामधन भी जानता था कि ग्राहक भले ही गुस्सा हो जाए, बेचने वाले को शान्त रहना चाहिए।

महाराज गुस्से से थरथराते खड़े रहे। कुछ लोग आस-पास घेरा बनाकर जमा हो गये, गोया कोई तमाशा हो रहा हो।

इधर-उधर घूमकर सहदेव फिर वापस आकर खड़ा हो गया था और सारा माजरा देखता रहा था चुपचाप। बोला, "देखो रामधन, तुमको पोसा रहा है तो बोलो, मैं अभी खड़े-खड़े खरीद लेता हूँ।"

रामधन जानता है सहदेव को। यह गाँव-गाँव के बाजार-बाजार घूमकर गाय-बैलों की खरीदारी में दलाली करता है। खरीदार के लिए विक्रेता को पटाता है और विक्रेता के लिए ग्राहक। ये बैल के पारखी होते हैं। सहदेव कुथरेल गाँव के भुनेश्वर दाऊ के लिए दलाली कर रहा है।

रामधन अपने बैलों की तरफ पुआल बढ़ाता हुआ बोला, "नहीं भाई, इतने कम में नहीं पोसाता सहदेव।"

रामधन का वही सधा हुआ और ठहरा हुआ टका-सा जवाब सुनकर जैसे महाराज की देह में आग लग गयी—"देख...देख...इसको! कैसा जवाब देता है? मैं कहता हूँ, अरे, कैसे नहीं पोसाएगा यार? सब पोसाएगा! देख सब जगे सौदा पट रहा है...।" झल्लाहट में महाराज के कत्था से बुरी तरह रचे काले-भूरे दाँत झलक गये।

"मैं तो कह रहा हूँ महाराज। हाथ जोड़कर कह रहा हूँ।" रामधन ने सचमुच हाथ जोड़ लिये। "आप वहीं खरीद लो!"

अब सहदेव भी बिदक गया, हालाँकि वह शान्त स्वभाव का आदमी है। बोला, "ले रे स्साले! ज्यादा नखरा झन मार! तेरे बैल बढ़िया दाम में बिक जाएँगे। देख, तेरे बैल खरीदने भुनेसर दाऊ खुद आये हैं।"

रामधन ने कुथरेल के भुनेश्वर दाऊ को देखा, जो सामने खड़े थे, सौदेबाजी देखते। अधेड़ दाऊ की आँखों में धूप का रंगीन चश्मा है, सुनहरी फ्रेम का। वे बड़े इत्मीनान और बेहद सलीके से पान चबाते खड़े हैं। भुलऊ महाराज की तरह गँवारूपन के साथ नहीं, जिनके होठों से पान की पीक लगातार लार की तरह चू रही है।

रामधन को बहुत असहज लग रहा था... इस भीड़ के केद्र में वही है। और ऐसा बहुत कम हुआ है। सब पीछे पड़े हैं। एक क्षण को गर्व भी हुआ उसे अपने बैलों पर। उसने बैलों को पुचकार दिया और बैलों की गले की घण्टियाँ टुनटुना उठीं।

अब दाऊ ने अपना मुँह खोला, "देखो भाई, मुझको तो हल-बैल का कुछ नहीं मालूम। मैं तो नौकरों के भरोसे खेती करने वाला आदमी हूँ। बस, हमको बैल बढ़िया चाहिए—खूब कमाने वाला। कोढ़िया नहीं होना चाहिए बैल...।"

रामधन ने अपने बैलों को दुलारा, "शक-सुबो की कोई बात नहीं है दाऊ। मैं अपने मुँह से इनके बारे में क्या कहूँ, गाँव के किसी भी आदमी से पूछ लो, वो बता देगा आपको। आप चाहो तो इनको दिनभर दौड़ा लो, पानी छोड़कर कुछ और नहीं चाहिए इनको।"

वहाँ खड़े-खड़े भुलऊ महाराज का धैर्य और संयम अब चुकने लगा था। बोले, "तीन हजार दो सौ दे रहा हूँ! नगद! और कितना दूँगा?...साले दो-टके के बैल!...आदमी और कितना देगा?"

रामधन अटल है, "नहीं पड़ेगा महाराज! चार हजार माने चार हजार!"

अब महाराज के चेहरे पर गुस्सा, क्षोभ, तिलमिलाहट और पराजय का भाव देखने लायक था। लगता था भीतर ही भीतर क्रोध से दहक रहे हों और उनका बस चले तो रामधन को भस्म करके रख दें।

अब सहदेव ने कहा, "देखो भाई, तुमको तुम्हारी आमदनी मिल जाए, तुमको और क्या चाहिए फिर?"

"अरे आमदनी की ऐसी की तैसी! मेरा तो मुद्दस नहीं निकलता मेरे बाप।" रामधन भी चिल्ला उठा।

भुलऊ महाराज को इस बीच जैसे फिर मौका मिल गया। अपना क्रोध निगलकर बोले, "ले यार, मैं नगद दे रहा हूँ तीन हजार तीन सौ! एक सौ और ले लो। ले चल। तुम्हीं खुश रहो। चल अब किस्सा खतम कर...।" भुलऊ महाराज अपनी रौ में रस्सी पकड़कर बैलों को खींचने लगे, जबरदस्ती...।

महाराज की इस हरकत पर जमा लोग हँस पड़े। सहदेव तो ठठाकर हँस पड़ा, "महाराज, ये दान-पुन्न का काम नहीं है। मैं इनके भाव जानता हूँ। जितना तुम कह रहे हो उतने में तो कभी नहीं देगा! अरे घण्टा भर पहले मैं साढ़े तीन हजार बोला था। एक घण्टा तक इसके कुला में लेवना (मक्खन) लगाया। मुझको नहीं दिया तो

तुमको कैसे दे देगा तीन हजार तीन सौ में?''

जमा लोग फिर हँस पड़े। भुलऊ महाराज अपमानित महसूस करके क्षण भर घूरते रहे। फिर गुस्से से अपना गड़ा हुआ छाता उठाया और चलते बने।

महाराज के खिसकते ही भीड़ के कुछ लोगों को लगा, अब मजा नहीं आएगा। सो कुछ सरकने को हुए। लेकिन अधिकांश अभी-भी डटे हुए थे, किसी नये ग्राहक और तमाशे की उम्मीद में, उन तगड़े सफेद और भूरे बैलों को मुग्ध होकर निहारते हुए।

तभी भीड़ को चीरता हुआ चइता प्रकट हो गया। चइता इधर का जाना-माना दलाल है। विकट जिद्दी और सनकहा। अपने इस जिद्दी स्वभाव के भरोसे ही वह जीतता आया है। ऐसे सौदे कराने की कला में वह माहिर माना जाता है। सौदेबाजी में सफलता के लिए वह साम-दाम-दण्ड-भेद, हर विधि अपना सकता है। पैर पड़ने से लेकर गाली बकने तक की क्रिया वह उसी सहज भाव से निपटाता है।

उसके आते ही ठर्रे का तीखा भभका आस-पास भर गया। वह सिर में लाल गमछा बाँधे हुए था। अधेड़, काला किन्तु गठीले शरीर का मालिक चइता।

आते ही दाऊ को देखकर कहेगा, ''राम-राम दाऊ, का बात है?'' वह अपनी आदत के मुताबिक जल्दी-जल्दी बात कहता है।

दाऊ ने अपनी शिकायत चइता के सामने रखी, ''अरे देख ना चइता, साढ़े तीन हजार दे रहा हूँ, तब भी नहीं मान रहा है।''

''तुम हटो तो सहदेव, मैं देखता हूँ।''—सहदेव को एक किनारे करता हुआ चइता आगे बढ़ गया। उसने बैलों को देखा और उनके माथे को छूकर प्रणाम किया। और बोला, ''ठीक है दाऊ। मैं पटा देता हूँ सौदा। अब चिन्ता की कोई बात नहीं है, मैं आ गया हूँ।''

रामधन ने कहना चाहा कि इतने में नहीं पोसाएगा। लेकिन चइता इससे बेखबर था। उसे जैसे रामधन के हाँ अथवा ना की कोई परवाह ही नहीं थी। वह अपनी रौ में इस समय सिर्फ दाऊ से मुखातिब था, ''दाऊ...तुम दस रुपया दो...बयाना...मैं सब बना लूँगा, तुम देखते भर रहो।''

दाऊ ने दूसरे ही पल अपने पर्स से सौ का एक नोट निकाल लिया, ''अरे दस क्या लेते हो, सौ रखो।''

रुपये लेकर चइता अब रामधन की तरफ बढ़ा। उसे जबरदस्ती रुपया पकड़ाने लगा, ''अच्छा भाई, चल जा। बैलों के पैर छू ले। ये बयाना रख और सौदा मंजूर कर...।''

''कितने में?''—रामधन ने गहरे संशय से पूछा।

''साढ़े तीन हजार में।''

''ऊँ हूँ...नहीं जमेगा।''—रामधन ने स्पष्ट कहा।

अब चइता अपने वास्तविक फार्म में उतर आया, जिद करने लगा, "अरे, रख मेरे भाई और मान जा।"

रामधन ने विनम्र होने की कोशिश की, "नहीं भाई, नहीं पोसाता। देख, मेरी बात मान और जिद छोड़...मैं तुम्हारे पैर पड़ता हूँ।"

लेकिन चइता भभक गया, "अरे ले ले साले! कितने ही देखे हैं तेरे जैसे! चल रख और बात खतम कर!"

"नहीं नहीं। चार हजार से एक पाई कम नहीं।" रामधन अपनी बात पर अटल था।

रामधन को परेशानी में फँसा देखकर सहदेव बचाव के लिए आया और चइता को समझाने लगा, "चइता, जब उसको नहीं पोसाता तो कैसे दे देगा। कुछ समझा कर!"

"देगा! ये देगा और तेरे सामने देगा! तुम देखते तो रहो।" चइता ने जमी हुई नजरों से सहदेव को देखा। वह फिर अपनी जिद पर उतर आया, "ले रख यार और मान जा! जा बैलों के पैर छू ले।" कोई प्रतिक्रिया रामधन के चेहरे पर नहीं देखकर वह फिर शुरू हो गया, "अच्छा, चल ठीक है! तुम मुझको एक पैसा भी दलाली मत देना। ये लो! तेरे बैलों की कसम! बस्स! एक पैसा मत देना मेरे को! और जो कोई तेरे से पैसा माँगेगा उसकी महतारी के संग सोना! मंजूर? चल...।"

अब रामधन को भी गुस्सा आ गया, "मैं तुम्हारे को कितने बार समझाऊँगा, स्साले! तुमको समझ नहीं आता क्या? नहीं माने नहीं। तू जा यार यहाँ से...जा...!"

लेकिन चइता भी पूरा बेशरम आदमी ठहरा। वह इतनी जल्दी हार मानने वाला नहीं था, "अच्छा, आखिर मुझको सौ-दो सौ रुपया देगा कि नहीं? आँय? मत देना मेरे को! मैं समझूँगा जुए में हार गया या दारू में फूँक दिया। अरे, मैं पिया हुआ हूँ इसका ये मतलब थोड़ी है कि गलत-सलत भाव करने लगूँगा। मेरी बात मान, इससे बढ़िया रेट तेरे को और कोई नहीं देगा, माँ कसम! धरती दाई की कसम! कोई नहीं देगा!" उसने जमीन की मुट्ठी भर धूल उठाकर माथे पर लगा ली।

लेकिन चइता के इतने हथियार आजमाने के बावजूद वह बेसर रहा। अपनी जिद पर कायम रहा—चार हजार बस्स...।

अब चइता ने हार मान ली। वह गुस्से में फुँफकारता और रामधन को अण्ड-बण्ड बकता हुआ चला गया। और भीड़ में खो गया।

चइता के जाते ही भीड़ छँटने लगी। अब वहाँ किसी दूसरे तमाशे की उम्मीद नहीं रही, क्योंकि शाम धीरे-धीरे उतर रही थी। इस समय पश्चिम का सारा आकाश लालिमा से भर उठा था और सूरज दूर पेड़ों के झुरमुट के पीछे छुपने की तैयारी में था।

बाजार की चहल-पहल धीरे-धीरे कम हो रही थी।

रामधन ने अपनी बण्डी की जेब से बीड़ी निकालकर सुलगा ली। वह आराम से गहरे-गहरे कश लेने लगा। तभी सहदेव उसके पास आ गया। उसकी बीड़ी से

अपनी बीड़ी सुलगायी। फिर धीरे-धीरे कहने लगा, "ठीक किये रामधन। बिल्कुल ठीक किये। इन साले दाऊ लोगों को गाय-बैल की क्या कदर? साला दाऊ रहे चाहे कुछु रहे—अपने घर में होगा। हम आखिर बैल बेचने आये हैं, किसी बाम्हन को बछिया दान करने नहीं आये हैं। ठीक किया तुमने।"

सुनकर अच्छा लगा रामधन को। उसने सहदेव से विदा माँगी, "अब जाता हूँ भइया, दूर का सफर है। गाँव पहुँचते तक रात-साँझ हो जाएगी। चलता हूँ।" और अपने बैलों को लेकर चल पड़ा।

यह लगातार तीसरा मौका है जब रामधन हाट से अपने बैलों के साथ वापस लौट रहा है—उन्हें बिना बेचे। रामधन जानता है, गाँव वाले उसके इस उजबकपने पर फिर हँसेंगे। घर में पत्नी अलग चिड़चिड़ाएगी और मुन्ना फिर गुस्साएगा।

गाँव के लोगों को जब से इसका पता चला है, वे अक्सर उससे पूछ लेते हैं, "कैसे जी रामधन, तुम तो कल बैल लेकर हाट गये थे, क्या हुआ? बैल बिके के नहीं?"

वे रामधन पर हँसते हैं, "अच्छा आदमी हो भाई तुम भी। इतने बड़े बाजार में तुमको एक भी मन का ग्राहक नहीं मिला!" कुछेक अनुमान लगाते हैं, शायद रामधन को बाजार की चाल-ढाल नहीं मालूम। उसे मोल-भाव करना नहीं आता। उसे अपना माल बेचना नहीं आता। या फिर साफ बात है रामधन को अपने बैल बेचने नहीं हैं।

प्रिय पाठको, अब आप यह दृश्य देखिए। और सुनिए भी!

रामधन अपने बैलों की रस्सी थामे, बीड़ी पीते हुए चुपचाप लौट रहा है। पैदल। साँझ खूब गहरा चुकी है और अँधेरा चारों ओर घिर आया है। वह किसी गाँव के धूल अटे कच्चे रास्ते से गुजर रहा है। जब आप ध्यान से देखेंगे तो पाएँगे, वे दो बैल और रामधन नहीं, बल्कि आपस के तीन गहरे साथी जा रहे हैं। हाँ, तीन गहरे साथी। बैलों के गले की घण्टियाँ आस-पास की खामोशी को तोड़ती हुई, उनके चलने की लय में आराम से बज रही हैं—टुन-टुन-टुन-टुन...। क्या आप सिर्फ यही सुन रहे हैं? तो फिर गलत सुन रहे हैं। आप ध्यान से सुनिए, वे आपस में बातें कर रहे हैं...। जी नहीं, मैं कोई कविता या किस्सा नहीं गढ़ रहा हूँ। आपको विश्वास नहीं हो रहा होगा। लेकिन आप मानिए, इस समय सचमुच यही हो रहा है। यह तो समय-समय की बात है कि आपको यह कोई चमत्कार मालूम हो रहा है।

उसके बैल पूछ रहे हैं, "मान लो अगर दाऊ या महाराज तुम्हें चार हजार दे रहे होते तो तुम क्या हमें बेच दिये होते?"

रामधन ने जवाब दिया, ''शायद नहीं। फिर भी नहीं बेचता उनके हाथ तुमको।''

''बेचना तो पड़ेगा एक दिन!'' बैल कह रहे हैं, ''आखिर तुम हमें कब तक बचाओगे, रामधन? कब तक?''

जवाब में रामधन मुस्करा दिया—एक बहुत फीकी और उदास मुस्कान... अनिश्चितता से भरी हुई। रामधन अपने बैलों से कह रहा है, ''देखो...हो सकता है अगली हाट में मुन्ना तुम्हें लेकर आये।''

बीड़ी का यह आखिरी कश था और वह बुझने लगी थी।

प्रतीक्षा में

लोक निर्माण विभाग के उस कार्यालय में उनकी टेबल पर तमाम सरकारी कागजों, फाइलों और रजिस्टरों के बीच उनके नाम की तख्ती रखी है—बी.एल. मण्डावी, उच्च श्रेणी लिपिक। लकड़ी के काले गुटके में सफेद हरफों में लिखा हुआ। यह उनके जीवन की एक बड़ी घटना थी। वे 'बाबू' से प्रमोशन पाकर 'बड़े बाबू' हो गये थे। इस प्रमोशन के लिए उन्हें दस साल लम्बा इन्तजार करना पड़ा। जिन दिनों उनका प्रमोशन हुआ था—काली तख्ती के सफेद अक्षर खूब चमकते थे। वे इसे ऐन सामने रखते थे, खूब झाड़-पोंछकर और चमकाकर। उसे चमकता देखकर वे अपने होने के भरे-पूरे स्वस्थ अहसास से भर उठते थे। वे उस तख्ती को यों निहारते थे मानो इस नाम का मालिक कोई और शख्स है, जो खूब रुतबे वाला है...।

लेकिन बाद के समय में यह आकर्षण और आत्ममोह उन अक्षरों की मानिन्द पीला पड़ता गया। काम की व्यस्तता इतनी होने लगी कि तख्ती का ध्यान ही नहीं रहता, कहाँ है, कैसी है। बल्कि अब वे लकड़ी के उस वजनदार गुटके का पेपरवेट के रूप में इस्तेमाल करने लगे हैं। अब इसका वैसा ध्यान नहीं रहता।

पिछले महीने ही तो, चपरासी गंगाराम ने उनकी तख्ती को कचरे के डिब्बे में पाया और शाबाशी पाने की गरज से दाँत निपोरते हुए बोला, "ये देखो, हमने बड़े बाबू को कचरा से बाहर निकाला है—हें-हें-हें...।"

बगल में बैठे शुक्ला बाबू ने उसे तीखे ढंग से डपट दिया था, "अबे तेरा किसी बात का भरोसा है? तू तो साले एक कप चाय के लिए हम सबको कचरे में फेंक देगा।"

सामने की टेबल वाले वर्मा जी ने कहा, "साहब की संगत में बिगड़ गया है ससुरा! बात-बात में चा-पानी की आदत हो गयी है।"

गंगाराम वैसे ही बेशरमी से हँसता रहा—हें-हें-हें...।

बी.एल. मण्डावी का पूरा नाम है—भरत लाल मण्डावी।

बी.एल. मण्डावी यानी भरत लाल मण्डावी अभी बयालीसवाँ वसन्त पार कर रहे हैं, लेकिन देखने में पचास के लगते हैं। कुछ तो उनके चेहरे-मोहरे की बनावट ऐसी है कि बड़े लगें, फिर इधर सिर के बाल जाने कैसे अचानक तेजी से झड़ने लगे हैं। झड़ने ही नहीं सफेद भी होने लगे हैं। बी.एल. मण्डावी ने अब हालात से समझौता कर मान लिया है कि बुढ़ापे ने उनकी काया पर आक्रमण कर दिया है कि अब वे उमर के चौथेपन में प्रवेश कर गये हैं। कि अब संसार त्यागने का समय निकट आ रहा है...।

इसके अलावा चौदह साल की बाबूगिरी ने उनकी पूरी काया पर मानो अपनी मुहर लगा दी है। यानी उनके व्यक्तित्व का इतना सरकारीकरण हो चुका है कि आप उनसे मिलते हुए एक गजब शासकीय सभ्यता और शासकीय बोध से भर जाएँगे। अर्थात् वह सीधे हैं और सीधे रहने की अनिवार्य शर्त-डरपोक होने का भी पालन करते चले आ रहे हैं। मण्डावी जी संवेदनशील भी हैं। इतने संवेदनशील हैं कि इलेक्शन में वे हर उम्मीदवार को वोट देना चाहते हैं किन्तु नहीं दे पाने के कारण उनके प्रति करुणा से भर उठते हैं।

बाद में मित्रगण पूछते हैं, "क्यों मण्डावी, किसको वोट दिया?"

उनका हमेशा एक ही जवाब होता है, "जो जीत रहा है।"

"अच्छा, कौन जीत रहा है?"

"जिसको मैंने वोट दिया है।"

"मगर वो है कौन?" वे खीज जाते।

"जो जीत रहा है।" मण्डावी जी का जवाब।

साथीगण परेशान होकर झुँझला पड़ते हैं, "अजीब घनचक्कर आदमी हो यार...।"

अगले की परेशानी का मजा लेकर मण्डावी जी खिलखिलाकर हँस पड़ते हैं—एक खुली और धुली हँसी, निश्छल और उज्ज्वल हँसी, जैसे छोटे बच्चे हँसा करते हैं, या जैसा कि फोटो में महात्मा गाँधी हँसते दिखाई पड़ते हैं।

उनकी कमजोरी है कि सार्वजनिक रूप से ठठाकर हा-हा-ही-ही नहीं कर सकते। केवल उन्हीं से हँसी-मजाक कर सकते हैं जिनसे घनिष्ठता हो। जैसा कि शादी के बाद कुछ सालों तक अपनी मिडिल फेल पत्नी गिरिजा देवी से ऐसे ही हल्के-फुल्के मजाक कर खुश हो लेते थे। बाद में यह भी जाने कैसे छूटता गया। अब तो याद करने से भी याद नहीं आता ऐसा कोई दिन जब सब मिलकर दोनों बच्चे—जया और मोनू समेत हँसे हों, चिड़ियों के झुण्ड की तरह चहचह मचाये हों।

बातचीत जरूरत के मुताबिक हो जाती है। जैसे कि पत्नी से यही पूछ लिया, "आज सब्जी में क्या बना रही हो?" और अपनी रुचि से सुझाव भी दे देते हैं, "कल अरहर की दाल थी तो आज मसूर पका लो।"

और बच्चे तो खाली फरमाइश किया करते हैं—पापा गणित की कापी भर गयी है, नयी खरीदनी है...या आज परीक्षा फीस जमा करनी है...।

घर का एक स्थायी सदस्य टेलीविजन भी है, जो सबसे ज्यादा बोलता है, हर रंग और भाषा में बोलता है और हर वक्त बोलता रहता है। पूरा परिवार इसके करिश्माई आकर्षण से बँधा रहता है। ब्लैक ऐण्ड व्हाइट होने के बावजूद अद्भुत शक्तिशाली है यह।

दो कमरे और किचन वाला घर, जी.पी.एफ. में सत्तर हजार की जमा राशि, यही मण्डावी जी की चल-अचल सम्पत्ति का लेखा-जोखा है। इस आधार पर वे फिलहाल गरीबों की श्रेणी में नहीं आते। लेकिन उन्हें अपना भविष्य पैसे वालों की श्रेणी में भी नहीं दिखता।

जनवरी का महीना। सुबह। गुलाबी और प्यारी लगने वाली धूप। एक सामान्य दिन की सामान्य शुरुआत। बी.एल. मण्डावी यानी भरत लाल मण्डावी की जिन्दगी के पिछले कई हफ्तों और महीनों की तरह सामान्य और घटनाविहीन। वे आदतन अपना टिफिन लेकर समय पर दुर्ग रेलवे स्टेशन पहुँच गये थे, जहाँ 8.30 पर 356 डाउन गोंदिया-झारसुगड़ा पैसेंजर से उन्हें रायपुर पहुँचना है—रोज का रुटीन। जबसे प्रमोशन मिला है—पिछले तीन सालों से यही क्रम है। शाम को इसी ट्रेन से वापसी। घर से काम पर और काम से घर। छुट्टी का दिन घर के कामकाज निपटाते और दूरदर्शन देखते बीत जाता है।

ट्रेन में जगह के लिए आज झगड़ा-झाँसा नहीं करना पड़ा। आराम से कोने वाली जगह मिल गयी, खिड़की के पास। इस ट्रेन के अधिकांश यात्री रोजाना अप-डाउन करनेवाले हैं, और ज्यादातर अपना समय ताश खेलते बिताते हैं। यानी जुआ। पूरी ट्रेन उन्हें चलता-फिरता क्लब लगने लगती है। मण्डावी को हमेशा इस बात पर हैरानी रही है कि इस जमाने में भी लोग कैसे दिलेरी से रोज खेल पाते हैं। वे अगर एक दिन हार जाएँ तो महीनों उसके गम में पड़े रहेंगे। और इन लोगों को कोई फर्क नहीं पड़ता। कमाल के लोग हैं!

खिड़की से सुहानी धूप आ रही थी और सुरसुराती हवा भी। कोई काम-धाम नहीं हो तो नींद आने लगती है। और मण्डावी जी प्रायः सो जाते हैं। जब जागते हैं तो भागती गाड़ी से नजर आते छोटे-छोटे गाँवों को देखा करते हैं, जहाँ बच्चे खेल रहे होते हैं, कच्ची झोंपड़ियों से धुआँ उठता दिखाई पड़ता है, मैदान में कुत्ते और मुर्गियाँ नजर आते हैं। कामकाज में लगे लोग दिखते हैं, गाँव का तालाब, पीपल, आम...। इन्हें देखते हुए मण्डावी जी अपने गाँव पहुँच जाते हैं जो बरसों हुए, छूट

गया। अब केवल स्मृतियों में बचा हुआ है, सो भी धुँधलाता हुआ।

इन्हें देखकर तीव्र इच्छा उठती है वहाँ जाने की, रहने की, लेकिन रायपुर रेलवे स्टेशन पहुँचते-पहुँचते सब न जाने कहाँ बिला जाता है। आपाधापी और भीड़ और समस्याएँ, एक झटके में सब छीन लेती है।

उन्हें लगता है, वे सिर्फ सोचते ही रह जाएँगे, जा कभी नहीं पाएँगे...। और कई बार उन्हें यह भी लगता है कि वे बेकार ही यह सब सोचते रहते हैं, वहाँ जाने का कोई मतलब नहीं है अब।

उनकी झपकी ट्रेन के एक धचके से टूट गयी। बाहर देखा—नहीं, रायपुर के लिए अभी समय है।

उनके ठीक सामने एक देहाती बूढ़ा, वैसे उसे बूढ़ा भी नहीं कहा जा सकता, उसका शरीर गठा हुआ था—बैठा था। उमर पचास के ऊपर की रही होगी। बाल और दाढ़ी साधुओं के समान बढ़ी हुई। सफेद मूँछ-दाढ़ी तम्बाकू के धुएँ से पीलिया गये थे।

बूढ़ा उस समय भी बीड़ी पी रहा था।

धुआँ आसपास फैला तो उसकी बगल का लड़का चिड़चिड़ा उठा, "उँहूँऽऽऽ, ये क्या कर रहे हैं आप? बीड़ी-वीड़ी बन्द कीजिए आप!"

"अरेऽऽ...अरेऽऽ...। माफ करना बेटा। पुरानी आदत है, छूटती नहीं।" बूढ़े ने माफी माँगते हुए बीड़ी बुझा दी और उसे कान में खोंस लिया।

"मैंने तो तुमको पहलेइ रोका था!" मण्डावी जी के बगल में बैठी लड़की ने कहा।

लड़की पन्द्रह-सोलह साल की, गाँव-देहात की ही लग रही थी। अपने देहातीपन के बावजूद तीखे नाक-नक्श की और सुन्दर लड़की थी। उसका आकर्षण इसी से जाहिर था कि लोग जब-तब उसे देख लेते थे। इससे एक आत्मसजगता और सकुचाहट उसके भीतर उग आयी थी और नये माहौल, नये लोगों के बीच होने का अहसास था ही।

तभी एक औरत गोद में बच्चा लिये वहाँ आ खड़ी हुई और बैठने को जगह ढूँढ़ने लगी।

कुछ पल, जब किसी ने कुछ नहीं कहा, बूढ़े ने लड़की से कहा, "अरे सरक जा बेटी! देखती नइ महतारी है। गोद में बच्चा है। जगह दे-दे। सरक जा, ये महतारी तुमको आसीरबाद देगी। बड़े-बूढ़ों का आसीरबाद फलता है बेटी...। बैठने दे।"

लड़की सरक गयी, बच्चे वाली महिला बैठ गयी।

"कहाँ जाओगी माई?"—बूढ़े ने पूछा।

''बिलासपुर।'' फिर महिला ने प्रतिप्रश्न किया, ''और आप लोग?''

''हम लोगों को तिल्दा जाना है। वहाँ मेरी बड़ी बेटी की ससुराल है। ये मेरी छोटी बेटी है—रधिया। हम लोग जंजगिरी से आ रहे हैं। जानती हो न जंजगिरी? नहीं, अरे कहाँ से जानोगी, छोटा-सा तो गाँव है...'' बूढ़े को बात करने में मजा आ रहा था। ''ये मेरी आखिरी सन्तान है...अभी दसवीं पढ़ रही है गाँव के हाईस्कूल में...।''

इतनी देर तक सब जान गये थे, डोकरा पिये हुए है, इसीलिए बढ़-चढ़कर बोल रहा है। देशी दारू की भनक सबको लग रही थी।

वह बिना किसी के कुछ पूछे खुद ही बताने लगा, ''यहाँ भिलाई आया था एक संगवारी के पास। उसी ने जिद करके पिला दिया। अब यारी-दोस्ती में इतना तो चलता ही है। तो ये टूरी नाराज हो गयी...।'' बूढ़ा अपनी बेटी से मुखातिब हुआ, ''य्ये बेटी! तुम गुस्साना नहीं, आँय!''

लड़की ने बूढ़े को देखकर गुस्से से आँखें तरेरीं, ''चुप रहो। तुमको पीने को मिल जाए फिर बस्स!''

बुढ़वा हो-हो कर हँसने लगा। उसकी सफेद दाढ़ी हिलने लगी।

आसपास उसकी खुली हँसी बिखर गयी। वहाँ व्याप्त मनहूसियत, औपचारिकता और अजनबीयत बर्फ की तरह पिघलने लगी।

साथ बैठे हुए लोगों को भी इसमें जरा रस आने लगा।

इसी बीच डिब्बे में अन्धा गायक भीख माँगते हुए आया तो लोगों का ध्यान उसकी तरफ गया। जो रोज के यात्री हैं, उनके लिए उसका गाना कोई नयी बात नहीं थी। वह इस समय मगन होके गा रहा था, ''ओ दूर के मुसाफिर हमको भी साथ ले ले रे...।''

गायक की आवाज बेशक अच्छी है और लोगों को बाँध भी लेती है—इसी की कमाई तो वह खा रहा है। लेकिन रोज-रोज चिल्हर किसके पास रहता है भला। बी.एल. मण्डावी सोच रहे थे।

''इधर आ जी!''—बूढ़े ने उस अधेड़ अन्धे गायक को पुकारा।

करीब आया तो एक रुपये का सिक्का पकड़ा के बोला, ''कुछ भजन-वजन आता हो तो सुनाओ—बढ़िया वाला।''

गायक वहीं बैठ गया। गले में लटके ढोलक को नीचे उतारकर सेट किया, कलाई में बाँधे घुंघरुओं को फिर से जाँचा और शुरू हो गया, ''ऐ मालिक तेरे बन्दे हम...।''

बूढ़ा तो मस्ती में था ही, ढोलक और घुँघरुओं के बजने से वह जैसे झूम उठा...वा-वा-वा क्या बढ़िया! और झूमते हुए आँखों ही आँखों में अपनी बेटी समेत सबको बता डाला—कितना बढ़िया गाना है! क्या आवाज है! वा-वा-वा-वा!

यह गाना खत्म हुआ तो उसने एक रुपये का एक और सिक्का गायक को थमाया। दो-एक और लोगों ने चवन्नी-अठन्नी दी उसे। बूढ़े ने फरमाइश रखी, "अच्छा, कोई पुराना गाना आता हो तो सुनाओ...कि सुनकर मजा आ जाए!"

'अच्छा साब' कहकर गायक ने दूसरा गाना शुरू किया, "तू गंगा की मौज में जमना की धारा..."

"बेटी, सुन! हमारे जमाने का गाना!" डोकरा फिर झूमने लगा। "आजकल कहाँ बनता है ऐसा गाना?"

यह भी खत्म हुआ तो दूसरा। फिर तीसरा। बूढ़े का मन नहीं भरता था। वह बार-बार सुनना चाहता था।

कुछ देने के लिए बूढ़े ने अपनी जेबें टटोलीं। वहाँ कुछ नहीं मिला उसे। तब अपनी बेटी से मुखातिब हुआ, "बेटी, चल इसको पैसा दे दे। बेचारा कितना अच्छा गाता है। तबीयत खुश कर दिया इसने!"

लड़की ने अपने बटुए से तीन रुपये निकालकर दिये।

बूढ़े ने फिर कहा, "अच्छा एकाध ठो और सुनाओ यार...।"

लड़की अब बिगड़ गयी, "आज कित्ता गाना सुनने का शौक हो गया तुमको?"

बूढ़े ने हँसकर गाने वाले से कहा, "अच्छा, चलो अब इनके जमाने का गाना सुना दो एकाध...।"

बेटी गुस्से से मना करती, इसके पहले ही गायक चालू हो गया, "दीदी तेरा देवर दीवाना...! हाय राम! कुड़ियों को डाले दाना!"

डोकरे का चेहरा अजब रौनक से भर गया, कोई मनचाही चीज मिल गयी हो जैसे। लड़की मुँह बनाते, बिचकाते हुए अनिच्छापूर्वक सुनने का नाटक करने लगी, जबकि सच यह था कि उसका भी मन लगा था अब...। लेकिन अपने पिता से गुस्सा होने का दिखावा करने लगी। यह ऐसा गुस्सा था जिसमें नमक था, जो बहुत आत्मीय लोगों पर गुस्सा करते हुए अपने आप झलक आता है।"

गाना समाप्त होने पर बूढ़े ने फिर अपनी बेटी को पुचकारा, "बेटी, इसको पइसा दे दे।"

"नइ है पइसा-वइसा!" लड़की अब मुखर हो चली थी, वह शरमाहट, हिचकिचाहट अब दूर हो गयी थी।

"अरे दे दे बेटी, इतना अच्छा गाया...।"

"गाने दो। हमारे पास पइसा ही नहीं है!"

डोकरा कुछ सकपकाया, "अरे...अरे...क्या करती है पगली! इतने आदमी के बीच मेरी नाक कटवा देगी? देख, सब हँस रहे हैं...।"

"अच्छा है। हँसने दो! हमारा पइसा लुटाने के लिए नइ बना है!"

बाप अब लगभग गिड़गिड़ा उठा, "दे दे मेरी माता! मोर दाई...!"

आसपास बैठे लोग हँस पड़े। लड़की भी कुछ हँसी। बटुआ खोलकर दो रुपया पिता को थमाते हुए बोली, "अब कोई गाना-वाना नहीं सुनना है! दारू पी के खूब तमाशा कर रहे हो। चल न घर! वहाँ तुमको मैं खूब गाना सुनाती हूँ!"

सब हँस दिये इस पर। बूढ़े ने गानेवाले को रुपया पकड़ाके कहा, "अब जा मेरे भाई। खूब भर गया मन!"

उसके जाते ही लड़की बड़बड़ायी, "पाँच-सात रुपया निकल गया ऐसे ही!"

बाप ने बेटी को गुस्सा देख मनाने की कोशिश की, "अरे बेटी, गुस्साना मत!"

लड़की क़ी नाराजगी खत्म नहीं हुई।

तभी वहाँ 'फल्ली ले' की गुहार लगाता मूँगफली बेचनेवाला आ गया।

बूढ़े ने कहा, "अच्छा गुस्सा छोड़, फल्ली खा ले!"

"नइ खाना है हमको फल्ली-वल्ली! तुम्हीं खा लो जितना खाना है!" और बिगड़ गयी लड़की।

बूढ़े पिता ने कहा, "अरे खा ले बेटी, अभी जो-जो खाना है सब खा ले! कल को ससुराल चली जाएगी तब वहाँ कोई पूछनेवाला नहीं होगा। तब मेरे को याद करके रोएगी...।"

ससुराल का जिक्र आते ही एकदम झेंप गयी। चुप हो गयी। चेहरे का रंग बदल गया। धीरे-धीरे उसका सुन्दर चेहरा गम्भीर हो गया। वह कुछ सोच रही थी। शायद अपने पिता के बारे में...।

मण्डावी जी ने बूढ़े से पूछा, "क्यों, इसकी शादी लग गयी है?"

"नहीं, अभी तो नहीं लगी, मगर कल तो लगनी ही है। पराया धन है।"—वह बताने लगा, "इसीलिए तो बेटी को संग लाया हूँ कि चल, तू भी कुछ दुनिया देख ले! घूम ले! बाद का कौन जानता है, मिले कि नहीं...।"

बी.एल. मण्डावी ने बड़े ध्यान से उस पिता को देखा, जो अपनी 'लड़की' को दुनिया दिखाने लाया है।

उन्होंने पूछा, "बेटे हैं या नहीं आपके?"

इतनी देर में यह पहला मौका था जब बुढ़ऊ चिड़चिड़ाया था, "हैं जी, सब है! दो-दो बेटे हैं। बहुएँ हैं। पर इनका होना नइ होना मेरे लिए एक बराबर है।" कुछ संयत होकर बोला, "एक बेटा रायपुर में है और एक बिलासपुर में। दोनों खा-कमा रहे हैं भगवान की दया से। मगर जब उनको अपने बुढ़ा रहे बाप की सुध नहीं तो क्या मतलब? बहुत जरूरी काम रहा तभी जाता हूँ और दरवाजे से उसी पाँव वापस। खैर, मेरे को कोई चिन्ता नहीं, अब ये बेटी ही मेरे लिए सब कुछ है।" बूढ़ा हल्के से हँस पड़ा, "ये टूरी मेरी महतारी है। बहुत ध्यान रखती है मेरा। कहीं जाऊँगा तो

दस बार पूछेगी—रोटी रखे हो कि नहीं...बीड़ी का कट्टा खीसा में है या नहीं...या गमछा रखे हो कि नहीं...ऐसा।''

लड़की ने उसे फिर टोका, ''ऊँऽऽहूँऽऽ आज कित्ता बात कर रहे हो तुम?''

''का बेटी, किसी से गोठियाने-बताने नहीं देगी? अरे इतना लम्बा सफर है, कटेगा कैसे? बातचीत में लगे रहो तो समय का पता नहीं चलता।'' और बूढ़ा फिक्क से हँस दिया।

बी.एल. मण्डावी इनके बारे में सोचने लगे। पिता और पुत्री के बारे में। उनके सम्बन्ध के विषय में सोच रहे थे वे, कि कितना स्नेह है कि कितनी गहरी, कितनी मीठी और सहज अन्तर्धारा बह रही है इन बाप-बेटी के बीच। स्वाभाविक था कि मण्डावी अपने परिवार की तरफ लौट आते। उन्हें महसूस हुआ, उनके यहाँ ऐसी कोई बात नहीं है। निचाट सूखा है। लम्बा, फैला हुआ मरुस्थल है जहाँ कोई मीठी धारा नहीं है, केवल जरूरत के कैक्टस उगे हैं—काँटेदार। उन्हें सचमुच काँटा-सा कुछ चुभने लगा। उन्हें समझ नहीं आया, यह सूखा इतना कैसे फैल गया?

उन्हें लगा, इसके लिए कहीं-न-कहीं वह स्वयं दोषी हैं जो उनका बराबर ध्यान नहीं रख पाते। या हमेशा पढ़ने-लिखने को बोलकर डाँट लगाते हैं। अब यह सब नहीं चलेगा। बदलना चाहिए कि घर को घर होना चाहिए—आफिस नहीं। फिर लगा, वह एक रुटीन की फालतू जिन्दगी जी रहे हैं। सूखी गुठली की तरह फालतू।

सोचकर उन्होंने आज फैसला कर लिया—अपने को बदल के रहेंगे! घर में वो हँसी-खुशी वापस ला के रहेंगे!

आज लौटने में उन्हें देर हो गयी। देर इसीलिए कि ट्रेन सवा घण्टे लेट थी। बी.एल. मण्डावी जब स्टेशन से, उसकी चकाचौंध से, शोरगुल से बाहर आये तो रात के गहरा जाने का अहसास हुआ। और कड़ी सर्दी का भी। हालाँकि घड़ी में सवा आठ ही बजे थे। वे रोज की तरह पैदल ही घर की ओर बढ़ चले। पूरबी आकाश के सबसे निचले हिस्से में पीला चाँद लटका हुआ था, निस्तेज, मानो कागज का हो और किसी ने उसे वहाँ चिपका दिया हो।

कोहरा नीचे तक घिर आया था, सड़क पर लगी रोशनियों से यह साफ नजर आ रहा था।

उन्हें अपने सुबह वाले फैसले का पूरा ध्यान था। इसीलिए उन्होंने रास्ते की मिठाई की अच्छी दुकान 'बंगाली स्वीट्स' से आधा किलो मिठाई खरीदी। घर और घर की जरूरतों का खयाल किया। उन्होंने सोचा कि घर में खुशी लाएँगे। आज अपने घर के एक सार जीवन में कुछ नयापन भर देंगे!

घर के दरवाजे पर परदा लगा था, वही पुराना और मटमैला परदा, जिसकी फूल-पत्तियाँ घिस-घिसकर गायब हो चुकी हैं, और शायद काम की अधिकता के मारे पत्नी जिसे धोना अक्सर भूल जाती है। परदे का कोना हटाकर उन्होंने मुस्कराते हुए भीतर झाँका—अपने घर में। बैठक में उनका परिवार था—अस्त-व्यस्त-सी पत्नी जो और ज्यादा घरेलू लग रही थी, बेटी जया जो दसवीं में पढ़ रही है, मोनू जो आठवीं का छात्र है इस साल। घर में इस समय अस्त-व्यस्तता थी जो उनके स्तर के परिवारों में आम है।

सारा परिवार मगन होकर टीवी देख रहा था। शायद कोई जबरदस्त कार्यक्रम आ रहो हो।

बी.एल. मण्डावी यानी भरत लाल मण्डावी अपने घर लौट आने की खुशी घर से पाना चाहते थे! मण्डावी जी वैसे ही मुस्कराते हुए भीतर आ गये।

आश्चर्य कि उनके आने से भी घर के किसी भी सदस्य का ध्यान वहाँ से नहीं हटा। गोया कोई जबरदस्त आकर्षण हो वहाँ, कोई अद्‌भुत सम्मोहन। या सबकी आँखें मानो वहाँ चिपका दी गयी हों—स्थिर!

बी.एल. मण्डावी ने इस बीच हल्के से खाँसा, उनका ध्यान अपनी ओर खींचने के लिए, अपनी उपस्थिति का आभास देने के लिए। उन्होंने दो बार अपना दायाँ पैर भी पटका, हालाँकि अपनी चप्पलें उन्होंने कोने में उतार दी थीं, लेकिन इससे भी कोई फर्क नहीं पड़ा।

दरअसल घर के लोग यहाँ नहीं थे। वे टीवी पर दिखाई जा रही दुनिया में थे जो खूब स्वस्थ, खूब नाजुक, बहुत कीमती, रंगीन, खुशबूदार और जादुई है। जो खूब चमकीली है, जहाँ असाधारण प्रतिभा वाले अद्‌भुत रूप से 'फिट' स्त्री-पुरुष हैं जिनके पहने कपड़ों की ही कीमत इस घर में कोई नहीं जानता। सब कुछ कितना भव्य, कितना कुलीन! वहाँ बी.एल. मण्डावी कहीं नहीं थे जो दिन भर के काम से थककर घर लौटते हैं, जिनके कपड़ों से पसीने की बास आती है, जिनकी मटमैली-सी शक्ल होती है और वैसा ही बदरंग उनका घर, जो सदैव अस्त-व्यस्त होता है...।

बी.एल. मण्डावी ने चाहा कि उसके घरवाले इस नून, मिरच और तेल वाली दुनिया में सही-सलामत वापस लौट आएँ। लेकिन वह दुनिया इससे बहुत अलग थी और बहुत दूर...पृथ्वी से करोड़ों प्रकाश पर्व दूर, जो अलंघ्य थी।

मण्डावी को समझ नहीं आ रहा था कि क्या करें। बहुत अटपटा लग रहा था उन्हें यों अपने ही घर में, जिसके वे मालिक हैं, वहाँ किसी अपरिचित की भाँति खड़े रहना। वे खड़े थे और समझना चाह रहे थे कि क्या करें। हतप्रभ थे। इधर थकान से देह टूटी जा रही थी और घर में किसी ने एक गिलास पानी पूछना तो दूर, देखा ही नहीं था। अजब हाल हो रहा था उनका। समझ नहीं आया कि क्या करें। क्या

करें—यह जैसे सृष्टि का सबसे विराट प्रश्न बन गया था उनके लिए।

मण्डावी जी ने हिम्मत नहीं हारी। उन्हें उम्मीद थी और उम्मीद बहुत बड़ी चीज है। अपने दिनभर की थकान, तनाव और परेशानियों के साथ वे घर में खड़े प्रतीक्षा कर रहे थे कि कोई उन्हें देखेगा, खिलेगा और बोलेगा। उन्हें विश्वास था कि सारा तनाव पल भर में जाता रहेगा कि सब कुछ ठीक हो जाएगा।

लेकिन दुर्भाग्य से ऐसा हो नहीं रहा था। वे घर के लिए अभी भी किसी भूत के समान अदृश्य थे।

टीवी पर कुछ बज रहा था। बज क्या रहा था, आधुनिकतम वाद्य यन्त्रों का मिला-जुला शोर था—ढाँक-ढाँक-ढाँक-ढाँक। यह संगीत तेज होता गया, कमरे में भर गया फिर मण्डावी के दिल-दिमाग में बजने लगा—ढाँक-ढाँक! ढाँक-ढाँक! जैसे पुल से कोई सुपर फास्ट ट्रेन गुजर रही हो—धड़-धड़-धड़-धड़...!

मण्डावी जी को लगा, उनका मस्तिष्क अपनी संवेदना खोता जा रहा है, संवेदना के बारीक तन्तु निष्क्रिय होने लगे हैं और अन्तरिक्ष के विराट शून्य में पहुँच गये हैं। कि वे कोमा में जा रहे हैं...कि वे मर रहे हैं...। उन्होंने चीखना चाहा, लेकिन गले से आवाज नहीं निकली।

बारात

बारात—जैसा कि कहा जाता है, बड़ी धूमधाम से निकली थी। बिजलियों से दमकता दूल्हे का रथ...पटाखे...आतिशबाजी...सजे-धजे बैण्ड वाले ट्यूब लाइट्स की कतार...यानी बारात सारी टीमटाम के साथ निकली थी, जो इस समय इस शहर की अनजानी गलियों और सड़कों से गुजर रही थी। बारात की सज-धज ही कुछ ऐसी थी कि जहाँ से गुजरती, लोग ठहरकर देखते रह जाते। क्या ठाठ है! किसकी बारात है?

यहाँ सबसे ज्यादा जोश बारातियों में था। उसने कभी अपने बाबा से सुना था कि बारात में बारातियों का जोश बारा गुना बढ़ जाता है। यह बात यहाँ पूरी तरह सच है। बारातियों में जंग जीतकर लौटने वाले सैनिकों-सा उन्माद भरा था...विजेता होने का गर्वीला और उद्दण्ड अहसास...एक छलछलाते उत्साह से सराबोर!

लेकिन वर्मा पता नहीं किस माटी का बना था, उसे मजा नहीं आ रहा था। वह किंकर्त्तव्यविमूढ़-सा चुपचाप बारातियों के साथ घिसट रहा था। किसी लँगड़े की खराब टाँग की तरह। वह उदास था। हालाँकि यहाँ उदासी जैसी किसी मनहूस चीज के लिए कोई जगह नहीं थी। चारों तरफ बिखरे और फूट-फूट पड़ते रंगीनियों, कहकहों और हर्षोल्लास के बावजूद वह अकेला था—निपट अकेला। और उदास था। और ऐसा वह जानबूझकर नहीं था। चाहकर भी ऐसे चहचहाते माहौल में वह खुद को 'मिसफिट' पा रहा था। जाने कितनी बार वह अब तक सोच चुका था कि वह आया ही क्यों? नहीं ही आता तो इनका क्या बिगड़ जाता? सच बात यह है कि जब उसने सबको आते देखा तो वह भी इस अन्धी रेवड़ में शामिल हो गया। हो सकता है जे.डी. की नजर में बात आ जाए...। और आने के बाद क्या हश्र हुआ है? वही हें हें हें का मुखौटा लगाये इतराते फिरो। या फिर घुटते रहो उसकी तरह।

बारात जैसे-जैसे अपनी रंगत में आने लगी थी, वैसे-वैसे माहौल में जोश और उत्तेजना फैलने लगी थी। और ठीक इसी अनुपात में उसके भीतर का अकेलापन बढ़ रहा था...लगातार! मानो वह किसी दमघोंटू गैस के घने गुबार में फँस गया हो—ऐसी तीव्र और उग्र बेचैनी हो रही थी।

एक बारगी उसकी इच्छा हुई—भाग जाए सबको छोड़कर अपनी दुनिया में वापस। कोई बहाना बना सकता है। लेकिन लगा, बहाना बना सकता तो फिर यहाँ आने की जरूरत क्या थी? यह ठीक नहीं होगा।

वह बारात में काफी अलग-थलग चल रहा था। नाचने वालों और बैण्ड वालों से काफी पीछे। उसके साथ चलने वालों में तटस्थ और शान्त अधेड़ और उजली धोती वाले बूढ़े थे, जो निर्विकार भाव से चल रहे थे। गोया कोई औपचारिकता निभा रहे हों।

उसने अपना ध्यान बाँटने की कोशिश की। और कम से कम यहाँ इसमें कोई कठिनाई नहीं थी। क्योंकि आगे तक एक बड़ा रंगीन, दिलकश तमाशा फैला हुआ था...झूमते लोग और रोशनियों की भरपूर चकाचौंध।

यह उनके ज्वाइण्ट डायरेक्टर के लड़के की बारात थी। बेटा इंजीनियर है। उसने दबे स्वर में किसी से सुना था, कन्या पक्ष पैसेवाली पार्टी है और दहेज भी तगड़ा आएगा...। खैर दूल्हा तो दूल्हा था ही, दूल्हे का बाप भी जैसे फिर से दूल्हा बन गया था। वे नये झकझकाते सफेद सूट में फब रहे थे। उनके पूरे गेटअप से रुआब फूट-फूट रहा था।

बारात जब किसी मुहल्ले की तंग गली को लाँघ रही थी तब वहाँ की औरतों का अजब हाल था। बारात देखने के लिए वे टूट पड़ी थीं। छत... दरवाजे...खिड़कियाँ... जिसे जहाँ जगह मिली, वहीं से निहार रही थी। मानो स्वर्ग से देवता उतर आये हों। उसने अक्सर देखा है, लड़कियों को खासकर बारात से एक अनोखा लगाव होता है। वे देर तक डूबकर बारात देखती हैं। उसे कभी समझ नहीं आया कि आखिर इतनी हाय-हाय...इतनी जानलेवा उत्सुकता क्यों?

इन्हें देखकर नाच रहे छैलों का मनोबल उछालें मारने लगा। वे ज्यादा तेजी से...ज्यादा झूम-झूमकर नाचने लगे।

लेकिन लड़कियों की नजर दूल्हे पर ठहरी हुई थी—पूरी तरह केन्द्रित। इनके लिए बारात में सबसे ज्यादा आकर्षक अगर कोई चीज होती है तो वह है दूल्हा। नौटंकी के कलाकार की भाँति लिपे-पुते थोबड़े वाला दूल्हा। वे आपस में फुसफुसा रही थीं। इनमें वे लड़कियाँ भी थीं जो बड़ी थीं...और शादी की उम्र को पार कर चुकी थीं। उसे लगा, ये लड़कियाँ हर बरस बारात देखती होंगी...हर साल दूल्हा देखती होंगी...और हर दूल्हे में अपना दूल्हा देखती होंगी। अपनी मैली चिथड़ी साड़ी पहने हुए...पुरानी, रंग उतरी चूड़ियाँ पहने हुए इन बारातों में अपना भविष्य देखती हैं...खूब उजला! झिलमिलाते चन्द्रलोक जैसा उजला भविष्य! जहाँ उनके बूढ़े हो रहे माँ-बाप उसकी शादी को लेकर परेशान नहीं हैं...उनकी बातों में जरा भी चिड़चिड़ापन नहीं है...वे खूब स्वस्थ और प्रसन्न हैं। एक दूल्हा उनके सारे सपनों को सच कर सकता है...आसमान

से उतरा एक देवदूत है दूल्हा।

लड़के बैण्ड की धुन पर जी तोड़ थिरक रहे थे। पसीना-पसीना हो गये थे। ऐसी तेजी थी, ऐसी तेजी थी उनमें मानो जल्द से यहाँ कोई करिश्मा कर जाना चाहते हों, जो आज तक किसी ने नहीं किया हो। किसी गहरे नशे की तरह उनके दिलो-दिमाग में छा जाएँ।

उनकी इस हरकत पर वह मुस्करा दिया।

कुछ आगे चल रहे चन्द्राकर जी ने उसे मुस्कराता देखा तो टोक दिया, "अरे क्या बात है वर्मा जी? अकेले मुस्करा रहे हो!"

स्टाफ का ही एक अन्य साथी तिवारी भी वहीं था, बोला, "ये वर्मा भी साला पूरा घुन्ना है। अब हमको क्या मालूम कि वह क्यों हँस रहा है? जंगल बीच में जोगी बसे, अपना पादे अपना हँसे।"

"तुम्हारा भी जवाब नहीं तिवारी!" वह ठठाकर हँस पड़ा।

"मैं साहब की झाँकी देखकर खुश हो रहा हूँ। जरा इन कूल्हा मटक्के लौण्डों को तो देखो!"

इनको देखकर लगता था, बारात दरअसल लड़कों की ही चीज है। बारात निकलने के एक घण्टा पहले इनकी तैयारी देखने के काबिल थी। इनकी तैयारी इतनी लम्बी और उबाऊ थी कि लग रहा था, सालों को और कोई काम रह नहीं गया है। राजकुमार से कम तो कोई लगना ही नहीं चाहता।

ऐसी सज-धज देखकर तिवारी भन्ना गया था, "ये क्या है यार! इतनी देर तक कोठे की रण्डियाँ तक नहीं सजा करतीं!"

जैसे ही कोई चौराहा या तिराहा आता, नाचनेवाले बुरी तरह चिल्लाने लगते, "हाँ, रोको भाई! रोको! हो जाए यहाँ! हाँ हाँ यहीं पर! बजाओ ना यार तुम लोग! भाँगड़ा नहीं हवा-हवा।"

वर्मा इनके आदिम कबीलाई हो-हल्ले से परेशान हो गया था। वहाँ इतना शोर उबल रहा था कि लगता कान के परदे फट जाएँगे। समझ नहीं आता कि लोग कैसे इतना शोर बरदाश्त कर लेते हैं। इनका वहशियाना शोर तो लगता है पागल कर देगा! वह आगे निकल आया। वहाँ बैण्ड का कानफोड़ू शोर कम था। उसने राहत की साँस ली।

चलते-चलते उसका ध्यान कुछ आगे गया जहाँ छोटे-छोटे चार-पाँच लड़के नाच रहे थे। बमुश्किल आठ-दस साल के रहे होंगे। बारात में एक स्पष्ट दूरी बनाये हुए वे अपनी पूरी मस्ती में बैण्ड की धुन पर थिरक रहे थे। नन्हे-नन्हे नंगे पैरों से। जाने कहाँ से, कब और कैसे टपक पड़े थे। उनकी तरफ शायद बारातियों का ध्यान नहीं गया था, क्योंकि उन्हें तो अपने से फुर्सत नहीं थी। और इन छोकरों का ध्यान भी उनकी तरफ नहीं था। जैसे उन्हें बारात से कोई मतलब ही न हो। वे अपनी धुन

में मगन थे। वे बारातियों से इतना आगे थे। और उनका हुलिया ऐसा नंग-धड़ंग था कि कोई भी जान जाता कि ये बाराती नहीं हैं।

वर्मा ने सोचा, यहीं-कहीं के लड़के होंगे। बैण्ड की धुन पर फुदकते आ गये होंगे। बेगानी शादी में अब्दुल्ला दीवाना! दीवाना नहीं--दीवाने!

वह उनकी ओर आकर्षित हुआ। उनका नाचना गौर से देखता रहा और देखता ही रह गया। और दंग रह गया! उसने नहीं सोचा था कि ये इतना अच्छा नाचते होंगे। इतनी कला-कुशलता से! वे बेखबर नाच रहे थे। बैण्ड पर कोई नचा-नचा देनेवाली धुन बज रही थी।

एक लड़का, जो उनमें शायद सबसे छोटा था, उसका डांस देखते ही रहने की तबीयत हो रही थी। उस नन्ही टोली का आकर्षण वही नन्हा पट्ठा था।

कुछ ऐसे ही मुग्ध क्षणों में वह उनके पास चला आया। उसने नाचने की तारीफ की। उनमें घुलमिलकर बातें करने लगा। बहुत प्यार से। भला बच्चों से हिलने-मिलने में कोई वक्त लगता है? दिक्कत दरअसल उसे ही थी। उसके भीतर एक संकोच...जोंक की तरह गीला और लिजलिजा...बार-बार फैल-सिकुड़ रहा था—क्या इतने लोगों के बीच...और खासकर ऐसे लोगों के बीच इनसे बतियाना ठीक होगा...? ये सभ्य लोग उनके बारे में क्या सोचेंगे? यह वर्मा भी साला पूरा पागल है! जिस किसी के साथ इतनी आसानी से हिल-मिल जाता है। भई आदमी का अपना एक रेपुटेशन होता है...एक इमेज होती है। समाज में एक इज्जत बनाकर रखी जाती है। हर ऐरे-गैरों को मुँह नहीं लगाया जाता।

यह हिचक उसे बार-बार पीछे खींच रही थी। उसे क्या जरूरत है इन लोगों से बातें करने की? क्या मिलेगा उसे? चूतिया या बेवकूफ की संज्ञा। लेकिन लगा, क्यों वह केवल लोगों की वजह से बातें नहीं करे? यह अपने साथ बेईमानी नहीं होगी? क्या हो जाएगा? ऐसा कौन-सा पहाड़ टूट जाएगा जो मैं इस पिद्दी से सवाल पर इस तरह सोच रहा हूँ। कहने दो सालों को। चाहे जो समझने दो। बनाने दो मेरी इज्जत का भुर्ता! हुँह! इज्जत! साहब के सामने घिघियाने और चमचागिरी करने में जिन्दा रहती है उनकी इज्जत।

अब वह हल्का हो आया। और खुश भी हुआ। वह उनसे बातें करने लगा। खुलकर बहुत मोहब्बत से। दोस्ती से।

उसने पूछा, ''यहाँ कैसे नाच रहे हो तुम लोग?''

एक बिलौटे छोकरे ने जवाब दिया, ''बस ऐसे ही। बारात में सब नाच रहे हैं तो हम भी नाच रहे हैं।''

''रहते किधर हो तुम लोग?''

''हम लोग...'' इस लड़के की कमीज पेट तक खुली हुई थी, ''हम लोग...वो

अमृत टाकीज है ना...उसके पीछेवाली पुरानी बस्ती में...उधरीच है हमारा घर।''

अच्छा! पुरानी बस्ती! वह अनुमान लगाने लगा कि कैसी होगी इनकी पुरानी बस्ती। अँधेरे में डूबी...झुग्गी-झोंपड़ियाँ...गरीबी...बदहाली गन्दी। नंग-धड़ंग। इनको देखकर यह अनुमान सहज ही लगाया जा सकता है। इन लड़कों को देखते हुए, इनके पूरे आर-पार देखा जा सकता है...पूरी सहानुभूति से और नंगी बेशरमी से।

वे लड़के उसे लेकर कुछ विचित्र उत्सुकता से भर गये थे। कौन है यह आदमी? इसकी दिलचस्पी हममें क्यों है? क्या चाहता है? इसको क्या बोलें...अंकल?

वर्मा ने उस नन्हे डांस मास्टर से पूछा, ''क्यों, तुम्हारा क्या नाम है?''

वह ख़ूबसूरत था। उसने अपना मलिन गोरा और बड़ी-बड़ी आँखोंवाला चेहरा उठाकर कुछ कहा। उसके ग़ले से कोई आवाज फूटी, जो धागे के जैसी पतली थी और हल्की। जिसे बैण्ड की चिंघाड़ ने न जाने कितना आगे फेंक दिया।

''क्या...?'' उसने अपना कान छूकर इशारे से बताया कि सुनाई नहीं दिया। फिर से बोलो।

पहले वह धीरे से हँसा, फिर अपना गला फाड़कर चिल्लाया।

''फिरोऽऽऽज खाऽऽऽन!''

''अच्छा! अच्छा! फिरोजखान है ना।''

बैण्ड की आवाज और तेज हो गयी थी, इसलिए चिल्ला-चिल्लाकर बात करनी पड़ रही थी। उसने वैसे ही पूछा, ''तू पढ़ता है?''

''हाँ! तीसरी में!''

''लेकिन तू पढ़ता है या बस रात-दिन यही नाच-गाना करता है?''

वह पलभर के लिए झेंप गया, फिर विश्वासपूर्वक बोला, ''नहीं, पढ़ता हूँ। नहीं पढ़ूँगा तो मम्मी डाँटेंगी।''

उसमें बच्चों जैसी स्वाभाविक चंचलता थी। उसमें वैसी शर्म या झिझक नहीं थी जो इस उम्र के बच्चों में होती है। उसके अन्दर एक तरह का आत्मविश्वास था।

वर्मा ने फिर पूछा, ''तूने डांस करना कैसे सीखा?''

वह हँसने लगा, ''आप भी कैसा बोलते हैं अंकल? मैं कोई स्कूल थोड़े जाता हूँ डांस सीखने। पिक्चर में हीरो लोग को नाचते देखता हूँ तो मेरे को भी शौक हुआ और सीख गया।''

''तो तुम्हारे अब्बा डाँटते नहीं क्या?''

''नईं...अब्बू तो कुछ नहीं बोलते। पर मम्मी डाँटती हैं। बोलती है तू नाचा-वाचा मत कर! तेरे को कोई नचनिया बनना है?''

''मगर तू नाचना नहीं छोड़ता।''

वह धीमे-से मुस्करा दिया।

बारात यहाँ कुछ देर के लिए रुकी। विश्राम स्थल। लड़की वालों ने यहाँ बारातियों के लिए नाश्ते और आइसक्रीम की व्यवस्था की थी। उसे समझ में नहीं आया कि लोग इसे भरेंगे कहाँ? जबकि घण्टा-दो घण्टा पहले से ही पेट ऐसा भरा था जैसे गद्दे में रूई ठसाठस। जे.डी. साहब ने तभी कहा था, "हमने इन्हें पहले से वार्निंग दे दी है कि अपने बारातियों को किसी किस्म की कोई कम्पलेन नहीं होनी चाहिए। बाइ द वे, अगर कोई प्राब्लम हो तो हमसे कहिए।..." सुनकर सब प्रभाव में आ गये थे उनके। लगा था, वाकई लड़के का बाप बोल रहा है।

लेकिन लोग अब भी भकोस रहे थे। खासकर नाचने वाले लड़के, जो अब पसीना सुखाते हुए शिथिल और निढाल नजर आ रहे थे।

वर्मा कुछ प्लेटें इन लड़कों के खातिर उठा लाया, "लो, खाओ यार। फोकट का है। फोकट का चन्दन घिस भाई लल्लू!"

एक गोरा लड़का नास्ते की ट्रे उठाये बारातियों को बाँटता घूम रहा था। उसे देखकर ट्यूबलाइट पकड़ी महिला मजदूरों ने कुनमुनाना शुरू कर दिया।

"ऐ बाबू...हमको भी देओ ना!"

"ऐ भैया, हमको भी जोर से भूख लगी है।"

"थोड़ा-बहुत हम लोगों को दे दो भैया।"

लेकिन लड़के ने बुरी तरह लताड़ दिया, "अरे चलो भागो।" लड़के की तेज आवाज में ढेर सारा गुस्सा और गहरी हिकारत थी। एक पल के लिए उसने जरूर सोचा होगा। आखिर इनकी हिम्मत कैसे हो गयी। दूसरे ही पल वह बारातियों की ओर बढ़ गया। एक मशीनी गिलगिली मुस्कराहट लपेटे हुए।

मजदूरिनें फिसफिसाकर रह गयीं। उनके चेहरे पर अपमान, असहाय और करुणाजनित मुस्कराहट रह गयी। इन्हें गुस्सा क्यों नहीं आता?

इस अल्पाहार और अल्पविश्राम के बाद बारात आगे बढ़ी।

अगले चौक में धूम मच गयी। वहाँ कोई लड़का नाच नहीं रहा था। चारों तरफ भीड़ से घिरी एक खूबसूरत लड़की डांस कर रही थी। गुड़िया जैसी...नर्म गुलाबी फ्राक में लिपटी हुई...। किसी ने बताया, अपने डिप्टी डायरेक्टर की छोटी बेटी है। वह चौदह वर्षीय लड़की बहुत अच्छा नाच रही थी। सबकी नजरें उस पर जमी थीं। वीडियो शूटिंग हो रही थी और लड़की उजली रोशनी में नहा-नहा रही थी।

वाह! शाबाश!

वाह! वाह!

शाबाश बिटिया!

धड़ाधड़ फ्लैश चमक रहे थे। बाराती और पूरा ताम-झाम लड़की को घेरे हुए जोर-शोर से तारीफ करने में लग गया था।

स्थानीय विधायक भी बारात में शामिल थे। सबसे पहले उन्होंने ही लड़की के सिर पर सौ का कड़कता नोट फिराया। इसके बाद तो जैसे न्यौछावर करनेवालों की लाइन लग गयी। वाह! शाबाश बेटी! क्या बात! जैसे जुमलों के साथ डांस पर रुपये न्योछावर होने लगे। किसी ने दस का तो किसी अफसर ने पचास का। इस समय डिप्टी डायरेक्टर का चेहरा इतना दमक रहा था ख़ुशी से जितना कभी न दमका होगा। सिर से पाँव तक वे गद्‌गद थे।

अब यह होने लगा कि लोग लड़की पर खुश होकर नहीं बल्कि खुद को दूसरे से ज्यादा बड़ा और उदार दिखाने के लिए न्योछावर कर रहे थे। हैरानी की बात यह थी कि कभी दोस्तों को चाय तक न पिलाने वाले सोनी बाबू ने पूरे बीस का नोट न्योछावर किया। कुछ ऐसे समय में कि डिप्टी डायरेक्टर उसे ठीक तरह से देख सकें और बाद में पहचान सकें।

वह अचरज से भरा यह सब देख रहा था। लड़की का नाचना न हुआ खेल-तमाशा हो गया। मानो नीलामी हो रही है और लोग अपने पद और हैसियत के हिसाब से बोली लगा रहे हैं। खाली एक बहाने की जरूरत होती है, फिर लोग उस अन्धे बहाव में बहे चले जाते हैं।

अचानक उसे एक बात सूझी, अगर फिरोज यहाँ नाचे तो? पहले तो सोचा, ऐसा सोचना भी बेवकूफी है। यह बात किसी को गवारा नहीं होगी। इसे उसका पागलपन ही समझा जाएगा। लेकिन फिर सोचा, हर्ज क्या है। इसके पीछे सबसे मजबूत पक्ष है फिरोज का डांस, फिर शादी है और इस माहौल में कोई भी अपनी खुशी जाहिर कर सकता है।

जब वह फिरोज को लेने आगे पहुँचा तो वह अपने किसी साथी से कुश्ती लड़ रहा था। दोनों लड़ते हुए जमीन में लोट रहे थे। और खूब हँस रहे थे, "ठैर साले ठैर! अभी बताता हूँ। मेरे को मारा! तेरी तो...।" यह एक प्यार भरी प्यारी कुश्ती थी। जैसे जानवरों के छोटे-छांटे पिल्ले आपस में खेलते हुए लड़ते-भिड़ते हैं।

वर्मा ने उससे पूछा, "चल वहाँ नाचेगा।"

"वहाँ?" वह अचकचाकर अपनी बड़ी-बड़ी तरल आँखों से उसकी ओर देखने लगा, मानो विश्वास न हो रहा हो। कौन? "मैं नाचूँगा वहाँ?" उसे लगा, फिरोज के भीतर एक जन्मजात भय की लौ थरथरा रही है। ऐसा भय जो ऐसे ठाठ-बाट और चमक-दमक से भीतर से बाहर आ जाती है...अनचाहे...अनजाने ही।

वह फिरोज को जैसे वहाँ खींच लाया। लाते वक्त उसकी हथेली में बन्द फिरोज की नन्ही मुट्ठी हल्की कसमसा रही थी। वर्मा अपनी रौ में था, उसे इस असहमति का ध्यान नहीं था और भीड़-भाड़ में जिस-तिस को फिरोज के बारे में बताने लगा। उसके डांस के बारे में बताने लगा, "आप देखिये इसका नाच! अरे ये जो नाच रहे

हैं अभी...इसके सामने क्या चीज हैं! क्या खूब डांस करता है।"

लोग आश्चर्य से आँखें फैलाते, "रियली! हाऊ स्मार्ट ब्वॉय!"

उसने अपने साहब को बताया। डिप्टी डायरेक्टर को भी बताया।

फिरोज उसके साथ घिसटता हुआ अपनी तारीफ सुनकर शर्माता रहा।

बैण्ड ने कोई नयी धुन छेड़ी तो नाच रहे लड़कों की भीड़ में उसने फिरोज को सरका दिया। फिरोज मुस्कराया, फिर शुरू हो गया।

वह बहुत अच्छा नाच रहा था। वर्मा मुग्ध होकर उसका नाच देख रहा था—एक अभिभावक वाले गर्व से।

लेकिन यह सुख, यह गर्व उसके हिस्से में ज्यादा देर तक नहीं रहा। वहाँ नाच रहे लड़कों में से पता नहीं किसने, फिरोज को पूरी ताकत से एक झन्नाटेदार थप्पड़ दे मारा। भाग मादरचो...! फिर ऐसे ही एक टाई वाले लड़के ने अपने जूते की करारी चोट उसके चूतड़ में जड़ दी। फिर याद नहीं किसने उसे कहाँ-कहाँ मारा और वह कैसे-कैसे लड़खड़ाता रहा।

जब वह उसे बचाने दौड़ा तब बेण्डमास्टर भी उसे दो झापड़ मारने के बाद गालियाँ बक रहा था। वह जैसे पागल हो गया; लगा चीख-चीखकर गालियाँ बकेगा। विवश आक्रोश जिस्म में करण्ट-सा सनसना गया। नस-नस फुँफकारने लगा। फिरोज उनके दायरे से बाहर गिरा पड़ा था। माथे के कोने से खून बह रहा था फीका और पतला खून—जो उसके भूरे बालों को भिगोता हुआ उसकी गन्दी फटी पुरानी कमीज तक पहुँच रहा था।

फिरोज अर्धबेहोशी की हालत से उबरकर स्वाभाविक स्थिति में लौट आया। अपने कपड़े झाड़ता हुआ उठ खड़ा हो गया। उल्टे मुस्करा रहा है...ठीक वही फिसफिसी हँसी जो कुछ देर पहले ट्यूबलाइट पकड़ी उन महिलाओं के चेहरे पर थी।

यह नपुंसक, हारी हुई असहाय मुस्कराहट इनकी नियति है? यह बात इस आठ साल के छोकरे ने मान ली है?

अचानक उसका गुस्सा सनसना गया। अपना आपा खो बैठा, "साले तू हँसता क्यों है? क्यों हँसता है तू?" वह बदहवास होकर फिरोज को बुरी तरह झिंझोड़ रहा था। चीख रहा था, "साले! गुस्सा क्यों नहीं आता? नफरत क्यों नहीं होती तेरे को?" चीखकर एक झापड़ दे दिया, "और हँसेगा? और हँसेगा??"

फिरोज के साथी चकित थे। हतप्रभ थे। और परेशान।

वह चुप हो गया था। उसके भीतर बाहर सब ओर गहरी खामोशी थी। जड़ और चट्टान जैसी कठोर खामोशी। उसे समझ नहीं आ रहा था कि वह किसे पीट रहा था—फिरोज को या खुद को?

उसने लड़कों से पूछा, "अस्पताल किधर है?"

लोहा और आग...और वे...

(कवि केदारनाथ सिंह के लिए, सादर)

वह दिसम्बर के आखिरी दिनों की एक शाम थी। डूबते सूरज का सुनहला आलोक धरती पर बिखरा पड़ा था।

यों शाम तो हर जगह बहुत खूबसूरत होती है, किन्तु यदि आप भिलाई की सड़कों पर हुए तो क्या बात है। यहाँ, यदि आप स्कूटर पर भी हुए तो यहाँ की साफ-सुथरी सड़कें, सड़क के किनारों के हरे-भरे पेड़ और एक मनचाहा खुलापन और शान्ति—ये सब आपका मन इस कदर मोह लेंगी कि आपकी इच्छा यहाँ साइकिल चलाते हुए घूमने की हो जाएगी।

यही बात मैं उस शाम भिलाई के रूआबाँधा-रिसाली सेक्टर सड़क से अपने स्कूटर पर जाते हुए महसूस कर रहा था।

लोग हमेशा की तरह अपनी मोटर-गाड़ियों में बहुत तेजी से भाग रहे थे, एक दूसरे से आगे निकलने को बेताब...जैसे कि रेस हो रही हो। इसी अन्धा-धुन्ध भागती भीड़ का मैं भी एक हिस्सा था। लेकिन मुझे किसी किस्म की कोई जल्दी नहीं थी। शायद इसीलिए मैं अपने आजू-बाजू देख पा रहा था।

अचानक बायीं तरफ नजर गयी तो देखा, सामने के फैले हुए मैदान में कुछ लोग घेरा बाँधे कुछ देख रहे थे। मुझे लगा कोई तमाशा होगा लेकिन तमाशे की भीड़ तो एक के ऊपर एक टूट पड़नेवाली होती है। यहाँ महज दस-पन्द्रह लोगों का झुण्ड था, वह भी बहुत बिखरा हुआ।

स्कूटर खड़ी करके आगे आया तो देखा वहाँ तमाशा नहीं, लोहार हैं।

मुझे बड़ा अजीब लगा। इस विकसित, आधुनिक औद्योगिक नगरी के मैदान में लोहार। मुझे हँसी भी आयी और आश्चर्य भी हुआ, कि जिस मैदान में इलाके का सबसे बड़ा साप्ताहिक बाजार शनिवार के दिन भरता है, जहाँ पाँव धरने की जगह नहीं मिलती उस मैदान में मात्र कुछ लोहार?

लेकिन वे थे। वे राजस्थानी लोहार थे। उनका राजस्थानी होना उनका विशिष्ट पहनावा बता रहा था। पता नहीं किस जिले के। उनका पूरा परिवार था वहाँ, पूरी

गृहस्थी थी। सामने तीन बैलगाड़ियाँ थीं जिनमें उनका माल-असबाब लदा था—खटिया, गुदड़ी, लालटेन सब...। दो तम्बू तने थे। बैलों को एक तरफ बाँधा गया था जहाँ वे चारा चरने में मगन थे।

ये यहाँ कहाँ आ गये? वहाँ उपस्थित शायद हर शहरी व्यक्ति मेरी तरह सोच रहा था। उनकी आँखों और बातों में इन बंजारों के लिए दिलचस्पी थी।

मगर उन लोहारों की दिलचस्पी सिर्फ अपने काम में थी। वे अपने काम में लगे थे।

दहकती हुई भट्ठी के पास एक दाढ़ीवाला जवान व्यक्ति बैठा था, मजबूत कसी हुई देह का मालिक।

वह लाल दहकते अंगारों के भीतर लोहा रखता था और थोड़ी ही देर बाद जब वह उसे निकालता था; काला लोहा लाल बन चुका होता था। यह आग का जादू था, जो मुझे चकित कर रहा था, जबकि मैं भिलाई इस्पात संयन्त्र के धमन भट्ठी में ही नौकरी करता हूँ। आग के इस आदिम जादू से मैं रोमांचित था।

वह दाढ़ीवाला, जिसका चेहरा भट्ठी की आँच में लाल दहक रहा था, अपने लोहे की संगसी से उस गरम और लाल लोहे को निकालता और उसे पीटनेवाले लोहे के बड़े और मजबूत टुकड़े पर रखता था।

इस लोहे को दो औरतें घन से पीट रही थीं। मजबूत, कद्दावर औरतें मानो लोहे की हों। जीता-जागता, साँस लेता लोहा। आँच में दमकते उनके काले चेहरों से पसीने की बूँदें गिरती थीं, आग में चमकती हुई। आग की बूँदें।

ये लोहा ढाल रहे थे।

यह भी कोई कम हँसी की बात नहीं थी कि भिलाई, जो सारी दुनिया को इस्पात बेचता है, वहाँ ये अपना लोहा बेचने आये थे। अपना अनगढ़ और प्राचीन लोहा।

इन्हें देखते हुए मुझे अपने बचपन का भूला-बिसरा वह लोहार याद आया, जिसके पास हम बच्चे अपने-अपने भौंरों (लट्टू) में आरी (कील) लगवाने जाते थे। यह लगभग पचीस साल पहले की बात है। दूसरे लोग लोहार के पास किन कामों के लिए जाते थे, हमें नहीं मालूम था, लेकिन हम लोहार के पास सिर्फ इसी काम से जाते थे—भौंरा में आरी लगवाने। आठ आने के भाव से।

भौंरों में आरी लगाने से न सिर्फ उसकी 'आस' बढ़ जाती थी, यानी वह ज्यादा देर तक भूमि पर घूम सकने में समर्थ हो जाता था, बल्कि वह हमारे खेल 'आल-पाल गोद्दा' के लिए अत्यन्त ही उपयोगी हो जाता था। इस खेल में हारने वाले के भौंरों को शेष खिलाड़ी अपने भौंरों की नुकीली आरी से गोदा करते थे। शर्त के अनुसार पाँच बार या छह बार।

हम लोग प्यारू के भौंरे से डरते थे। कम्बख्त के भौंरे की आरी इतनी नुकीली

होती कि मत पूछिए।

मेरे आँसू निकल गये थे उस बार जब प्यारू ने अपने भौंरे की आरी से मेरे भौंरे को गोदा था। मेरे प्यारे हरे रंग के भौंरे का केवल रंग रोगन या छिलपट नहीं उघड़ा था, वह दूसरे ही बार में सीधे दो टुकड़ों में फलक गया था—जैसे अमरूद को चाकू से काट दिया गया हो दो भागों में।

मैं रो रहा था और प्यारू हँस रहा था। वह अपने भौंरे की आरी को उसी प्रकार चूम रहा था जिस प्रकार विजेता अपनी ट्राफी को चूमता है!

खेल में भी कितनी हिंसा छुपी होती है, यह उसी दिन जान पाया था।

वह काला लोहार चिमटी से पकड़कर भट्ठी से लाल गर्म आरी निकालता और ठोंक-पीटकर नोकीला बनाता। इस काम में उसका किशोर बेटा मदद करता था घन से पीटने में और उसकी हँसमुख पत्नी घर के काम-काज के बीच आवश्यकतानुसार धौंकनी पर आकर बैठ जाती और हवा करने का पैडल घुमाने लगती थी।

''लोहार, हमारा आरी बढ़िया चोक्खी रखना।'' हम लोहार को साधिकार हिदायत देते थे, उसके ग्राहक जो ठहरे।

''हाँ-हाँ, एकदम चोक्खी है। किसी के मूड़ में मारोगे तो खून की धार फूट जाएगी।'' वह अपने होठों के बीच इधर से उधर बीड़ी डुलाता जवाब देता।

आरी को सन्तोषप्रद नुकीला बनाने के बाद वह उसी आरी के दूसरे छोर से लाल गर्म करके भौंरे की कील की खाली जगह में गोभ देता और तुरन्त भौंरे को वहाँ रखे धमेले के गँदले पानी में डुबा देता था।

छिस्स..........

आग और पानी में कुछ देर के लिए मानो भीषण युद्ध छिड़ जाता है। कुछ ही पल बाद हम पाते हमारा भौंरा धमेले के पानी में उफला हुआ है। हर बार युद्ध में आग से पानी ही जीतता था, चाहे वह कितना ही गँदला क्यों न हो।

...रूआबाँधा के मैदान में इस समय आग और पानी का यही खेल चल रहा था।

सूर्य इस समय आकाश के सबसे निचले हिस्से में था—लाल—बिल्कुल दहकते कोयले की तरह। वहीं आस-पास सुलगती और चमकती लाल रेखाओं के बादल थे। आकाश के बाकी हिस्से में गाढ़ा नीला रंग भरा रहता था।

सड़क से लोग वैसे ही गुजर रहे थे। कुछ यहाँ से चले गये थे तो कुछ नये आ गये थे। कुछ मनचले छोकरों का झुण्ड आ गया था। लड़के चुप न थे।

—अबे तू काहे के लिए आ गया इधर अपनी दुकान छोड़ के?

—तेरा बाप भौत चिल्लाएगा।

—चिल्लाने दे। तेरे बाप का क्या जाता है? तू किसलिए आया इधर?

—देख, देख साले को। क्या देखने के वास्ते आया तू?

—साला, ऐसा देख रहा है जैसे जिन्दगी में पैले कभी देखाइच नइ...।

वे हँसने लगे। आस-पास खड़े लोग भी।

लड़के बहुत तेजी से अश्लील हो रहे थे।

वे लोहा पीटती औरतें इन सबसे बिलकुल बेखबर।

अब एक लोहे को तीन जन पीट रहे थे। दो औरत और एक पुरुष—तीनों पास-पास किन्तु अलग-अलग दिशाओं में खड़े हुए। वे गर्म लोहे को लगातार पीट रहे थे, एक के बाद एक। थोड़ी ही देर में उनके पीटने में गति आ गयी और एक अद्‌भुत सन्तुलन! एक लयबद्ध घन चलाना—टन! टन! टन! टन! टन! तीनों का एक साथ घन चलाना कुछ वैसा ही सन्तुलन था जैसे कोई करतबबाज एक साथ तीन गेंदों को हवा में उछालता खेल रहा हो।

—अबे कहीं हमको दिया जाए तो हम तो उस दाढ़ी वाले का सर ही फोड़ डालेंगे! एक लड़का बोला और बिल्कुल सही बोला था।

लोहा पीटने के बाद स्त्रियाँ अपने गृहस्थी के काम में लग गयीं, इतनी सहजता से कि कोई शायद ही विश्वास करेगा कि ये वही स्त्रियाँ हैं जो अभी-अभी लोहा पीट रही थीं। सुस्ती वहाँ कहीं नहीं थी। वे काम करते-करते ही सुस्ता लेती हैं। पास ही ईंटों का चूल्हा जल रहा था जिसमें एक देगची चढ़ी थी। एक औरत एल्युमिनियम की परात में आटा सान रही थी और दूसरी चूल्हा देख रही थी। थोड़ी ही दूर पर एक बूढ़ा था, घनी सफेद दाढ़ी-मूँछों वाला बूढ़ा, जो तैयार औजारों को रेत-पत्थर से धार दे रहा था। यहाँ की हर चीज अपने काम में लगी हुई व्यस्त थी। उनका कुत्ता तक व्यस्त था—पूँछ हिलाता, उनके बच्चों के संग खेलता हुआ।

अँधेरा बढ़ रहा था लेकिन यहाँ आग थी। और आग की अनूठी महक थी। वही आग जिससे हमारी सभ्यता शुरू हुई और जिसने हमें अब तक पृथ्वी पर जीवित रखा है।

दाढ़ीवाले आदमी ने भीड़ में खड़े एक बच्चे को जब हँसी में अपने पास बुलाया तो बच्चा जाने क्यों बहुत डर गया और पीछे हट गया। बच्चे ने जरूर इस आदमी को जादूगर समझा होगा, जो उसे लोहे में बदल सकता है।

आटा सानती औरत हँस पड़ी एकदम खिलखिलाकर। उसकी हँसी खुलकर, इस अँधेरे होते समय में चारों ओर किसी उजाले की तरह फैल गयी। मुझे लगा, यह दुनिया की सबसे खूबसूरत औरत की सबसे शानदार हँसी है, जिसमें धातुओं की खनक गूँज रही है।

इतने सारे कुपुरुषों से घिरी उस औरत की हँसी में एक गजब का साहस भरा था—बिलकुल लोहे की तरह ठोस। उस हँसी में अपने हर अँधेरे से लड़ने की छुपी

हुई अकूत आग को मैं देख रहा था और उसकी आँच को महसूस कर रहा था, एकदम साफ-साफ!

ये बंजारे। इनके घर-द्वार कहाँ हैं? कौन 'देस' है और कौन जिला, जो इस शीत बरसाती ठण्ड में इतने खुले मैदान में डेरा डाले हुए हैं। बहुत इच्छा हुई कि उनसे पूछूँ। लेकिन तुरन्त अपनी मूर्खता का अहसास हो गया। ये दरअसल किसी जालौर, जैसलमेर अथवा जोधपुर के नहीं वरन् समूची धरती के हैं और धरती के किसी भी छोर पर, किसी भी मौसम में ये इतने बेखौफ रह सकते हैं जितने कि इस समय यहाँ। सिर्फ अपनी आग के सहारे!

यहाँ से बायीं तरफ कुछ आगे इन्हीं के कुनबे का एक आदमी नीचे बोरा बिछाकर अपनी दुकान सजाये बैठा था। बोरे में लोहे की वस्तुएँ—जिन्हें ये यहाँ बना रहे थे—रखी थीं, विक्रय के लिए—कुल्हाड़ी, बसूला, हथौड़ी, छेनी, पटासी, मटन काटने की छुरी, पेचकस...।

उसकी दुकान में एक भी ग्राहक नहीं था। उसकी लोहे की चीजें मानो अपनी आँखें उठा-उठाकर ग्राहकों को देख रही थीं। उन चीजों की आँखों में किसी गाय की आँखों जैसी कातरता और सादगी थी।

कहाँ गये सारे ग्राहक? शायद सारे ग्राहक इस समय बिजली की चकाचौंध और रंगीनियों से सराबोर सिविक सेण्टर के सुपर मार्केट की खूब सजी-धजी दुकानों में होंगे...फास्ट फूड, कोल्ड ड्रिंक्स, आइसक्रीम, कलर टी.वी., फ्रिज, वाशिंग मशीन, कूलर, जूते इत्यादि खरीदते हुए; किसी अदृश्य अतीव आकर्षण में...। आखिर ग्राहक अपनी जरूरत की ही चीजें तो खरीदेगा, चाहे यह जरूरत कितनी ही झूठी, अवास्तविक और फैशनेबुल हो। जमाना इसी का है। इस फालतू और बेकार की चीजों को कौन खरीदेगा? कुदाल—इसका क्या करेगा कोई? कुल्हाड़ी—कौन यहाँ जंगली है जिसे लकड़ियाँ काटनी हैं। सबके घरों में रसोई गैस है। बसूला—यहाँ बढ़ई ही कहाँ हैं और रह गया छुरा, तो इतने सभ्य नागरिक क्या कसाई बन जाएँगे?

ये कौन-से जमाने की चीजें बेच रहे हो बाबा? और किसलिए बना रहे हो?

एक समय था, बचपन में तकरीबन ये सारी चीजें हमारे घर में हुआ करती थीं, अपने निश्चित स्थानों में, जिनसे पिताजी या दादाजी अक्सर काम किया करते थे और हम इनसे खिलौनों की तरह खेला करते थे। गाहे-बगाहे इन्हें पड़ोसी भी माँगकर ले जाते थे। इनकी जरूरत थी। अब पता नहीं कहाँ चली गयीं ये चीजें। पुराना होते और जंग लगते देखकर मैंने ही कभी किसी कबाड़ी को बेच दी हों, नहीं, हाँ...शायद नहीं...शायद हाँ...। मैं अपनी विस्मृति पर झुंझला पड़ा। चीजों का खोते चले जाना...हम अपनी ही चीजों को भूले जा रहे हैं कितनी आसानी से।

अचानक मुझे अपने बचपन का वह लोहार याद आया...कर्री आँख वाला

उसका बेटा...हँसमुख पत्नी, छोटी-सी झोंपड़ी...। क्या वे मेरे पुराने शहर में हैं? जीवित? लेकिन फिर तुरन्त याद आया, जहाँ लोहार, मोची, बढ़ई, साइकिल मेकैनिक वगैरह की झोंपड़ियाँ थीं, वहाँ पर तो अब एक शानदार तिमंजिला काम्पलेक्स है, जिसकी फ्लोरवाली एक जगमगाती दुकान से मैंने अपने लिए अपने जीवन का सबसे महँगा जूता खरीदा था। अरे...! वह दुकान तो ठीक उसी जगह है जहाँ लोहार की झोंपड़ी थी, जो दिन-रात भट्ठी के ताप से झुलसती रहती थी और विडम्बना देखिए कि मैं कीमती जूते पहनकर दुकान की एकदम चिकनी-चमचमाती फर्श को ठक-ठका रहा था। ट्रायल लेते हुए, इस बात को बिल्कुल ही भूला हुआ कि ठीक नीचे आग है, गर्मी है, पसीना है, और है लोहे पर घन का मजबूत और अनवरत् प्रहार...टन्न! टन्न! टन्न!

और मैं सोचने लगा, यह बात दुकानदार को बतायी जाए—कि आपकी दुकान के नीचे आग है—तो कैसा रहेगा? 'अरे छोड़िए साहब...' ऊपरी तौर पर भले ही हँसकर वह टाल जाएगा लेकिन सचमुच डर जाएगा। डर जाएगा कि आग सचमुच में अभी भी न दहक रही हो। वह आग मिटाने की गरज से शनिवार को चौखट में अधिक नीबू-मिर्च लगाने लगेगा, मन्दिर या गुरुद्वारे में अपनी श्रद्धा दान के साथ बढ़ाता जाएगा।

उस ग्राहकविहीन दुकान देखते हुए मुझे अपने दादाजी की एक खास आदत याद आ गयी। वे कुछ भी अण्ट-शण्ट चीज खरीद लाते थे, भले ही घर में उसकी कोई जरूरत न हो। इस सनक के चलते वे कभी तोता ले आते तो कभी मुर्गा। कभी कबूतर या खरगोश। कभी बेवजह पुराना फावड़ा खरीद लाते तो कभी साँकल। एक बार तो उन्होंने हद कर दी। जाने कहाँ से धान कूटने का मूसल उठा लाये! अब भला शहर में मूसल का क्या काम? पूछने पर हमेशा की तरह बोले, "रहने दो, घर में पड़ा रहेगा तो एक दिन काम ही आएगा। पड़ा रहने दो।"

...कुछ सोचते हुए मैं बोरे वाली दुकान की तरफ बढ़ गया।

"...ये क्या उठा लाये?"—पत्नी हैरानी से उस कुल्हाड़ी को देख रही थी जो मैं खरीद लाया था। वह बेचारी हैरान से ज्यादा परेशान दिखी, "आपको अचानक ये क्या सूझ गया? कुछ भी अनाप-शनाप खर्च करते हो? भला घर में इसकी क्या जरूरत आ पड़ी थी? किसने कहा था आपको इसे खरीद लाने के लिए?"

मैंने कहा, "दादाजी ने!"

और हँसने लगा। बहुत दिनों बाद मैं ऐसे दिल खोल के हँस रहा था।

पत्नी मुझे ऐसे घूर रही थी जैसे मैं उसके पति के भेस में कोई दूसरा होऊँ!

एक अ-नायक की अधूरी कहानी

उसका बचपन

जिस अब्दुल सत्तार नाम के युवक की कहानी मैं यहाँ कहने जा रहा हूँ, वह हमारे मोहल्ले का है। उसके बारे में मोहल्ले वालों की राय—अगर जरा विनम्रता से कहा जाए—तो बहुत अच्छी नहीं है। सबकी निगाह में वह चोर और बदमाश है। चोरहा अब्दुल! जिनकी जबान यहाँ तेज है, उनके अनुसार, "इस साले के पास अपना जिस्म छोड़ कोई चीज अपनी नहीं। सबकी सब चुरायी हुई। चुरायी हुई न सही तो माँगी हुई। इस लौण्डे को हम तब से जान रहे हैं जब ये नंगा घूमा करता था। तब भी साला कोई कम नहीं था—आग खाके अंगार हगता था!"

प्राय: सबने यह सूक्ति पढ़ी अथवा सुनी जरूर होगी—बच्चे की पहली पाठशाला उसका घर है और पहले शिक्षक उसके माता-पिता। इसलिए मानने वाले उसकी इस आदत की शुरुआत उसके घर से ही मानते हैं। इसके लिए उसके अब्बा का धन्धा भी जिम्मेदार है।

बाजार को आज देखिए तो पता नहीं चलेगा कि किधर से शुरू है और कहाँ पे खत्म। जैसे बरगद अपनी जड़ें चारों तरफ फेंकता है कुछ वैसा ही बाजार का हाल है। अब यह एक पहेली बनने जा रही है कि शहर में बाजार है या बाजार में शहर। बाजार का जो सबसे पुराना भाग है वह बाजार की आधुनिक परिभाषा में फिट नहीं बैठेगा। अधिक से अधिक उसे हटरी कहा जा सकता है जहाँ चूड़ी, फीता, बिन्दी वालों के साथ तम्बोलियों के छोटे-छोटे टपरे हैं, इसी लाइन में तमाम फटीचर दुकानों में एक टूटी-फूटी दुकान है—अब्दुल के अब्बू इमाम हुसैन की। यहाँ टूटे और बिगड़े हुए तालों, छातों और टार्च की मरम्मत की जाती है। देखने में सबसे दयनीय और बेसहारा इन्हीं की दुकान है। पचीस साल पुरानी। तब से यह वैसी ही है।

उसके अब्बू उसे अपने साथ तब से दुकान ले जाने लगे थे जब वह सात साल का था। उनके अनुसार, धन्धा सीखने की यही सबसे सही उमर है। बाद में तो आजकल के लौंडे हाथ से निकल जाते हैं। स्कूल से छुट्टी पा वह दुकान जाया करता,

वहाँ बैठकर अब्बू की कारीगरी देखता रहता। तब उसकी एक ही ड्यूटी होती थी—अंगद होटल में चाय बोलना और बिसाहू के पान ठेले से अब्बा का पान लाना—कपूरी, बाबा छाप जर्दा मिलाकर।

बाद में जब आस-पास के दुकानदारों ने देखा, अब्दुल खाली बैठा रहता है तो उन्हें अपने-अपने काम याद आने लगे। फिर उसे अपने काम के लिए दौड़ाने लगे। चाय, समोसा या पान-बीड़ी-सिगरेट-तम्बाकू आदि के लिए।

इसी लाइन के आखिरी छोर पर चना-मुर्रा, तिल्ली लड्डू लेकर एक जवान, तन्दुरुस्त और सजी-सँवरी काली औरत बैठती थी। लाइन के मनचले जवान लड़के अब्दुल को अक्सर सिखा-पढ़ाकर उसके पास भेजते। उसकी बातें—जो उसकी नहीं होती थीं—सुनकर कभी गुस्सा जाती, जोर-जोर से बकने लगती या कभी हँसकर टाल जाती! लेकिन सामान जरूर देती। उसे तब समझ आता था, कोई बात है जो अच्छी नहीं, इसीलिए दुकान वाले छोकरों को मजा आता है।

जब अब्दुल की सेवा बढ़ने लगी, उसके अब्बू आजू-बाजू वालों पर झल्ला पड़ते, "अबे, तुम लोगों ने इसे अपना नौकर समझा है क्या? इसे क्या मैं तुम लोगों की चाकरी कराने लाया हूँ? खबरदार बे, जो आगे से इनके कहने पर गया!" वे अब्दुल को भी धमकाते।

"अरे बिगड़ते काहे हो भाई जान, खाली देखा तो बुला लिया। अरे हम भी इसको अपने बेटे के समान चाहते हैं। आप तो खामखाँ गरम हो रहे हो!" दुकानदार कहते। "चाय मँगाऊँ भाई जान? जा रेऽऽऽ चाय बोलके आ अंगद को—दो हाफ पेशल!"

मना कैसे करें? अब्बा बेचारे खिसिया के रह जाते।

अब्दुल की आदत तभी से बिगड़ी। उसके आजू-बाजू वाले दुकानदारों का मानना है जैसे-जैसे अब्दुल के हाथ रुपये आने लगे, वह 'पार' करने की तरकीबें सीखता गया। धीरे-धीरे इस काम में होशियारी आने लगी। जब कुछेक को इसका भान हुआ, वे सँभल गये। चेत गये कि इसकी आदत बिगड़ रही है। रुपया-पैसा इसके हाथ में देना ठीक नहीं।

दुकान में बैठते हुए वह कई चीजें लगातार सीख रहा था। इस दौरान वह ग्राहकों से बात करने, उन्हें पटाने में खास माहिर हो गया। दुकान में बैठने की उसकी झिझक उड़न-छू हो गयी। वह इतना बोलने लगा कि मुहावरे में कहा जाय तो अपने बाप के कान काटने लगा। इनका धन्धा ऐसा ठहरा कि बगैर झिकझिक के कोई ग्राहक अपनी अण्टी ढीली नहीं करता। आठ-आठ आने की खातिर पाँच मिनट की झिकझिक करो। उनके अधिकांश ग्राहक आस-पास के गाँवों से आने वाले देहाती होते थे। इनसे उलझने में उन्हें बड़ी परेशानी होती। इसीलिए उसके अब्बा या दूसरे दुकानदार अक्सर

चर्चा के दौरान कहा करते, ''अरे! इन देहातियों की शक्ल पे मत जाना। दिखने से खूब भोले-भाले मगर अन्दर से बहोत स्याणे! हमारे जैसों को चलाकर रख देते हैं—इत्ती अकल होती है इनके पास। साले दिखेंगे फटीचर, पर अन्दर की जेब में नोट भरे होते हैं।'

'धन्धे की कसम' या 'ईमान की कसम' बोलकर झूठ बोलना अब्दुल ने इधर ही देखा।

अक्सर अब्बू के टिन वाली सन्दूक से वह रेजगारी गायब कर जाता। उन पैसों का वह पीछे के कोने वाली सिन्धी की दुकान जाकर लाटरी खींचा करता, जिसमें फँस जाने पर दस पैसे का एक रुपया मिलता—नगद! फँस गया तो ठीक। नहीं तो गया। कभी सिन्धी को, कभी किस्मत को दो-चार गाली देकर छुट्टी पा जाता। फिर उसे कुछ याद नहीं रहता।

इसी चक्कर में उसने कुछ दुकानों से उधार लिया था। जब दुकानदार तगादा करने आने लगे तो अब्बू की खोपड़ी फिर गयी। इसी बात पर वह अब्बू से कई दफा पिट चुका था। कभी-कभी तो इतना पीटते कि आस-पास के लोग देखकर पिघल जाते, ''अरे-अरे! जान ही ले लोगे क्या बच्चे की। जाने दो भाई जान, अब से नहीं करेगा। सुधर जाएगा।''

मामला बाजार तक सीमित रहता तो ठीक था। वह मोहल्ले में भी हाथ साफ करने लगा। मुर्गे चुराकर शनीचरी बाजार में बेच आता। इस काम में उसके दो साथी और थे। लेकिन एक दिन रँगे हाथ पकड़ लिये गये। तब से लोग सतर्क हो गये और अब्दुल काफी बदनाम हो गया। लोग उसे अब चोरहा अब्दुल कहने लगे।

उन्हीं दिनों एक और घटना हुई।

उन्होंने तब बकरियाँ पाल रखी थीं। उसकी अम्मा उनकी देख-रेख किया करती थी। बढ़ती आबादी के कारण शहर से मैदान लगातार घट रहे थे। बकरियों के चारे की समस्या भी थी। यों तो वे सारा दिन इधर-उधर चरकर अपने पेट पाल रही थीं। फिर भी कुछ और इन्तजाम जरूरी था। मोहल्ले के आखिरी छोर पर तालाब के किनारे एक गुजराती भाई का छोटा-सा फार्म था। ठण्ड के शुरुआती दिन थे। इस सीजन की एक महत्त्वपूर्ण सब्जी गोभी। बाड़ी में ढेर के ढेर गोभी पत्ते फेंके जाते थे। अब्दुल की अम्मा एक रोज जाकर मालिक से बात कर आयी कि अब्दुल को वह पत्तों के लिए बाड़ी भेजा करेगी, आप उसे पत्ते दे दिया करेंगे।

मालिक ने इसके लिए मना नहीं किया।

अब अब्दुल की यह रोजाना शाम की ड्यूटी हो गयी। वह बड़ा-सा थैला लेकर बाड़ी जाता, पत्तों से भरकर लौट आता।

लेकिन कुछ ही दिनों बाद मालिक को शक हो गया। जरूर दाल में कुछ काला

है। आखिर एक दिन जब थैला भरकर जा रहा था, बूढ़े मालिक ने रोक लिया। उसका थैला छीनकर तलाशी ली गयी। थैले में पत्तों के भीतर छुपाकर रखे गये गोभियों के फूलों का पता चला।

गुजराती ने दो थप्पड़ मारे और ऐसी-ऐसी गालियाँ गुजराती में बकने लगा कि कुछ समझ नहीं आया। तबीयत उखड़ गयी।

मालिक को किसी जासूस से सूचना मिली थी, माँ-बेटे दोनों इस नफे वाले काम में शामिल हैं। वे सिर्फ अपने घर के लिए गोभियाँ नहीं ले जाते थे, बल्कि पास-पड़ोस में बेच देते थे या बाजार में बेचने अब्दुल चला जाता था।

कहने की जरूरत नहीं इससे कितनी थुक्का-फजीहत हुई होगी। कुछ दिनों तक घर से निकलने में शरम आती थी। खैर, ऐसा कब तक रहता। बाद में समय के साथ-साथ सामान्य होता गया सब। लोग भूल गये। लोग बड़े-बड़े राष्ट्रीय घोटाले समय के साथ बिसरा देते हैं फिर ये तो मामूली घटना थी।

अब जिस घटना का जिक्र मैं करने जा रहा हूँ उसके गवाह हम चार यार थे। मैं, अय्यूब, शब्बीर और शमीम। हम सबकी उमर तब तेरह-चौदह के आसपास की रही होगी। वह ईद का दिन था! मोहल्ले में मुख्य सड़क के किनारे भगतसिंह प्राथमिक शाला के सामने खूब बड़ा खाली मैदान है, जहाँ लोग तीज-त्यौहार के दिन इकट्ठा होते हैं, आपस में मिला करते हैं। तब भी लोग दिन भर वहाँ कहीं भी जमे रहते, एक-दूसरे को बधाइयाँ देते। तब माहौल इस कदर विषैला और शंकाग्रस्त नहीं था। ना ही पुलिस की पहरेदारी में त्यौहार मनाये जाते थे। यह एक बड़ा फर्क है तब और आज में।

ईद की खुशी के मौके पर बिल्डिंग ठेकेदार जैनुद्दीन ने अब्दुल को अपने सीने से लगा लिया, सटा लिया और पीठ थपथपाने लगे। उसके अब्बा को पूछ रहे थे वे। तब तक काम हो चुका था! हुआ यह कि जैनुद्दीन ने जोर से सटाया तब अब्दुल को पता चला कि उसका एक हाथ अनायास चचा जैनुद्दीन के झक्क सफेद कुरते की जेब में है, और जब हाथ बाहर निकला तो मुट्ठी में एक नोट है। खुद अब्दुल को पता नहीं चला कि यह कैसे हुआ?

उनके दूसरी तरफ जाने के बाद उसने अपनी मुट्ठी खोली—सौ रुपया!

एक पल को उसे समझ नहीं आया क्या करे! उसने सोचा था पाँच या दस का नोट होगा। यहाँ तो सौ! बाप रे! उस समय वह खुश ज्यादा था कि डरा हुआ, कहना मुश्किल है। वह तो उछल जाना चाहता था लेकिन ऐसा वह कर नहीं सकता था।

हम पाँचों मिलकर उस दिन सिनेमा गये। बसन्त टाकीज में धर्मेन्द्र की फिल्म लगी थी—खेल खिलाड़ी का। अब्दुल ने बालकनी की टिकट ली। उस दिन हम

सचमुच किसी राजा से कम नहीं थे। वहीं इण्टरवल में हमने अपने जीवन में पहली बार कागज के कप में मिलने वाली महँगी आइसक्रीम खायी थी। हालाँकि वह जनवरी का महीना था और सर्दी जम के पड़ रही थी।

इतना ही नहीं, बाकी बचे रुपयों से हम लोगों ने होटल में खाना गया। और मिठाई भी। इतना खा चुके थे कि अब कुछ खाने की इच्छा ही नहीं बची थी।

दूसरी सुबह मालूम हुआ, बेचारे जैनुद्दीन इस नोट के गुमने को लेकर कुछ परेशान हो गये थे। जिस-तिस को यह बात उन्होंने बतायी और चोर को बेहिसाब गालियाँ।

इस चोरी में वह अकेला नहीं था। हम सब थे।

स्कूल की परीक्षा : गरीबी से मुहब्बत

अब्दुल अब पन्द्रह पार कर चुका था। समय भी क्या अजीब चीज है। आगे देखिए तो लगता है कि पूरा पहाड़ है सामने, पीछे देखने से पता नहीं चलता कि कब और कैसे बीत गये दिन। अब्दुल समय की ऐसी ही बेखयाली में एक दिन बड़ा हो गया। लम्बाई बढ़ गयी थी, देह भरना बाकी था। होठों के ऊपर भूरी रेखाएँ फूट रही थीं। शरीफ लोगों के अनुसार वह सुधरना तो दूर उल्टा और बिगड़ गया था। आवारा, बदमाश, उजड्ड, लफंगा। हाँ, गुण्डा होना बचा था। हालाँकि मार-पीट, थाना-कचहरी सब समय-समय में बराबर हो रहा था। ये सारे काम, लड़ाई-झगड़ा जहाँ दूसरों के लिए अनुचित और असहज थे, उसके लिए इसमें वैसी ही आसानी थी जैसे मोहर्रम का ढोल पीटना या अखाड़े में सीखी तलवारबाजी का प्रदर्शन।

इन सबके साथ वह अपनी पढ़ाई भी कर रहा था।

इस साल वह ग्यारहवीं का विद्यार्थी था—आदर्श शासकीय उच्चतर माध्यमिक विद्यालय में। इस साल की परीक्षा बोर्ड परीक्षा थी। पढ़ाई-लिखाई में उसने कभी बहुत मन लगाया हो, ऐसा उसका स्वभाव नहीं रहा। हर साल अगर वह पास हो रहा था तो सिर्फ नकल की बदौलत। नकल में पकड़ा जाता तो सर के पैर पकड़ लेता, ''इस बार छोड़ दीजिए सर, आगे से बिल्कुल नहीं करूँगा।'' लेकिन दूसरे रोज वह फिर 'चिट' लेकर हाजिर। परीक्षा के दौरान उसकी सारी बुद्धि इसी काम में लगी रहती। स्कूल के सारे अध्यापकों में वह पेशेवर अपराधी के रूप में 'मशहूर' हो चुका था। इसके बाद भी कुछेक सर उसे पसन्द करते थे। क्योंकि कभी उनके बिजली का बिल पटा देता, कभी गैस सिलेण्डर चेंज करा लाता या इसी प्रकार के कुछ काम। वह टीचरों की इज्जत करता है यह बात भी अध्यापकों को मालूम थी।

कमजोर तो वह लगभग सभी विषयों में था मगर हालत खराब होती गणित

में। गणित से उसे चिढ़ होती। लेकिन पढ़ना मजबूरी थी। इसके पिछले साल दसवीं की परीक्षा की बात है। गणित का पर्चा था। फर्क सिर्फ एक था। प्रश्नपत्र में रमेश था और चिट में दिनेश। उसे लगा था, दोनों अलग-अलग सवाल हैं। अपनी उत्तर पुस्तिका देकर वह बाहर आया तो कक्षा के साथी अवतार से मुलाकात हुई। उसी ने बताया, "अबे घोंचू! बनाना नहीं था! ये तो वही सवाल है। खाली नाम का फरक है।"

"धत्तेरे की!" उसने अपना माथा पीट लिया।

लेकिन इस साल बोर्ड परीक्षा होने से वह कुछ घबराया-सा है, सतर्क है। क्योंकि उसे मालूम है कि बोर्ड की परीक्षा कितनी 'स्ट्रिक्ट' होती है। इस बार हमेशा वाली 'हरामीपन्ती' नहीं चलेगी। इसलिए थोड़ा-बहुत मन लगाने की उसने कोशिश की इस साल। कक्षाएँ भी बराबर अटेण्ड करता रहा। क्योंकि बगैर पढ़े उद्धार भी तो सम्भव नहीं था।

गणित की परीक्षा वाले दिन वह अपनी पूरी तैयारी से स्कूल गया। अस्त्र-शस्त्र से लैस किसी सैनिक की तरह। आज उसके पास चिटों का खजाना था पूरा। जगह-जगह छिपाये हुए। कॉलर, आस्तीन, पाँयचे, कमर और जाँघ से लेकर आरक्षित एरिया तक। परीक्षा शुरू हुई। पाँच मिनट के भीतर उसने अपने खजाने का उपयोग करना शुरू कर दिया। यही उसकी दो दिन-रात की पूँजी थी। क्योंकि अगर चेक करने वाला दस्ता पहुँच जाएगा तो सब छीनकर ले जाएगा। यही सोचकर वह फटाफट लिख रहा था। थोड़ी देर बाद कमरे में विशेष जाँच के लिए कुरैशी सर आये। यह वही टीचर थे जिनसे नकलचोरों को सबसे ज्यादा डर लगता था। नकल पकड़ने में एकदम उस्ताद! अपनी केमिस्ट्री की क्लास में वह अक्सर बोला करते थे, "बेटो! नकल वही पकड़ सकता है जिसने खुद कभी नकल किया हो। अपने जमाने में इसमें 'मास्टर' था। इसलिए धोखे में मत रहना। मैं तुमको नंगा करके भी चिट निकलवा सकता हूँ।"

कुरैशी सर जाँच करते आ रहे थे लाइन से। नकलचोर लड़कों से चिट बरामद करते हुए।

अब्दुल का जी किसी इंजन की तरह धड़धड़ा रहा था—या अल्लाह! रहम कर!

जब उसकी बारी आयी तो लगा गश खाकर गिर पड़ेगा। दिल इतने जोरों से धड़क रहा था कि लगा पूरा कमरा उसकी धड़कन से गूँज रहा है—धक-धक-धक-धक कि दिल उछलकर अब-तब बाहर जा गिरेगा।

कुरैशी सर ने उसकी तलाशी ली। उसके पूरे जिस्म को टटोलकर देखा बाहर-बाहर से। फिर अपने चश्मे के भीतर से उन्होंने एक तेज, गहरी नजर से अब्दुल को देखा। फिर आगे बढ़ गये। बगैर कुछ पकड़े।

यह कैसे हुआ? यह अनहोनी थी। अब्दुल आश्चर्य की सबसे ऊँचाई पर खड़ा था। बाकी लड़के भी हैरान थे। ऐसा कैसे हो सकता है! अब्दुल को लड़के अच्छे

से जानते हैं। अब्दुल चिट नहीं लाया हो—वह भी गणित के दिन—असम्भव! और दूसरी बात, कुरैशी सर नकल पकड़ने में कभी भूल नहीं करते। बात साफ है कि उन्होंने अब्दुल को जान-बूझकर नहीं पकड़ा। क्यों? किसलिए?

इस मेहरबानी की वजह अब्दुल भी समझने में असमर्थ था इस समय।

बाद में जब उसने ठण्डे दिमाग से सोचा, गम्भीरता से विचार किया तो पाया, सर ने सच्चे मन से उसका भला चाहा है। बिल्कुल निःस्वार्थ क्योंकि यह बात कुरैशी सर भी बेहतर जानते हैं कि बगैर नकल के ये लड़का पास नहीं हो सकता। उन्होंने शायद सोचा होगा, चलो जाने दो। बेचारा गरीब विद्यार्थी है। इसका साल खराब करने से भला मुझे क्या लाभ होगा। इसलिए जाने दो। आजकल कितने लड़के हैं जो ईमानदारी से पढ़कर पास होते हैं? ज्यादातर तो सब चेक-जेक लगाकर ऊपर तक पहुँचते हैं। इसलिए जाने दो।

अपना तर्क गढ़कर वह आश्वस्त हुआ। खुश भी हुआ कि उसे पहली बार अपनी गरीबी का 'लाभ' मिला। अपनी गरीबी से जैसे मुहब्बत हो गयी थी उसे उस रोज।

लेकिन बाकी लड़कों का खयाल कुछ दूसरा था। उनकी नजरों में यह साफ-साफ सम्प्रदायवाद का मामला था। अपने कौम को आगे बढ़ाने के लिए उन्होंने ऐसा किया है। कुरैशी सर साम्प्रदायिक हैं!

खैर! इस पर हुआ कुछ नहीं।

गुप्ता जी का स्कूटर और कौम का सिर

कुछ समय बाद की घटना है।

स्टेशन चौक पर एक चाय की दुकान है—'पाहवा टी हाउस'। यहाँ चाय अच्छी मिलती है—यह शहर में प्रसिद्ध है। अब्दुल उन दिनों अकसर इधर आया करता था। मैट्रिक पास हो गया था थर्ड डिवीजन से। अब खाली था। रोजगार दफ्तर में 'एण्ट्री' करवा चुका था लेकिन वह नौकरी मिलने का इन्तजार नहीं कर रहा था। उसे पता था कितनी बेरोजगारी है इस मुल्क में। वह खाली था। वहाँ घूमते-फिरते बैठ जाया करता था। वहाँ वह कभी-कभी कुछ खास लोगों को देखता था जो वहाँ घण्टों बैठे रहते थे। वे बहुत सामान्य, दुबले-पतले लोग थे जो देश-दुनिया की बातें करते थे। बात करते-करते अकसर वे उत्तेजित होकर लगभग भाषण करने लगते।

उनकी चर्चा के दौरान कुछ शब्द अकसर बार-बार आते थे—क्रान्ति, शोषण, गरीबी, समाजवाद, साम्राज्यवाद, अमेरिका, रूस, लेनिन, मार्क्स, स्टालिन, गोर्बाच्योव, क्यूबा आदि-आदि।

अब्दुल ने दुकान वाले से पूछा, ''कौन हैं ये लोग?''

''कामरेड।''

''कामरेड! ये क्या होता है?''

''अरे तुम नहीं समझोगे। ये कम्युनिस्ट पार्टी वाले हैं!' लाल झण्डा वाले। जुलूस-वुलूस में देखे होंगे।''

''अच्छा-अच्छा!'' उसने मुण्डी हिलायी, ''खूब बड़ी-बड़ी बात करते हैं नइ? अपने भेजे में जादा नइ घुसता।''

वह उनकी बातें सुनता। लगता कि ये लोग सही कह रहे हैं।

कभी-कभार वह भी इनके साथ बातचीत में शामिल हो जाता था।

एक दिन उनकी लम्बी चर्चा धर्म को लेकर चली। बहुत उत्तेजक माहौल में। कई-कई बातें। कि धर्म शोषण की जड़ है, मनुष्य की अज्ञानता और कमजोरी है। हमारे विकास की सबसे बड़ी बाधा है। पहले पण्डितों और मुल्लाओं द्वारा और अब नेताओं द्वारा साधारण जनता को धर्म के नाम पर बरगलाया जाता है। हमें इसका विरोध करना है। जाने कितनी बातें।

अब्दुल को लगा बिल्कुल सही बात है। वास्तविक है। यह खेल सदियों से चला आ रहा है और आज तक जारी है। उसे कुछ करना चाहिए कि यहाँ की भोली जनता जागरूक हो सके। इस पूरे खेल को समझ सके। हमारे जैसे नौजवान इस देश की ताकत हैं, तकदीर हैं, हमें कुछ करना चाहिए। बार-बार दिमाग में यही बात गूँज रही थी—कुछ करना चाहिए...कुछ करना चाहिए। मगर क्या? उसने सोचना शुरू किया। देर तक सोचता रहा मगर उसे समझ नहीं आया कि क्या करना चाहिए।

काफी देर सोचने के बाद अन्ततः उसने तय कर लिया कि उसे क्या करना है।

दूसरी सुबह मोहल्ले में हंगामा खड़ा हो गया। मस्जिद की बाहर की बाउण्ड्री की दीवारों पर तरह-तरह के धर्म-विरोधी नारे लिखे—'धर्म हमें लूटने की साजिश है', 'धर्म केवल कायर और मूर्ख लोगों का सहारा है', 'मजहब हमें सिखाता आपस में बैर रखना'...

उनका पूरा समाज इस हरकत पर खौल गया था। किसने लिखा ये सब? किसकी करतूत है? सब हमारे दुश्मनों की चाल है!

भयानक नाराजगी से इसकी रिपोर्ट की गयी—आप जल्द से जल्द पता करके बताइए, कौन लोग हैं इसके पीछे? कौन हमारे शहर के अमन-चैन के खिलाफ है? अगर ऐसा चलता रहा तो इसका नतीजा कुछ भी हो सकता है।

जिला प्रशासन भी सकते में आ गया। पुलिस सतर्क हो गयी। अपराधी की तलाश में लग गयी।

जैसे ही पता चला अब्दुल को, मामला संगीन हो चला है और पुलिस उसे

आकर कभी पकड़ सकती है, वह भागकर अपने मामू के गाँव चला गया। दस दिन उधर ही रहा। जब लौटा तो सब कुछ ठण्डा पड़ चुका था और उसे कोई खतरा नहीं था।

अगले कई दिनों तक वह चुप रहा। फिर उस पर किसी को शक करने की कोई वजह नहीं थी। वह चुपाये उनकी मिर्च-सी तीखी प्रतिक्रियाएँ सुनता रहा। लेकिन पता नहीं कैसे बात खुल गयी, शायद उसी के अतिरिक्त आत्मविश्वास के उछाह में। जब मालूम हुआ 'गद्दार' ये है, वहाँ के सभी धर्मप्राण लोग खौफनाक ढंग से खफा होकर बमक पड़े, ''अबे! तेरी अकल मारी गयी है! कैसा अहमक है नामुराद जो अपनी ही कौम पर छुरा चलाता है। कोई दूसरा होता तो तुम देखते उसका क्या हशर करते। आइन्दा खयाल रहे वरना फिर बख्शा नहीं जाएगा। समझा कुछ?''

इसके बाद अब्दुल ने कान पड़क लिये—तौबा! अब कभी धर्म नाम के बिच्छू को हाथ नहीं लगाएगा, पलटकर डंक मारता है। यह मामला कुछ ज्यादा ही नाजुक है, छुआ नहीं कि भक्क से आग पकड़ता है एकदम पेट्रोल के माफिक।

उसने अपनी ओर से हाथ खींच लिया था। मगर नहीं चाहते हुए एक बार फिर उसे यही सब सुनना पड़ा।

उन दिनों बरसात के बादल के समान एक ही इच्छा उसके भीतर प्रबल होकर उमड़-घुमड़ रही थी—स्कूटर या कोई भी गाड़ी चलाने की। सोचता, काश उसके पास भी गाड़ी होती! क्या मैं जीवन भर साइकिल के पैडल ही ओंटता रहूँगा। क्या मुझे कभी गाड़ी नसीब नहीं होगी! जब वह दूसरों को...खासकर लड़कों को फर्राटे से गाड़ी चलाते देखता, उनके कपड़ों और जुल्फों को हवा में लहराते देखता तब यह भावना और जोर मारती और उन लड़कों के प्रति ईर्ष्या, गुस्से से भर जाता। उसने ठान लिया—जैसे भी हो, यह सीखना है।

उसने इसके लिए परवेज को पटाया। स्कूटर उसके घर भी नहीं था लेकिन दोस्तों की मदद से चलाना सीख गया था। परवेज से उसकी दोस्ती गाढ़ी होने लगी। वे दोनों तब सिर्फ गाड़ी के विषय में ही चर्चा किया करते थे—घण्टों, कि कहाँ क्लच होता है, कहाँ गियर, एक्सीलरेटर कैसे बढ़ाना चाहिए और कैसे स्टार्ट होता है स्कूटर...सिर्फ बातों ही बातों में उसने लगभग आधा स्कूटर चलाना सीख लिया। वह कल्पना करने लगा कि वह एक शानदार स्कूटर चला रहा है और इतना बढ़िया चला रहा है कि लोगों को आश्चर्य हो रहा है उसकी ड्राइविंग पर।

इन दिनों वे मोहल्ले के तमाम स्कूटरों पर अपनी नजर रखे थे।

उन्होंने 'लक्ष्मी हार्डवेयर' के मालिक गुप्ताजी के स्कूटर पर ध्यान दिया। स्कूटर यद्यपि पुराना था फिर भी उन्हें लगा, 'चल जाएगा।' उन्होंने अपने स्रोतों से पता लगाया कि उनके स्कूटर का लॉक सिस्टम खराब है। इस दिशा में आगे पता चला कि गुप्ताजी

अपना स्कूटर घर के भीतर उस गली में खड़ा करते हैं जिसका दरवाजा आसानी से खोला जा सकता है। लाभ की बात यह थी कि उनके कमरे बहुत पीछे हैं जहाँ थके-हारे दिन चढ़ने तक उनका परिवार सोता रहता है।

अपनी बहुप्रतीक्षित योजना को अब वे मूर्तरूप देने लगे।

अलस्सुबह जबकि चार भी नहीं बजे होते थे, वे गुप्ताजी की गली के दरवाजे की साँकल जो कि भीतर से लगी होती थी, खोलते, अत्यन्त सावधानीपूर्वक चोरी से चपुचाप स्कूटर निकालते। फिर जरा देर के बाद वे शहर की सड़कों पर राज करते घूमते।

उन्हें इस खेल में मजा आने लगा जिसमें भय, रोमांच और खुशी का अद्भुत मिश्रण था। यह लगभग नित्य होने लगा।

एकाध घण्टे के सफर के बाद वे लौट जाते और स्कूटर यथास्थान रखकर घर चले जाते। गुप्ता परिवार गहरी नींद के सुख में डूबा रहता।

लेकिन इधर गुप्ताजी की नींद हराम होने लगी। अपने स्कूटर को वे एक से बढ़कर एक गालियाँ देने लगे—कि कल दो लीटर पेट्रोल भरवाया था, कहाँ गया? साला मीटर भी खराब है। पता नहीं चलता कितना चल गया! गाड़ी के इस बेहिसाब पेट्रोल पीने को लेकर उन्हें शंका हुई। कुछ खराबी है! भयंकर खराबी है! एक दिन स्कूटर को गरियाते अपने परिचित मेकैनिक छोटू मिस्त्री के पास चले गये। बोले, ''देखो तो यार, साला बहुत परेशान कर रहा है आठ-दस रोज से। भयानक पेट्रोल पी रहा है।''

मिस्त्री ने कारबुरेटर साफ कर दिया, ''सब ठीक है। कोई प्राब्लम नहीं होगा।''

मगर दूसरे दिन फिर वही हाल। उनका दिमाग घूम गया।

अपने सभी परिचितों को गुप्ताजी अपनी समस्या बता चुके थे। दूसरों के स्कूटर का एवरेज पूछ-पूछकर उनकी हताशा बढ़ती जा रही थी। वे निराश हो चले थे। इस स्कूटर ने उनका अमन-चैन लूट लिया था।

लेकिन ऐसा कितने दिनों तक चलता? जल्द ही एक दिन दोनों रँगे हाथ धर लिये गये।

हुआ यह कि उस सुबह दोनों ने स्टेशन, मण्डी और जेल रोड का 'राउण्ड' पूरा कर लिया था। अब वे अस्पताल के सामने से गुजर रहे थे। तभी अचानक गाड़ी रुक गयी।

''क्या हुआ?'' पीछे बैठे अब्दुल ने पूछा।

''पता नहीं, लगता है साला पेट्रोल खलास।''

''अर्र...! अब क्या होगा?''

''होगा क्या? कुछ नहीं होगा। चल, इसे ढकेलते ले चलते हैं।''

"ठीक है। चलो।"

वे स्कूटर ढकेलते हुए ला जरूर रहे थे परन्तु भीतर से बहुत डरे हुए थे। 'आज तो बेटा!...' रह-रहकर वे पूर्व दिशा में देखते—'कहीं सुबह तो नहीं हो गयी? फिर आश्वस्त हो जाते कि अभी सुबह होने में टाइम है। वो सब तो अभी सो रहे होंगे।'

यह उनका दुर्भाग्य था कि इस बीच गुप्ताजी लघुशंका के लिए उठे। उठे तो अचानक सूझा कि स्कूटर को देख लिया जाए। सही-सलामत तो है? कहीं ऐसा तो नहीं कि कोई ले जाता हो और हमें पता नहीं चलता।

देखा तो उनके होश उड़ गये—स्कूटर गायब।

लघुशंका विस्मृत कर उन्होंने मोहल्ले में सुबह-सुबह ऐतिहासिक हल्ला मचाया। ऐसी-ऐसी गालियाँ प्रयोग में लायी गयीं कि सारा मोहल्ला अपने-आप जाग गया।

गुप्ताजी के दोनों छोटे भाई स्कूटर की खोज में इधर-उधर निकल पड़े।

इधर वे दोनों स्कूटर ढकेलते-ढकेलते बस पहुँचने ही वाले थे। भीड़-भाड़ देखकर उन्हें सन्देह हुआ। भागने को हुए मगर इससे पहले पकड़ लिये गये।

अब्दुल स्वीकार करता है, वह सुबह उसके जीवन की सबसे शर्मनाक सुबह थी—घोर अपमानजनक, अत्यन्त यातनादायी।

चोरों को पकड़कर मोहल्ले में लाया गया। गुप्ताजी पर तो मानो भूत सवार था। वे कूद-कूदकर चिल्ला रहे थे, "सालो! मैं तुमको पुलिस में नइ देने वाला! पुलिस वाले तो चार डण्डा लगाकर छोड़ देते हैं। मैं नइ छोड़ने वाला! आज तुमको पता चलेगा सजा क्या होती है!"

उन्हें मैदान के खम्भे से बाँधा गया। तीनों भाई बेरहमी से उन्हें पीटने लगे, जैसे आवारा जानवरों को पीटा जाता है। भयंकर ठुकाई हुई।

उन्हें इतना मारा-पीटा गया, इसका गम उन्हें इतना नहीं था जितना कि सुबह नौ बजे तक बाँधकर रखने का—सारी दुनिया के आगे तमाशा बनाने का। लोग उन्हें देखते, गुस्से और घृणा से हँस देते—ठीक है। उन्हें लगा, इस दुनिया में अब दया-मया और मानवीयता उठ गयी है। कोई तो हो जो हमारी तरफ प्यार से न सही सहानुभूति से देखता! लगा, उन्होंने दुनिया का सबसे जघन्य अपराध कर डाला है।

वहाँ ऐसे बहुत से प्राणी थे जिनके लिए उनका पिटना पूरे कौम का पिटना था। अब्दुल और परवेज ने कभी नहीं सोचा था कि ऐसा करते हुए हम कौम में बदल जाएँगे, जिसकी बदनामी ये बरदाश्त नहीं कर पा रहे थे। उनकी जुबान में मिर्च, आँखों में बेपनाह नफरत, हिकारत और गुस्से की आग धधक उठी थी—और पीटो हरामजादों को! ऐसे ही कुछ हरामखोर होते हैं जिनकी वजह से हम बदनाम किये जाते हैं। अच्छा नाम रौशन किया है तुम दोनों ने! तुमको तो चुल्लू भर पानी में डूब मरना चाहिए। आज सिर्फ तुम्हारे कारण कौम का सर शर्म से नीचा हो गया!

कुछेक बूढ़े अपनी बची-खुची सारी ताकत लगाकर गुस्से से फनफना रहे थे।

पिटाई से उनका अंग-अंग दुख रहा था। खम्भे में बँधे, थके और बेबस अब्दुल को समझ नहीं आया—ये साली कौम फिर कहाँ से आ टपकी?

नये कदम : नयी मंजिलें

वह बस कण्डक्टर हो गया है।

कुछेक साल बेरोजगार रहा। इधर-उधर घूमता, लफंगई में साल के साल खराब करता रहा। एक दिन लगा, अब ऐसे जीना मुश्किल है। बाल अवस्था खेल गँवायो। अब नहीं चलेगा। तब भिड़-भिड़कर जुगाड़ लगाके 'सतपाल ट्रव्हल्स' नामक कम्पनी में कण्डक्टर बन गया। आखिर रोजी-रोटी के लिए उसे कुछ न कुछ तो करना था। चलो यही सही।

टिकट कण्डक्टर के रूप में उसकी गाड़ी चल निकली। दुर्ग से दल्ली राजहरा या दुर्ग से भानुप्रतापपुर या दुर्ग से बालोद...अलग-अलग 'लाइन' में उसकी ड्यूटी लगती थी। इस काम में उसे मजा आने लगा। कारण कि कमाई अच्छी थी। ऊपरी इनकम! काम क्या था, दिन भर लोगों को चरवाहे के समान हई-हई करते ढोरों की तरह हाँकते रहो। बस में जगह न होने पर भी उन्हें ठूँसते रहो। ज्यादा से ज्यादा सवारी हो—यही उसका काम था।

शुरू-शुरू में उसे लोगों को ऐसी बेकद्री से ठूँसने में बहुत हिचकिचाहट होती थी। लेकिन बाद में वह सब सीखता गया। वैसी सारी अनुभूतियाँ पेशे के दबाव से समय के साथ मरती चली गयीं। अब उसे लोगों को पसीना-पसीना हुए, लगभग एक-दूसरे के ऊपर गिरते-पड़ते खड़े देखकर कोई परेशानी नहीं होती।

'सतपाल ट्रव्हल्स' के तमाम स्टाफ से जल्द ही उसकी दोस्ती हो गयी। ड्राइवरों, कण्डक्टरों से उसकी गाढ़ी छनने लगी। इधर सब 'मस्त' तबीयत वाले थे। उनके बीच अब्दुल ने अपनी जगह बना ली। उनके साथ अकसर उसका उठना-बैठना होता। दारू, मुर्गे और पैसे की वहाँ कमी नहीं होती थी। इस साथ के चलते लाइन के कई ढाबे वालों से भी अच्छी पहचान हो गयी। रुकने पर उसके बिना कहे मनपसन्द 'आइटम' चिकन चिली तैयार कर परोस दिया जाता।

अब्दुल की खासियत थी कि वह बहुत जल्द दोस्ती कर लेता था।

कभी-कभी उसे 'दुर्ग-भानुप्रतापपुर एक्सप्रेस' में शिफ्ट होना पड़ता था। रात भानुप्रतापपुर में गुजारनी पड़ती। भानुप्रतापपुर—एक जंगली इलाका, एक छोटा-सा कस्बा। यहाँ 'सब कुछ' का इन्तजाम हो जाता। हाथ से बनायी गयी महुआ की तेज दारू, मुर्गा और लड़की। यह सब बँधा हुआ था।

उसके इस प्रकार खाने, पीने और सोने का उसके शरीर पर व्यापक असर पड़ा। साल भर में वह खासा मोटा-ताजा साँड बन गया। इस नौकरी में उसे यही होना था। कम्पनी के मालिक बलवन्त सिंह चाहते थे दुनिया के सामने उसके कर्मचारी ऐसे ही फलते-फूलते मुस्टण्ड बने रहें मगर उसके सामने दुम दबाये भीगी बिल्ली रहें। इनके पास शरीर इनका हो मगर दिमाग मेरा। जिसे पीटने को कहा जाए वे पीटें। मालिक के साथ उनके पुराने जमाने वाले सामन्ती सम्बन्ध कायम थे। मालिक अपने कर्मचारियों से पालतू कुत्तों की वफादारी चाहता था।

सवारी को लेकर अकसर दूसरी कम्पनियों के ड्राइवर-कण्डक्टर से इनका झंझट होता। मालिक का कहना था—कोर्ट कचहरी से तो मैं निपट लूँगा। पहले तुम इनसे निपटो। एक प्रकार से वे इस सड़क के राजा होते बस में, क्योंकि इस लाइन में सबसे ज्यादा बसें उन्हीं की कम्पनी की चलती थीं।

मालिक बलवन्त सिंह कमाई पाकर खुश होते। कहते, "गेराज में गाड़ी खड़ी है तो मालिक मैं हूँ। अगर गाड़ी रोड पे है तो मालिक—असली मालिक—तुम हो। इसे अपनी गाड़ी समझा करो।

लेकिन यही मालिक गाड़ी के बिगड़ने पर कर्मचारियों पर एकदम बरस पड़ते, "कभी जिन्दगी में तूने गाड़ी चलायी है? बाप की गाड़ी समझ रक्खी है क्या? अब इसका खरचा कौन उठाएगा!"

वे नौकर थे। उन्हें सुनना ही पड़ता था। गलती चाहे किसी की हो।

कथानायिका : लाटाबोड़ स्कूल की मैडम

एक बढ़िया कहानी के लिए बढ़िया प्लॉट का होना जरूरी है और बढ़िया प्लॉट में नायिका भी हो तो बहुत अच्छा। अगर नायिका एक से अधिक हों तो क्या बात है। कहानी खुद-ब-खुद पठनीय बन जाएगी और लेखक को कथ्य, भाषा, शिल्प इत्यादि को लेकर मशक्कत करने की जरूरत नहीं रह जाएगी। बगैर नायिका की कहानी एक कहानी भले बन जाए किन्तु उसमें एक अभाव बना रहेगा। वह कुछ वैसा ही होगा जैसे बीमार का पथ्य—शरीर के लिए उपयोगी, स्वास्थ्यवर्द्धक लेकिन स्वादरहित और बेमजा।

इस कहानी में मैं इस कमी को महसूस कर रहा हूँ।

अब्दुल की सुबह दस बजे वाली बस से बहुत से नौकरीपेशा लोगों का जाना रोज होता था। दुर्ग से बालोद रूट पर। चूँकि सबसे बड़ा सरकारी अमला शिक्षा विभाग है, सो शिक्षक ही अधिक होते। आज गाँव-गाँव में स्कूल हैं जहाँ शहर में निवास करते अध्यापक रोजाना अप-डाउन करके अपनी ड्यूटी करते हैं। रोजाना सफर करने

वालों से उनकी पहचान होना स्वाभाविक था।

इन्हीं में से एक मैडम थामस है। मलयाली। उनकी हिन्दी टूटी-फूटी थी फिर भी इस हिन्दी भाषी क्षेत्र में रहते हुए काफी कुछ सीख गयी हैं।

मैडम साँवली और दुबली-पतली थी। नाक-नक्श आकर्षक। अब्दुल इसके पीछे लगा हो और पटा लिया हो, ऐसा नहीं है। अब्दुल के इसके साथ वैसे ही सम्बन्ध थे जैसे और रोज की सवारियों से। आपस में थोड़ी-बहुत हँसी-मजाक हो जाया करती थी। बाद में उनकी बेतकल्लुफी बढ़ती गयी। कह सकते हैं इस तरह उनका प्रेम परवान चढ़ने लगा। इसी दौरान अब्दुल ने महसूस किया कि उनकी निकटता बढ़ती जा रही है। उनके बीच कोई बात है अथवा होने जा रही है।

वे एक-दूसरे के आदी हो गये। एक की कमी दूसरे को अखरने लगी। मैडम लाटाबोड़ हाईस्कूल में पढ़ाती थीं। दुर्ग से लाटाबोड़ तक का सफर डेढ़ घण्टे से कम का नहीं था। और अब्दुल के लिए इतना साथ बहुत था।

उसे काम में मजा आने लगा। मैडम उसे पसन्द करती हैं—यह तय हो गया।

इस बीच उसने एक दिन मजाक-मजाक में उनके बाजू में बैठने के लिए पूछा, ''मैडम, मे आइ सिट डाउन हियर?''

''ओ यस। क्यों नहीं? तुम हमसे क्या-पूछते हो। बस तो तुम्हारी है। जहाँ चाहो बैठ सकते हो?'' मैडम हँसने लगी।

अब्दुल के होश फाख्ता हो गये। ग्रीन सिग्नल! इन बातों का एक गहरा मतलब है, और उसे इसे समझना चाहिए। इकरार-ए-मोहब्बत! वह कुछ सकुचाता-सा बैठ गया और बातों में लग गया।

बाद में वहाँ बैठने के लिए पूछने की जरूरत नहीं रह गयी—अगर बाजू की सीट खाली हो। बल्कि और आगे चलकर उसने उनके बाजू की जगह रिजर्व रखना शुरू कर दिया। वहाँ वह पूरी आजादी से बैठने लगा। वहाँ किसी किस्म का कोई 'आब्जेक्शन' नहीं था।

मैडम ने एक दिन अपने विषय में बताया उसे। उसकी शादी हो चुकी है। दो बरस की एक बच्ची भी है। लेकिन पति से नहीं जमी। वह एक इण्डस्ट्री इंस्पेक्टर है। अत्याचारी और शराबी भी। कुल मिलाकर एक घटिया इनसान। दो साल किसी तरह साथ-साथ बिताया। आगे मुश्किल हो गयी। वह अपने पति से तलाक लेना चाहती है। कोर्ट में एप्लीकेशन दे चुकी है। मामला अभी चल रहा है। फैसला शायद जल्द ही हो जाएगा और बहुत सम्भव है उसके पक्ष में।

फिलहाल वह अपने माता-पिता के साथ रह रही है।

सुनकर अब्दुल विचलित हो गया। मैडम पर उसे ताज्जुब हुआ, कैसी है यह औरत? किसी को पता नहीं होगा उसे हँसते-बोलते देखकर कि यह ऐसी है। अपने

बारे में वह कुछ यों बयान कर रही थी जैसे किसी और के बारे में बात कर रही हो। शान्त, गम्भीर और सन्तुलित। दूसरी लड़की होती तो शायद इतना बताते हुए अपनी भावनाओं पर काबू नहीं रख पाती, फूट-फूटकर रोने लगती। लेकिन मैडम? उसके जीवन का जो अतीत था उसे भुला पाना सम्भव नहीं था, वह शायद बस उसे छूकर आगे बढ़ जाना चाहती है। एक हादसा मानकर।

उसे समझ नहीं आया वह क्या करे। रोती तो चुप हो जाने को कहता। वह भीतर-भीतर कृतज्ञता से, प्रेम से लबालब भर गया था। मैडम को ध्यान से देखते हुए खोया-खोया बोल पड़ा, ''मैडम, आइ लव यू। आइ लव यू।''

हालाँकि उसने कभी नहीं सोचा था, अपने जीवन में इन सिनेमाई, तुच्छ घिस-घिसकर बेकार हो चुके लफ्जों का इस्तेमाल करेगा, वह भी जीवन के इस महत्त्वपूर्ण क्षण में।

लेकिन तीर कमान से निकल चुका था। अब वह सिर्फ उसका असर देख सकता था। किसी मूर्ख के समान।

लेकिन प्रतिक्रिया देखकर वह खुश हुआ। और खूब खुश हो गया।

मैडम पहले तो एकाएक कुछ समझी नहीं। लेकिन अगले ही पल मुस्करा दी धीरे से। फिर मुस्कान गहरी होती चली गयी और आँखों में चमक बढ़ती गयी। बादल धीरे-धीरे छँटने लगे। फिर सूरज निकल आया और धूप चारों ओर बिखर-बिखर गयी—सुनहरी धूप। यह एक सुहावना दिन था जिसमें बादलों के समान हल्के होकर उड़ा जा सकता था।

अब्दुल उठकर केबिन में गया। ड्राइवर के सामने रखे कैसेट प्लेयर में उसने एक कैसेट फँसाया। बस अब गीत से झनकने लगा—दिल तेरा दीवाना है सन्नम...।

इसके बाद उनका मिलना बाहर भी होने लगा। पार्क या सिनेमा या कहीं और। अपने एक दोस्त की मोटर साइकिल का इस काम में उपयोग करता रहा।

इधर सारे ड्राइवर-कण्डक्टरों के बीच इसका हल्ला हो गया। अब्दुल ने 'माल' पटाया है। स्कूल की टीचर है वो। कहते, ''जीते रहो प्यारे! ऐश कर्रऽऽ!''

लेकिन कुछ समय बाद उन्हें समझ आ गया कि मामला गम्भीर है। ''लौण्डा उसके लिए 'सीरियस' है। इश्क-मोहब्बत वाला लफड़ा है उनके बीच।''

बरसात के दिन थे। उन दिनों बरसात की झड़ी लग गयी थी। दिन भर मौसम सर्द और कुहरीला बना रहता। बारीक बूँदें बादलों से बेआवाज झरती रहतीं। बस वालों के लिए व्यवसाय के हिसाब से यह 'आफ सीजन' था। उस दिन भी सवारियाँ कम थीं। सवारियों के टिकट काटकर, फुर्सत होकर वह मैडम के बगल में आकर बैठ गया आदतन। थोड़ी देर बाद वह मैडम के और करीब खिसक आया। मैडम का सिर उसके कन्धे पर। उसके बालों को वह अपनी गाल से छूता महसूस करने लगा, नथुनों

में एक खुशबू भर रही थी। जैसे एक जादुई शक्ति से वह सम्मोहित हो रहा था इस निकटता से। पूरे शरीर में वह उस आदिम आवेश और उत्तेजना को बजता हुआ महसूस करने लगा। उसकी उँगलियाँ मैडम के कमर और जाँघ से खेलने लगीं...मैडम का हाथ उसकी उँगलियों को रोक रहा था। अब्दुल स्त्री के नशीले आकर्षण में डूब रहा था...तप रहा था। उसे बिल्कुल समझ नहीं आ रहा था कि मैडम से कहे कैसे। शरीफ लोगों के साथ यही तो मुश्किल है...हर बात भूमिका बाँधकर करनी होती है। वह क्या कहे? मैडम की तरफ देखते हुए वह आवेश और नशा पल-पल बढ़ता जाता था। उसे सूझ नहीं रहा था कुछ। क्या मैडम उसे नहीं समझ रही है? हर बात क्या मुँह से कहना जरूरी है? आँखों की भाषा नहीं पढ़ सकती जो सबसे सच्ची होती है?

मैडम का गाँव बस की रफ्तार के साथ पास आता जा रहा था। उसकी बेचैनी बढ़ती जा रही थी...कुछ भी हो, आज कहना है। मगर कैसे?

आखिरकार वह सारी सीमाएँ तोड़कर बोला, "मैडम..."

"हुम्म..." मैडम बस की खिड़की के बाहर दौड़ते-भागते नजारों में खोयी थी।

अब्दुल को लगा, यह सब जाना-बूझा है। स्त्रियाँ कितनी बड़ी नाटकबाज होती हैं।

"मैडम..." उसका गला जैसे सूखने लगा।

"हाँ-हाँ, कहो।" मैडम जैसे उसके धैर्य और संयम की परीक्षा ले रही थी।

"बात यह है कि..." वह फिर अटक गया।

मैडम की आँखों में हल्का अचरज था, जैसे जानती हो क्या कहा जाएगा।

"आज आप चलो मेरे साथ।" उसे अब हल्का बल मिल गया था।

"कहाँ?" मैडम की आवाज में भय नहीं, हल्की उत्तेजना थी।

"पूछो नहीं, बस चलो आज तो!" मैडम की नन्ही हथेली अब अब्दुल के हाथ के सुपुर्द थी। वह उत्तेजना अब मैडम तक उतर रही थी, रिस रही थी।

अब्दुल ने देखा, मैडम की आँखों में एक ऐसी चमक है जो उसने कभी नहीं देखी। वहाँ एक मुस्कान है और है गजब का आकर्षण।

उसे लगा, असीम विस्मय और खुशी से वह पागल हो जाएगा! मर जाएगा!

वे बालोद के एक होटल में गये।

कहने की जरूरत नहीं, वह दिन कैसा रहा। उस अद्भुत, प्राकृतिक और अनिर्वचनीय सुख से सराबोर! उस शाम उसने कसके दारू पी, डट के बिरयानी खायी और दिल खोलकर गालियाँ देता रहा। फिल्मी गाने गाता रहा।

अब्दुल के 'लाइन' पे आ जाने से सबसे ज्यादा खुशी उसके माता-पिता को होना स्वाभाविक था। उनके परिचितों को भी अब यह सुनकर अच्छा लगता कि वह कमा रहा है। घर-परिवार के लिए जिम्मेदार बन गया है। वे कहने लगे, इस काम में अब्दुल का मन लग गया है। अकल ठिकाने आ गयी अब। जिन्दगी की समझ पैदा हो गयी लड़के में। बड़े-बुजुर्ग दुआ करते कि ऐसे ही सबके बेटे कमाएँ खाएँ और परिवार चलाएँ।

लेकिन यह खुशी, सन्तोष और आराम उसके नसीब में ज्यादा दिन नहीं था। लगभग डेढ़ साल बाद उसे नौकरी से निकाल दिया गया। उसने इस बार रुपयों का जो 'घपला' किया, पकड़ में आ गया। मालिक बलवन्त सिंह ने भारी गाली-गलौज और लानत-मलामत के साथ उसे नौकरी से बाहर कर दिया।

अब्दुल ने नौकरी चले जाने की परवाह नहीं की। उसके अनुसार—मालिक खुद हमारी कमाई की बदौलत इतना फल-फूल रहा है तो इतनी बेईमानी जायज है। थोड़ा इधर-उधर कर देने में क्या हर्ज है ? सब करते हैं। खुद साला कौन-से हरिश्चन्द्र की औलाद है!

उसके दिन फिर बेकारी में कटने लगे।

कुछ दिनों बाद मालिक बलवन्त सिंह ने उसे याद किया। नौकरों को कहकर भेजा कि जो हुआ सो हुआ, भूल जा। फिर से काम पर वापस आ जा। शर्त यही है कि ईमानदारी से काम करे। बेईमानी नहीं! मगर अब्दुल को जाना नहीं था। उसने मना तो किया ही, दो-चार धाँसू किस्म के डायलॉग ठोंक दिये, "कह देना अपने मालिक से, अब्दुल इत्ती सस्ती चीज नहीं कि जब चाहा खरीद लिया। वो अपना थूका चाटने वालों में से नहीं। और हाँ, कह देना अब्दुल को नौकरी की कमी नहीं—अभी इतना भिखारी नहीं हुआ हूँ मैं।"

यह अब्दुल के जीवन का निठल्ला दौर है। यह दौर और जीवन कुछ वैसा ही है जैसे देशभर के गाँवों-कस्बों-शहरों में पढ़े-लिखे किन्तु बेरोजगार नवयुवकों का। वे दिन भर अपने पर गर्व करते घूम सकते हैं। मार-पीट और मौका मिले तो बलात्कार कर सकते हैं। दिन शहर की खाक छानने, चाय-पान-बीड़ी-सिगरेट और तरह-तरह की योजनाएँ बनाने में बीतने लगे—ऐसी योजनाएँ जिससे उन्हें मालामाल होते देर न लगे।

अब्दुल की इस निठल्लई से उसके माँ-बाप पुनः परेशान। साला लड़का है कि आफत। अच्छा-भला कमा रहा था, जाने किसकी नजर लग गयी। उसकी आवारागर्दी के विषय में हालाँकि अभी तक उन्होंने कुछ नहीं कहा था, मगर यह सीमा कभी भी टूट सकती थी—अगर यही हाल रहा तो। उनका सोचना था, जवान लड़का है, उँगली

पकड़कर हर बात नहीं सिखायी जा सकती। अभी उसके लिए समय है। उन्हें उम्मीद थी कि समय रहते वह खुद-ब-खुद सीख जाएगा। तसल्ली की बात यही थी कि अब मार-पीट या चोरी-चकारी की बात सुनने में नहीं आती थी जिसका डर हर समय उनके ऊपर मँडराता रहता। उसके कारण थाना और कोर्ट-कचहरी से बचे हुए हैं—यही गनीमत है।

उसे फिलहाल काम की तलाश है। यहाँ काम कहने का मतलब कुली-कबाड़ी या सड़कों पर गड्ढे खोदना नहीं है। अब्दुल से इसका आशय एक ऐसे ठिया से है जहाँ जरा-सी होशियारी से रुपये बरसते हों, जैसे उसने बचपन में एक जादूगर को देखा था, वह पुतली के पेट पर हल्की-सी चोट करता था और इधर पुतली से सिक्के झड़ने लगते थे खन-खन-खन-खन। कुछ ऐसा काम चाहिए जहाँ करवट बदलो तो पता चले हजारों चित! उसे एक ऐसी सीढ़ी चाहिए जो उसे ऊपर और सिर्फ ऊपर ही ले जाती हो। अब्दुल के सोच और सपने के ताने-बाने का सार यही है। उसे तकलीफ इस बात की थी कि वह ये सब केवल सोच भर सकता है, कल्पनाएँ कर सकता है, यथार्थ में नहीं बदल सकता। अभी तो सिर्फ भटकना है इस दुकान या उस दुकान, और बैठे-बैठे घण्टों बीत जाएँ।

उसके दिन यों ही बीत रहे हैं। फिर शहर की भागमभाग में समय का पता कहाँ चलता है, कितनी जल्द सुबह दोपहर तक पहुँच जाती है और दोपहर शाम तक।

इसी बीच एक शाम वह अरविन्द नगर में मैडम थामस के घर पहुँच गया। मैडम ने अपने घर वालों को सारी बात नहीं बतायी है लेकिन ऐसे संकेत जरूर दे चुकी है कि वे उसके आधार पर सारी सम्भावनाओं को खँगाल डाले। बिस्कुट और चाय के बाद उसने अकेले में अपना उद्देश्य स्पष्ट किया कि वह कुछ रुपयों की खातिर आया है। उसने बड़ी ईमानदारी से झूठ बोला—अभी हालत एकदम कड़क है। अगले महीने से वह इण्डस्ट्रियल एरिया में एक स्टील इण्डस्ट्री में जाने वाला है। उसने वादा किया कि ये रुपये उधार रहे और पहली तनख्वाह मिलते ही लौटा देगा।

मैडम ने कहा, ''ओफ्फो! मुझे चिन्ता रुपयों की नहीं, तुम्हारी है।''

''अरे अपन इस काबिल कहाँ जो आप हमारी चिन्ता करें। यह आपकी महानता है जो आपको मेरी इतनी फिकर है।'' फिर उसने यह डायलॉग पीट दिया, ''आपकी इसी बात के तो हम दीवाने हैं, मैडम!'' और पप्पी लेकर आ गया।

और कई दिन बीत गये। नौबत यह आ रही थी कि अब्बू मियाँ ने जो सीमा निर्धारित की थी वह तड़क रही थी। उन्हें लगता, आज नहीं तो कल वे लौण्डे पर ज्वालामुखी बनकर फट पड़ेंगे और उसके होश ठिकाने लगा देंगे। ऐसा वे पिछले कई रोज से सोच रहे हैं।

लेकिन इस विस्फोट की नौबत नहीं आयी। उसने काम ढूँढ़ लिया।

लूट सके तो लूट

शहर के पूरबी छोर पर नयी कालोनी बन रही थी। अब शहर ने अपना वास्तविक रूप धारण करना शुरू कर दिया है, यह इसी का नतीजा था कि जहाँ-तहाँ शहर से काफी दूर-दूर तक नयी-नयी कालोनियाँ बनने लगीं और बसने लगीं। शहर के इसी नये रंग-रूप का एक हिस्सा थी यह नयी कालोनी—सौरभ नगर। अब्दुल इसे निर्माण कर रही कंस्ट्रक्शन कम्पनी में 'टाइम कीपर' हो गया। यह नौकरी भी उसे काफी सिफारिश और जाँच-पूछ के बाद हासिल हुई थी।

उसकी यह नौकरी बहुउद्देशीय थी। साइट पर चल रहे काम पर, लेबरों पर नजर रखना। इसके अलावा ट्रकों में भरकर आते बिल्डिंग मैटेरियल—रेत, गिट्टी, सीमेण्ट, लोहा इत्यादि का हिसाब-किताब रखना। आठ सौ रुपये की नौकरी और सत्रह सौ साठ किस्म के काम—पूरा दिन वहीं खप जाता। कभी-कभी जब बोर्ड की मीटिंग होती तो उनकी खातिरदारी का इन्तजाम भी उसी के जिम्मे होता। देर रात तक उसे अपनी सेवाएँ देनी पड़ती थीं। और ऐसा वह अकेला नहीं था। और लोग भी थे।

पहले कुछ महीने उसे इस कारोबार को समझने में लगे। फिर कुछ समय लगा मालिकों के दिल पर अपनी स्वामिभक्ति, वफादारी और ईमानदारी की मोहर लगाने में—हालाँकि आज के दौर में यह खासा मुश्किल काम है जहाँ मालिक बेहद घाघ, होशियार और खूँखार हो चले हैं और सिवा खुद के किसी पर भरोसा नहीं करते। फिर अब्दुल ने उनके अनुरूप अपनी छवि बना ली। इसके बाद उसका सारा ध्यान इस धन्धे के दूसरे फायदों के बारे में सोचने में गया। दिमाग के घोड़े दौड़ाने लगा कि कैसे इस फलों से लदे पेड़ से फलों को तोड़ा जाए। कैसे? यह सोचने में ज्यादा समय नहीं लगा। जहाँ चाह वहाँ राह। उसे दो और लोग मिल गये जिन्हें अपने समान बेईमान की जरूरत थी। अब इस समय में बेईमानों और समय का लाभ उठाने वालों की कोई कमी नहीं। इनमें से एक कम्पनी का सब इंजीनियर देशमुख था और दूसरा क्लर्क देवांगन।

वे मिलकर आपस में भाईचारे की भावना से काम करने लगे।

शुरुआत उन्होंने साइट पर खाली होते सीमेण्ट के खाली बैगों से की। खाली बैग की कीमत बाजार में दो रुपया थी। सैकड़ों की संख्या में उन्होंने इसमें घपला किया और कमाया।

बाद में उन्होंने धीरे से उनके मैटेरियल सप्लायर को पटाया। वह गिट्टी आठ ट्रक भेजता और बिल में बारह ट्रक दर्ज करता। रेत और सीमेण्ट का भी यही हाल था। लेकिन सर्वाधिक लाभ उन्हें लोहे की छड़ों में था जिनकी कीमत भी अधिक और पकड़ाने की सम्भावना भी नहीं थी। पचास क्विण्टल छड़ में दो-चार क्विण्टल अगर कम भी हो गये तो पता किसे चलता।

अपने लाभ का वे कोई अवसर नहीं छोड़ते—मत चूको चौहान। उनकी दृष्टि में यह बेईमानी अथवा चोरी नहीं—बुद्धिमानी थी। उनका मानना था इसी बुद्धिमानी के बल पर लोग आगे बढ़े हैं और दुनिया पर राज कर रहे हैं। आज इसी बुद्धिमानी का बोलबाला है तो फिर हम क्यों पीछे रहें।

इस किस्म के तर्क ने उन्हें गजब के दुस्साहस से भर दिया। एक अजीब-सी बेफिक्री और मस्ती उनके भीतर हमेशा तैरने लगी। अगर पता चलेगा तो क्या होगा? हद से हद हाथ-पैर तोड़ेंगे, नौकरी से निकालेंगे, बस्स! इसके अलावा वो क्या करेंगे! नौकरी से निकालेंगे तो निकाल दें! हमें कौन-सी तुम्हारी नौकरी जीवन भर करनी है।

इनकी कारस्तानियों पर मैनेजमेण्ट को शक हुआ। उन्होंने इनकी निगरानी सख्त कर दी। इनको दी गयी छूट पर पाबन्दियाँ लगा दी गयीं। जब अब्दुल ने ताड़ लिया कि अब वैसा खीर खाना सम्भव नहीं रहा, सारे रास्तों की नाकेबन्दी कर दी गयी है, कोई चांस नहीं—उसने नौकरी छोड़ दी।

उसने सोचा—एक न एक दिन यह तो होना ही था।

वह फिर बेकार था। मगर उसको इसका कोई गम नहीं था। कोई न कोई रास्ता निकल आएगा।

शहर और पत्रकारिता की गाड़ी

अंचल के लगभग सभी अखबारों में एक छोटी-सी खबर छपी है—युवा पत्रकार अब्दुल सत्तार को बी.के. तिवारी पुरस्कार। खबर के साथ अब्दुल का हँसता हुआ चित्र भी छपा है। खबर कुछ यों है, 'आंचलिक पत्रकार संघ द्वारा इस वर्ष सर्वश्रेष्ठ पत्रकारिता के लिए युवा पत्रकार श्री अब्दुल सत्तार को बी.के. तिवारी स्मृति पुरस्कार प्रदान किया जाएगा। श्री अब्दुल सत्तार इधर के संघर्षशील युवा पत्रकारों में से एक हैं। वर्तमान में वे दैनिक 'प्रभात' से सम्बद्ध हैं। उन्हें यह पुरस्कार आगामी 17 जनवरी को होटल पैराडाइज में आयोजित किये जा रहे पुरस्कार समारोह में प्रख्यात पत्रकार एवं सम्पादक श्री हरिकिशन वर्मा द्वारा प्रदान किया जाएगा।'

यह लगभग दो साल बाद की बात है। और आज की तारीख में अब्दुल इस शहर का एक जाना-पहचाना न सही मगर एक पत्रकार की हैसियत तो रखता है।

अब्दुल सत्तार और पत्रकार! यह कैसे हुआ? इस सवाल का जवाब मैं आगे देने जा रहा हूँ।

उन दिनों शहर में एक नये अखबार की शुरुआत हुई थी। आज तक इस शहर का अपना अखबार नहीं था। सो इस अखबार को लेकर यह बात खूब जोर-शोर से

प्रचारित की गयी कि यह हमारे शहर का प्रतिनिधित्व करेगा, शहर की सारी हलचलों, धड़कनों को रिकार्ड करेगा। अखबार नया था, उसे काम करने वाले नये लोगों की जरूरत थी जो अपेक्षाकृत कम तनख्वाहों पर काम कर सकें। अखबारों में रुचि रखने वाले वहाँ जमा हो रहे थे।

मोहल्ले का असलम 'प्रभात' में पेस्टिंग का काम करता था। उसी ने अब्दुल से पूछा, जो आजकल खाली था, "क्यों, प्रेस में काम करेगा?"

अब्दुल बोला, "अबे प्रेस का क्या, मैं तो जहन्नुम में भी काम करने को तैयार हूँ। शर्त यही है कि रोकड़ा अच्छा मिले।"

असलम ने उसकी रईसी को गाली दी, "साले, नवाब की औलाद! तेरे को आता क्या है जो वो रुपया बरसाने लगेंगे! इज्जत का काम है, तेरा गुजारा चल जाएगा इसलिए बोल रहा हूँ। चलना है तो चल, वरना उधर लाइन लगी है काम करने वालों की, समझा?"

"ठीक है। चलूँगा।"

'प्रभात' में छोटी-मोटी रिपोर्टिंग से उसकी शुरुआत हो गयी।

इस अखबार के मालिक सुरजीत सिंह साहनी थे। यहाँ के प्रमुख व्यवसायियों में से एक। उनके काम्प्लेक्स हैं, होटल हैं, बार हैं। अब यह अखबार भी। इसके निकालने के पीछे यह प्रसिद्ध पंक्ति तो कतई नहीं थी—'जब तोप मुकाबिल हो तो अखबार निकालो।' जबकि मामला ठीक इसके उलट था। लोगों में यह चर्चा आम थी कि उन्होंने अखबार दो निश्चित उद्देश्यों के तहत शुरू किया है—(1) अपनी राजनीतिक एप्रोच बढ़ाने के लिए जिससे वे अपने अनेकानेक अवैध कब्जों को वैध करा सकें (2) अपने काले धन्धे को सफेद करने का यह एक उत्तम रास्ता है।

अखबार खूब धूमधाम से शुरू हुआ जैसे बेटी की शादी की जा रही हो। मुख्यमन्त्री ने इसका उद्घाटन किया। आसपास के तमाम लेखक, बुद्धिजीवी और पत्रकारों को इस अवसर पर आमन्त्रित किया। सबने छकने तक दारू पी और लहालोट होते रहे।

अब्दुल ने जब इसमें काम करना शुरू किया तब उसके लिए पत्रकारिता और बस-कण्डक्टरी में कोई विशेष अन्तर नहीं था। दूसरे और कामों की तरह ही इसे समझता था। बाद में जाना कि यह जगह ठीक है, ज्यादा अच्छा है। अखबार के संवाददाता होने का आइडेण्टिटी कार्ड वह उसी खुशी और गर्व से अपने पास रखने लगा जैसे कोई सैनिक अपने हथियार या मेडलों को रखता है। यह कार्ड ही उसे सबसे विशिष्ट बनाता था। ऐसे कार्यक्रम में जहाँ अच्छे-अच्छों का प्रवेश निषेध होता, उसके लिए कोई रुकावट नहीं होती। बल्कि उनके लिए सीट रिजर्व होती—प्रेस लिखकर। धीरे-धीरे उसने जाना, वह उन सब व्यक्तियों से बहुत आसानी से बात कर सकता

है जिन्हें कल तक हव्वा समझता था। कलेक्टर, प्रशासनिक अधिकारी और ऐसे तमाम लोगों से अब वह आधिकारिक बातचीत कर सकता था। और यह उपलब्धि उसे कम नहीं लगती थी।

यहाँ पैसा कम था लेकिन ऐसे दूसरे सुख थे जो इस समस्या पर भारी पड़ते। ऊपर से 'समाज के प्रहरी' का खिताब अदृश्य रूप से उसके दिल के आगे कमीज की जेब पर लटका रहता।

लेकिन अखबार सफल नहीं हो सका। मालिक को इस व्यवसाय में वैसी सफलता नहीं मिली जैसा कि वह चाहता था। प्रारम्भ में कुछ पता नहीं चला, लगा कि सब ठीक है। लेकिन बाद में जैसे-जैसे दिन बीतने लगे अखबार भारी पड़ने लगा। प्रसार संख्या में बढ़ोतरी न होना उनके चिन्ता का विषय था। इस परेशानी के कारण वे अकसर चिड़चिड़ा जाते जो कि आगे चलकर उनकी आदत में शुमार हो गया। इस असफलता का बोध उन्हें यहाँ तक ले जाता कि उन्हें लगने लगता कि सब यहाँ बैठकर हराम की खा रहे हैं। सम्पादक श्रीवास्तव जी से उनका झगड़ा हो गया। उन्होंने निकाल दिया सम्पादक को। कोई दूसरा आ गया। फिर तीसरा, फिर चौथा। और अब पाँचवाँ।

एक तो पैसा कम था ऊपर से दिन-रात डोलता मालिक का प्रेत—स्टाफ अपने आप कम हो गया। यह सब बहुत थोड़े समय में ही सम्भव हो गया। कर्मचारियों की संख्या घटकर आधी रह गयी। इन्हीं लोगों से निकल रहा है अखबार। इन्हीं के सहारे मालिक जल्द से जल्द इसे बेचने की फिराक में है।

अब्दुल किसी भूत की तरह वहाँ अब तक डटा है। तमाम समस्याओं और संकटों के बावजूद। हालाँकि वह भी इधर-उधर, किसी दूसरी जगह जाने के प्रयास में लगा है लेकिन सफल नहीं हो पा रहा है।

पुराने साथी मिलते हैं तो पूछते हैं, "अरे तुम अभी तक वहीं हो?"

"हाँ।"

"अब कैसे निकल रहा है?"

"पहले दस पेज का होता था, अब चार पेज का निकलता है।"

मालिक को शायद यह बात समझ आ गयी कि इसे सुधार पाना मुमकिन नहीं। इसलिए उसने प्रेस का काम रामभरोसे छोड़ दिया। दो-दो महीने तक उनको वेतन नहीं मिल पाता। स्थिति ऐसी हो गयी है कि मालिक और सम्पादक दोनों ही उन्हें कहते हैं, "देखो भाई, हम अब आपको पहले की पेमेण्ट नहीं कर सकते। आपको जमता है तो करो नहीं तो छोड़ दो। हाँ, आपको ये छूट है कि इसकी आड़ में जो कमा सकते हो कमा लो।"

इससे अब्दुल सत्तार का काम दोहरा हो गया। अखबार के लिए रिपोर्टिंग के साथ-साथ जेब के लिये विज्ञापन। और इस चक्कर में जो तय था वही होने लगा।

उसका काम पहले रिपोर्टिंग नहीं विज्ञापन जुटाना हो गया। वह इसी काम में अपने पैर जमाने लगा—ज्यादा से ज्यादा विज्ञापन जुटा सके। इसी कोशिश का नतीजा था कि कुछ महीने में उसने अपनी आय के निश्चित स्रोत बना लिये। झाड़-फूँक वाले तान्त्रिक अपूर्वानन्द, बंगाल के ज्योतिष के आचार्य, मथुरा के हस्तरेखा विशेषज्ञ पं. केदारनाथ पाण्डे, बिना चीर-फाड़ के हाइड्रोसिल का इलाज करने वाले डॉक्टर, बचपन की गलत आदतों के कारण खोयी हुई जवानी वापस लाने वाले गुप्त रोगों के डॉक्टर या हैदराबाद के हकीम—ये सब ऐसे लोग थे जिनका डेरा शहर में आये दिन जमता। ये अब्दुल के अस्थायी स्रोत थे। स्थायी स्रोत शहर की विभिन्न दुकानें थीं। वह दुकान-दुकान घूमकर अखबार के लिए विज्ञापन और खुद के लिए रुपये जुटाता।

इसके अलावा उसे रिपोर्टिंग भी तो करनी होती थी, शहर में खबरों की किल्लत नहीं रहती। शहर क्या, खबरों का खजाना है! छोटी-मोटी घटनाएँ शहर में रोज घटती हैं। यही घटनाएँ, यही स्थानीयता उसके अखबार को जीवित रखे है। अखबार दुकानों पर ज्यादा वितरित होता है। उसमें भी पान की दुकानों और चाय के ठेलों पर सबसे ज्यादा। यहाँ आने वाले ग्राहकों की रुचि 'लोकल न्यूज' में सबसे अधिक होती है। उनके लिए शहर में चोरी की छोटी घटना किसी अन्तर्राष्ट्रीय खबर से ज्यादा वजन रखती है। उन्हें इसमें मजा आता। लड़की के भागने अथवा भगाने, अवैध सम्बन्ध या बलात्कार की खबरें इन्हें वह मजा दे जातीं कि घण्टों उस पर बात कर सकते थे।

इन्हीं जगहों पर उनके अखबार के असली पाठक थे।

अब्दुल समय के साथ इस लाइन का आदमी बन गया। खबर तैयार करना उसके लिए अब बहुत आसान बात हो गयी। बिल्कुल वैसे ही जैसे चाय पीना। युवा पत्रकार अब्दुल सत्तार का कहना है—व्यर्थ की भागदौड़ कौन करे? इससे हमको मिलेगा क्या? अपना कारोबार कुछ ऐसा है कि कभी ट्रेजरी के वर्मा बाबू को पान खिला दिया, कभी कलेक्टरेट के सिपाही के साथ बैठक जम गयी, कभी शिक्षा विभाग के बड़े बाबू मिश्राजी को पकड़ लिया, कभी स्वास्थ्य विभाग के बदनाम और दारूखोर डॉ. चौबे को। इनसे मसाला मिलता रहता है। जब कहीं से कुछ नहीं मिला तो देसी दारू की भट्ठी में चले जाओ—खबर ही खबर मिलेंगी आपको वहाँ। या नहीं तो सुभाष चौक के पास स्थित नेतराम नाई के सेलून में घुस जाओ, जो न सिर्फ सट्टे का एक जाना-माना अड्डा हैं बल्कि जो खबर कहीं नहीं मिलेगी, वह इसके पास मिलेगी। यहाँ सब आते हैं—चपरासी से लेकर साहब तक। असली खबर तो इन्हीं लोगों से हासिल होती है। मूर्ख हैं वे जो होटल में शानदार सूट पहने कलाकन्द खाते खबरों का इन्तजार कर रहे हैं। वहाँ बैठकर क्या खाक पत्रकारिता होगी!

...जो देखा, सुना, सोच-समझकर अपने हिसाब से लिख दिया। हो गयी अपनी रिपोर्टिंग। भला और किसको कहते हैं रिपोर्टिंग? फिर यार, अपने को कौन-सा बी.बी.सी.

का विशेष संवाददाता बनना है! फिलहाल गाड़ी जैसे चलती है, चलाते रहो।

उसकी पत्रकारिता की गाड़ी इसी तरह चल रही है।

वह जान गया है कि अखबार बहुत सारे बड़े लोगों की कमजोरी है। वह चाहे मन्तरी हो या सन्तरी—सब अखबार में छपना चाहते हैं। 'न्यूज' में बने रहें। नेताओं की आधी दुकानदारी इसी की बदौलत चलती है। उसे लगता है, जिस दिन अपना नाम अखबार में मिलता नहीं होगा उनका खाना हजम नहीं होता होगा। इसीलिए प्रेस कान्फ्रेंस में उनकी तरफ से बढ़िया खाने-पीने का इन्तजाम रहता है। कई बार तो उपहार तक भेंट किये जाते हैं। और ऐसे ही कार्यक्रमों में पत्रकार-बन्धुओं की भीड़ सबसे अधिक होती है।

उनके अखबार में जो कुछ छपता था अथवा नहीं छपता था—इसको लेकर अब्दुल को कभी बेचैनी या तनाव नहीं रहा। वह खुद अखबार के सुपुर्द था, बस। उसे हमेशा लगता था कि यहाँ वह किसी तरह टिका भर है। मौका लगते ही फुर्रऽऽऽ हो जाएगा। उसे चिन्ता नहीं थी—जिसे छापना हो छापो, जिसकी आरती उतारनी हो उतारो। अब्दुल को क्या? अपना काम और पैसा बना रहे—बस्स!

गाँधीजी ने दिलाया पुरस्कार

इधर के पत्रकारों ने अंचल के नये पत्रकारों को पुरस्कृत करने की एक योजना बनायी। पुरस्कार का नाम सबसे बड़े दानदाता के स्वर्गीय पिता के नाम पर रखा गया। इसके लिए युवा पत्रकारों से उनके लिए फीचर आमन्त्रित किये गये जिस पर निर्णायक समिति का फैसला अन्तिम होगा।

अब्दुल सत्तार को इसकी खबर लगी। उसने सोचा, आजमाके देखना चाहिए। वैसे मन से उसे ऐसे किसी पुरस्कार-वुरस्कार की उम्मीद नहीं थी, क्योंकि पुरस्कारों के साथ जो राजनीति जुड़ी होती है—इससे वह अनजाना नहीं था। और वह भी कि कोई भी पुरस्कार निर्विवाद नहीं होता। वह चाहे स्काउट गाइड को राष्ट्रपति पुरस्कार की बात हो या साहित्य के बड़े-बड़े सम्मान।

अपने अखबार के लिए शुरू-शुरू में उसने कुछ फीचर तैयार किये थे। इसे उसने पूरा का पूरा, अपनी प्रतिभा से बिल्कुल नहीं लिखा था। सारी सामग्री धर्मयुग, इण्डिया टुडे या जनसत्ता वगैरह से मारकर, थोड़ा-बहुत शब्दों के हेर-फेर से उसने इन आलेखों को अपने नाम से छपवा लिया था। किसी को इसका पता नहीं चला था। उसने तब सोचा था, अच्छा है, लोग भूलने लगे हैं। यह उसके हक में है।

उसने अपने तीन आलेख छाँटे। एक सर्वव्यापी भ्रष्टाचार पर, दूसरा स्त्रियों की दशा पर और तीसरा बच्चों की बिगड़ती स्थिति पर।

इस दौरान उसने पता लगाया, निर्णायक समिति के अध्यक्ष गंगाप्रसाद व्यास जी हैं। व्यास जी वरिष्ठ पत्रकार, स्वतन्त्रता संग्राम सेनानी और विचारों से पक्के गाँधीवादी।

अब्दुल को लगा—मामला जम सकता है।

अपनी फाइल लेकर वह एक सुबह व्यास जी के घर जा पहुँचा।

उनके पैर छूने के बाद उसने अपना परिचय दिया। वे खुश हुए और उसे बैठने को कहा।

उनकी बातचीत शुरू हुई। अब्दुल को भाँपने में देर नहीं लगी कि महाशय आत्मरति तथा अतीतमोह से बुरी तरह ग्रस्त हैं। इधर के हालात से इनका इतना ही वास्ता है कि ये नाराज हैं। बहुत नाराज। वे आदर्श, ईमानदारी, संस्कार, शिक्षा, जागृति, मानवता, परिश्रम जैसे मूल्यों वाले समय की पैदाइश थे। छल, कपट, पाप, ईर्ष्या-द्वेष और घृणा से उन्हें नफरत है। उनके खादी के धोती-कुरते से अब्दुल को पुरानेपन की एक अजीब-सी गन्ध उठती महसूस हुई। उनकी सर्वमंगलकारी भावनाओं से उसे गहरी चिढ़ हो रही थी मगर जाहिर तौर पर प्रसन्न बना रहा।

बातचीत उसी टॉपिक पर हो रही थी जिस पर देश के चिन्तित लोग प्रायः रोज चर्चा किया करते हैं एक आदत की तरह। समकालीन राजनीति का क्षुद्र, घटिया और स्वार्थी परिवेश, रसातल में जाते हुए मूल्य तथा आदर्श और इनकी पतनशीलता, सिनेमा और संचार माध्यमों द्वारा दिखाये जा रहे विकृत नाच-गाने और दृश्य...।

व्यास जी को इन सबसे बड़ा क्षोभ था और गहरी पीड़ा पहुँचती थी। वे गाँधीवादी थे, सो गाँधीजी को बातचीत में आना अनिवार्य था।

"एक बात बताइए व्यास जी!" अब्दुल ने अपना जाल फेंका, "आप सच्चे गाँधीवादी हैं, क्या आपको इन तथाकथित गाँधीवादियों से चिढ़ नहीं होती?"

"बिल्कुल ठीक कहते हैं, अब्दुल जी। बड़ा दुख होता है। क्या करें?" व्यासजी पीड़ाजनित स्वर में बोले।

"मेरा तो खून खौल उठता है इनको देखकर!" अब्दुल ने जोश में आने की, स्वर को ऊँचा बनाने की पूरी कोशिश की। "इन लोगों ने राजनीति को कहाँ से कहाँ पहुँचा दिया। एक पवित्र नदी को गन्दे नाले में बदल डाला। जिस नेता को देखिए वही गाँधीजी-गाँधीजी कर रहा है। दरअसल गाँधीजी इनके लिए राष्ट्रपिता या महात्मा गाँधीजी नहीं सिर्फ एक मोहरा हैं जिससे सत्ता की बाजी जीती जाती है। मैं तो यहाँ तक कहूँगा कि गोडसे ने तो खाली शरीर की हत्या की है, इन कम्बख्तों ने उनकी आत्मा को मार डाला! सिर्फ पुतला बनाने में इनका यकीन है, व्यास जी!"

"हाँ-हाँ, ठीक बोल रहे हो तुम!" चौहत्तर साल के बूढ़े व्यास जी की आँखों में एक नयी चमक पैदा हो गयी, जोश में वे आप से तुम पर आ गये। बोले, "यह

सत्य है उन्होंने बापू को कहीं का न छोड़ा। उनके सारे आदर्शों को धूल में मिलाकर रख दिया। मजाक की वस्तु बनाकर रख दिया पाखण्डियों ने! अब देख लीजिए, शोर गाँधीजी का नहीं, गाँधीवादियों का है—और सबके सब धूर्त, हरामी...और क्या कहें दुष्ट...जनता के दुश्मन...देश-वेश से कोई मतलब नहीं जिनको...।'' व्यास जी उन्हें कोसने लगे... और देर तक जारी रहा उनका कोसना।

अब्दुल को जैसे ही अगला मौका मिला, वह चील-सा झपटकर अपने विषय पर आया, ''बड़े लोग हमेशा कहते रहते हैं कि छोटे समाचार पत्रों की समाज में एक बड़ी भूमिका है...कि देश की उत्तम सेवा है या महान है। लेकिन व्यास जी, उन्हें केवल महान कहने भर से तो कुछ नहीं होता। सारा बड़ा इनाम बड़े-बड़े अखबार और उनके बड़े-बड़े पत्रकार ले जाते हैं। इनको खाली आश्वासन दिया जाता है। अब आप खुद देखिए, अखबार हमारा—प्रभात—बहुत छोटा और मामूली ही सही, लेकिन अपनी जवाबदारियों के प्रति उनसे कम गम्भीर नहीं। पूरा जिला प्रशासन चौकन्ना रहता है हमारे अखबार के नाम से। बड़े अखबारों को राजनीतिक संरक्षण हासिल होता है, हम गरीबों को तो वह भी नसीब नहीं। हम पर जब हमला होता है तो कोई बचाने नहीं आता। कहते हैं और पीटो सालों को। बहुत उचक रहा है। तो ये हालात हैं। ऐसे में अगर आप लोग हमें आगे नहीं लाएँगे तो ताकत हममें कहाँ से आएगी? आपसे गुजारिश है...आप इन सबका ध्यान रखेंगे!''

व्यास जी गम्भीर भाव से उसे देख व सुन रहे थे। जब अब्दुल जाने को हुआ तो उन्होंने कहा, ''अरे बैठो-बैठो। चाय पीकर जाना।'' कुछ सप्ताह बाद पुरस्कारों की घोषणा हुई। अब्दुल सत्तार का नाम उदीयमान पत्रकारों में पहला था।

कवि का भाषण और हृदय-परिवर्तन (?)

...यह अब्दुल सत्तार के जीवन में पहली दफा हो रहा है। संचालक ने माइक से उसके नाम की घोषणा जैसे ही की...हाल तालियों की गूँज और हर्षध्वनि से भर उठा है...वह पुरस्कार ले रहा है...तालियों का बजना जारी है...

अब्दुल अपने पुरस्कृत होने के क्रिया-कलाप पिछले कई दिनों से देख रहा है। यह सचमुच पहला अवसर होगा। दूसरों के लिए चाहे जो हो, स्वयं के लिए बड़ा रोमांचक क्षण होगा...गर्व की बात होगी। इस बात को अच्छी तरह जानने के बावजूद कि येन-केन-प्रकारेण वह उसका हकदार बना। महत्त्व पुरस्कार की राशि का नहीं...नाम का है। उसे लगा वह अपने से कुछ अलग, विशिष्ट हो चला है।

जान-पहचान के सभी लोग मिलने पर इसी की चर्चा कर रहे हैं। बधाई! बधाई! और क्या बात है अब्दुल अपने को कुछ नया-नया, बदला-बदला अनुभव कर रहा

है। कहीं वह मारे खुशी के गर्व से फूल तो नहीं रहा है?

लम्बी इन्तजारी के बाद वह दिन आया जब उसे इनाम मिलना है। होटल पैराडाइज में!

उसे खुद को 'पैराडाइज' के काबिल बनाने के लिए काफी तैयारियाँ करनी पड़ीं। 'क्लासिक गारमेण्ट्स' से बढ़िया खादी का कपड़ा लाया। 'एवन टेलर्स' में सिलने को दिया। उसने मास्टर को कपड़े ठीक उसी तरह सिलने को कहा जैसा उसने दूरदर्शन पर देश के एक बहुत बड़े कवि को पहने देखा था। इस पर एकदम सूट करने वाला कोल्हापुरी चप्पल 'श्री सत्य साईं शू सेण्टर' से लाया। उसकी बायीं कलाई पर गोल्डन डायल की शानदार घड़ी है जिसे वह 'सिटी वॉच कम्पनी' से लाया है। इतना सब कुछ फ्री। यह अलग बात है कि उसे इसके लिए दुकानदारों से झिकझिक करनी पड़ी। दुकानदार चिड़चिड़ाते रहे। लेकिन अब्दुल ऐसा था कि 'सब चलता है...' वह अच्छा-खासा प्रायोजित कार्यक्रम बन गया था। इस पूरी तैयारी में सिर्फ एक चीज उसने स्वयं के खर्च से खरीदी—गले की चेन। इसे अपने धमधा गाँव में एक फेरी वाले से दो रुपये में खरीदा था जहाँ वह कृषि राज्यमन्त्री का भाषण 'कवर' करने गया था। कीमत दो रुपया, मगर चमक ऐसी कि सोना भी पीतल लगे इसके आगे।

कार्यक्रम सन्ध्या पाँच बजे है। मगर उसका जी लुकपुका रहा था।

अपने इस ऐतिहासिक दिन में वह अभूतपूर्व तैयारी और गर्व से दोपहर साढ़े तीन बजे घर से निकला।

मन्नू के पान ठेले पर पहुँचा। सामने लगे दर्पण में वह नजर आ रहे अब्दुल सत्तार को निरखने लगा, पट्ठे ने कहीं कोई कमी तो नहीं छोड़ी है?

उसका पान लगाते हुए मन्नू एकदम खुश था, "आज तो आपका ही दिन है सत्तार भाई। खूब जम रहे हो।"

जवाब में वह भीतर से मुस्कराया जिसकी एक सूक्ष्म झलक उसके होठों की महीन फड़कन से मिली।

पान मुँह में दबाने के बाद उसने दो नग विल्स खरीदा जिसे उसने एक नये पैकेट में रखवाया। फिर उसे जेब के हवाले किया। कुछ इस प्रकार कुरते के सामने जेब में रखा कि देखने वाले को सहज नजर आ जाए।

वह टेम्पो से गया। वहाँ उतरा जहाँ से होटल एकाध किलोमीटर दूर है।

अपना बैगनी चशमा लगाकर वह जब सड़क नाप रहा था तो उसे लगा, उसकी शूटिंग चल रही है...सड़क पर वह नहीं चल रहा है बल्कि 'स्लोमोशन' में हवा में उड़ रहा है।

कई गाड़ियाँ सरसराती उधर ही दौड़ रही थीं। उसने सड़क पर बेआवाज फिसलती एक मारुति को हाथ मारा—लिफ्ट।

गाड़ी के रुकने पर उसने एक शालीन अदाकारी से पूछा, ''होटल पैराडाइज ?''

''येस। आइए।'' कार का दरवाजा उसके लिए खोल दिया गया।

''थैंक्यू। थैंक्यू वेरी मच।'' सड़क छाप अँग्रेजी दिलकश मुस्कान के साथ फेंककर वह सीट में यों धँस गया मानो वह अपने बाप-दादा के जमाने से इसका आदी हो।

दरअसल उसे पूरा विश्वास था कि कार से उतरने वाले व्यक्ति की शान में लोगों की निगाहें एक कदम आगे बढ़कर स्वागत में बिछ जाती हैं, और ऐसा ही उसके साथ होगा। पगड़ी वाला दरबान हँसकर सलाम ठोकेंगा।

जिस सहजता के साथ वह कार से उतरा, मजाल था कि किसी को शक भी होता कि वह ऐसा फटीचर आदमी है।

पेट में गैस बन गयी थी। एक कोने में रुककर उसने अपनी सिगरेट सुलगायी और गैस छोड़ी, फिर मुक्त होकर इत्मीनान से गहरे कश खींचता वह भीतर बढ़ गया।

पूर्व घोषित कार्यक्रम के अनुसार सब चल रहा था हाल के भीतर। स्टेज में सूट, सफारी या कुरते में प्रभावशाली लोग बैठे थे और हाल की कुर्सियों पर आमन्त्रित लोग। कार्यक्रम परम्परावादी ढंग से चल रहा था...अतिथियों का स्वागत-सम्मान...फिर अब्दुल समेत कुछ पत्रकारों को पुरस्कृत किया गया...अतिथिगण भाषण दे रहे थे और लोग तालियाँ बजा रहे थे।

साधारण कमीज-पैण्ट पहने मुख्य अतिथि ने बोलना शुरू किया, जो पत्रकार, सम्पादक होने के अलावा कवि भी थे। हरिकिशन वर्मा। वे बोले तो बोलते चले गये...संयत, गम्भीर स्वर माइक के जरिये हाल में भरने लगा—दोस्तो, यह सबसे पहले जान लीजिए कि प्रेस कोई उद्योग नहीं है। फैक्ट्री नहीं है। ना ही हमारी अखबार इस्पात, कपड़े या जूट सरीखा कोई उत्पाद है। यह ऐसा काम नहीं है कि मशीन के एक सिरे पर कच्चा माल डाला और दूसरे सिरे पर माल तैयार। ऐसा बिलकुल नहीं है। पत्रकारिता रचनाधर्मिता के श्रम से जुड़ा कार्य है, न कि बटन दबाने वाली मशीन का काम। साथियो, यह एक कला है, विज्ञान नहीं। यहाँ पाठकों को विशिष्टता और मौलिकता चाहिए—एक-सा माल नहीं। यही वो वजह है जिसके कारण प्रेस मालिक प्रतिभाओं के पीछे भागने को मजबूर हैं, अन्यथा उसे इन लोगों की जरूरत क्या थी ? तो यह एक कला है...आर्ट...हुनर...कचरे का डिब्बा नहीं कि जो चाहा लिख मारा! कोरा पन्ना हमारे लिए चुनौती है...इसे महज रंग देना, दो कौड़ी के मन्त्रियों का बयान छापते जाना या दुनिया भर की ऊल-जलूल जानकारियों से अखबार पाट देना पत्रकारिता नहीं। इसके लिए दृष्टि चाहिए, विचार चाहिए और बगैर इनके कोई भी कला सम्भव नहीं! इसके अलावा समाज के प्रति निष्ठा और गहरी जवाबदारी के बिना भी यह सम्भव नहीं। यह एक लम्बी पारी का खेल है जो सतत चलता रहता है। इसमें हमें

रुकना या थकना नहीं है बल्कि और-और निखरना है। यहाँ छल नहीं चलेगा। व्यावसायिकता भी नहीं चलेगी, क्योंकि व्यावसायकिता भाषा की आत्मा को कुचलकर अपना रास्ता बनाती है। आज की दुनिया को आप बहुत अच्छी तरह समझते हैं। पत्रकारिता का जैसा आज स्वरूप है उसके लिए हमारी पूरी बिरादरी जिम्मेवार है—वह इससे बच नहीं सकती। हम ऐसे लिख रहे हैं और कर रहे हैं जिससे दुश्मन का कुछ नहीं बिगड़ता, बल्कि हम उसकी शक्ति का बढ़ा-चढ़ाकर बखान करते हैं। इन बड़ी-बड़ी सुर्खियों का आतंक पाठक को भीतर से कमजोर बनाता है और हत्यारे या बलात्कारी को ताकतवर। हमारी लिखी बलात्कार की खबर उनके प्रति गुस्सा और नफरत पैदा करने के बजाय, अनायास पाठक को ऐन्द्रिक सुख देने लगती है। बाजारूपन हमें वह करने से रोकता है, मोड़ता है जो वास्तव में हमें कहना है। यह सिर्फ हमारा पेशा नहीं है, मोर्चा है! संघर्ष है!...।

कहकर वे अपनी जगह पर बैठ गये।

हाल तालियों की गूँज से देर तक गूँजता रहा।

लेकिन इस दौरान वह हो गया—जो यहाँ, इस कहानी में नहीं होना चाहिए था...नहीं होना चाहिए था।

सुनते ही अब्दुल को लगा कि उसके ज्ञान के चक्षु खुल रहे हैं, ज्ञान का प्रकाश किसी झिर्री से सीधे उस तक पहुँच रहा है। उसने यह भी महसूस किया कि कवि की बातें सीधे-सीधे दिल में उतर रही हैं। चोट कर रही हैं। ऐसा क्यों—वह समझ नहीं पा रहा था। इस प्रकार के, इस आशय के भाषण उसने पहले कभी नहीं सुने हों—ऐसा भी नहीं था। लेकिन यह हो रहा था और उसके जीवन में पहली बार इतनी गम्भीरता से हो रहा था और चाहकर भी वह इसे रोक नहीं पा रहा था। इतनी गम्भीरता से कि वह रोना चाहता था। सचमुच रोना चाहता था—एकदम खुलकर—जोर-जोर से...। छोटे बच्चों के समान। पछतावा, ग्लानि, शर्म, वितृष्णा—इन्हीं कुछ चीजों से भर गया था उसका अन्तर्मन। उसे लगा कि एकदम नालायक! नहीं, उससे भी बड़ी कोई बुरी चीज है वह। यह भी कि वह पत्रकारिता के नाम पर हद से हद केवल मजाक कर सकता है। खाली मजाक! और कुछ नहीं! वह इतने आवेश में था कि कोई चीख रहा था भीतर, छटपटा रहा था जैसे पिंजरे में ताजा-ताजा बन्द किया गया कोई जंगली पशु।

वह एकाएक उठा और सभागार से बाहर निकल आया।

प्रिय पाठको! आप सोच रहे होंगे—वाह, क्या सीन! क्या आदर्श है! क्या भावनाएँ हैं! कैसी महानता है! पाँच मिनट भी नहीं लगे, हो गया नायक का हृदय-परिवर्तन! यह आज किधर होता है? हाँ, स्कूल की कहानियों में होता था। गया वो प्रेमचन्द और सुदर्शन का जमाना जहाँ जुम्मन शेख और डाकू खड्गसिंह वगैरह के

हृदय-परिवर्तन होते थे। अब ऐसा कुछ नहीं होता। यह घोर आदर्शवाद है। बल्कि अ-यथार्थवाद है!...

इन खामियों और ऐसे तमाम खतरों के बावजूद मुझे लिखना पड़ रहा है कि वह सभागार से उठकर गया है। और यकीन मानिए, इस समय वह मेरी मर्जी के खिलाफ, अपनी मर्जी से (क्योंकि वह मेरी मर्जी का कोई गुलाम नहीं है!) गया है। और जाते हुए वह जिस किसी के बारे में या पूरे ब्रह्माण्ड के बारे में सोच रहा हो—मेरी इस कहानी में तो बिल्कुल नहीं सोच रहा है।

उसे यों जाते हुए कुछ अन्य लोगों ने भी देखा था। जो उसे जानते हैं, उनका अनुमान है, साला हमारी तरह बोरिया गया होगा और सिगरेट पीने या चाय के लिए बाहर गया है...और कुछ नहीं तो जोर की मुतास लगी होगी...देखना, अभी थोड़ी देर में वह कैसे धुआँ छोड़ता लौट आएगा...।

इस पर जहाँ तक मेरी राय (जिसकी कोई विशेष अहमियत नहीं) का सवाल है, तो मैं जरा दार्शनिक मूड और मुद्रा में उत्तर दूँगा—मनुष्य से बड़ी पहेली इस संसार में कोई नहीं। और दोस्तोयेव्स्की के इस कथन के साथ कहानी समाप्त करता हूँ—यदि ईश्वर नहीं है तो मनुष्य कुछ भी कर सकता है।

खैर। आपको क्या लगता है, वह लौटकर आएगा?

प्रक्रिया

यह खबर हम लोगों तक बहुत जल्द पहुँच गयी थी, उसके घर-परिवार के द्वारा इसे लीक होने से रोकने की तमाम कोशिशों और अनिच्छा के बावजूद। यह खबर जैसे किसी बारीक सूराख से गैस की तरह रिसकर हम तक पहुँची थी। वरना अरविन्द के पिता जिस तरह के व्यक्ति थे, उसके चलते यह काफी मुश्किल था। यह तो खैर कोई भी माता-पिता नहीं चाहेंगे कि उनकी औलाद के मेण्टली डिस्टर्ब हो जाने का शहर में ढिंढोरा पीटा जाए। और वकील साहब—अरविंद के पिता भी नहीं चाहते रहे होंगे कि उनकी तीन सन्तानों में एकमात्र बेटे के पागल हो जाने की खबर इस बढ़ते हुए शहर में मजाक का विषय बन जाए।

किन्तु यह हो रहा था। खबर हम लड़कों, जो उसके सहपाठी थे, के बीच इधर से उधर फड़फड़ाती उड़ रही थी, असहाय; जैसे हम बचपन में फुरफुन्दी को आगे से बाँधकर उड़ाते थे और उसकी करुण असहायता का मजा लूटते थे, कुछ वैसे ही।

यहाँ केवल चश्मुद्दीन सुरेश ही नहीं था जिसे दूसरे की गलतियों और कमजोरियों पर हँसने में एक विशेष आनन्द मिलता था, तमाम दूसरे लड़के भी हँसी में शामिल थे।

"मेरे को तो पहलेई मालूम था, इसीलिए तो हमेशा बोलता था कि देखना, ये लौण्डा एक न एक दिन जरूर पागल होगा करके।"

"और आज हो गया!" किसी ने जोड़ा।

सबके सब फिर खिलखिलाकर हँस पड़े। उनका इस बात से अच्छा मनोरंजन हो रहा था।

"वो साला दुनियादारी बिल्कुल नहीं जानता था। जानता है, एक दिन मेरे से क्या पूछ रहा था? पूछा कि यार, ये औरतों का एम.सी. क्या होता है? तो मैं बोला—अबे घोंचू! यहाँ तक तो ठीक है, अब ये मत पूछना कि बच्चा पैदा कैसे होता है!"

फिर हँसी। पगले से जोरदार। लेकिन मैं नहीं हँस सकता था। और विजय भी। शायद वह भी मेरी तरह गम्भीर था इस समय। इनकी हँसी जैसे कोई अश्लील फिकरा

मालूम हो रही थी मुझे। बहुत अनैतिक और बहुत निर्मम! तो ये है इनकी अपने पागल हो गये साथी के प्रति सहानुभूति! मुझे इन लड़कों पर ताज्जुब हो रहा था। यही लड़के हैं जो कल तक उसके नोट्स की खातिर उसके आगे-पीछे घिघियाते घूमते थे। आज उस पर हँस रहे हैं। नैतिकता, भावनाएँ या दोस्ती—सब इनके लिए बदलते रहने वाली फालतू बातें हैं। मुझे उस समय लगा था, यह ऐसा ही समय है...जहाँ सब कुछ बहुत आसानी से भुलाया जा सकता है...एक झटके में गाजर-मूली की तरह काटा जा सकता है।

ऐसी और भी जाने कितनी बातें सोचकर उस शाम बहुत निराश और दु:खी हो गया था मैं।

दूसरे दिन शाम को मैं और विजय अरविन्द के घर जा रहे थे। उसके पिता ने हमें बुलाया है।

यह जुलाई के आखिरी दिनों की एक बदली भरी साँझ थी। चारों तरफ एक मनहूस किस्म की सफेदी वाला वातावरण। हवा नहीं थी, सो सब ठहरा हुआ-सा लग रहा था। जाते हुए हमें कुछ ऐसी घुटन महसूस हो रही थी गोया मारे सर्दी के नाक बन्द हो और सब कुछ उखड़ा-उखड़ा-सा।

हमें मालूम था, अरविन्द के मित्रों की संख्या इतनी कम है कि एक हाथ की उँगलियाँ भी कुछ ज्यादा ही बैठती हैं। और करीबी दोस्त? वह तो शायद बिल्कुल नहीं। शायद हम दोनों ही। या शायद हम दोनों भी नहीं। अलबत्ता, हमें इसकी खुशी अवश्य थी कि दूसरों की तुलना में उसका उठना-बैठना हमारे साथ अधिक है। ऐसा शायद इसलिए भी था कि हमारे घर आस-पास थे और हम पिछले तीन साल से स्कूल साथ-साथ आ-जा रहे थे। स्कूल—शासकीय बहुउद्देशीय उच्चतर माध्यमिक शाला। और शायद इसलिए भी कि हम तीनों एक ही विषय—गणित—और एक ही कक्षा ग्यारहवीं ए के विद्यार्थी थे।

हमारा आना-जाना साथ होता था। स्कूल हमारे घरों से लगभग डेढ़ किलोमीटर था। अगर हममें से किसी को तैयार होने में कुछ देर हो जाती तो उसके तैयार होने तक रुका जाता था और देर हो जाने पर पाठक सर के रूल की मार हम तीनों की हथेलियाँ खातीं। स्कूल जाते हुए हम प्राय: जल्दी में होते कि देर न हो और सजा से बच जाएँ। लेकिन लौटते हुए वक्त हमारा होता था। बड़ी फुर्सत से तफरीह करते, बाजार, तमाशा, सिनेमा के पोस्टर्स आदि देखते हुए लौटते थे। जाने कहाँ-कहाँ की बातें करते हमारा रास्ता कट जाता था और हमें पता नहीं चलता था।

उम्र के साथ हम बड़े हो रहे थे और विषयों के प्रति गम्भीर।

यह सिलसिला उस साल की गर्मियों में टूट गया था जब हमारी स्कूली पढ़ाई समाप्त हो गयी थी। हम तीनों ने मैट्रिक पास कर लिया था। कक्षा में हर साल की

तरह अरविन्द को सबसे ज्यादा नम्बर मिले। वह हमारी कक्षा का सबसे तेज विद्यार्थी था।

हमारी कक्षा के बहुतेरे लड़कों ने इस साल मई में 'प्री इंजीनियरिंग टेस्ट' परीक्षा दी थी। जाहिर है हम तीनों ने भी। और चूँकि अपने राम को इसमें चुने जाने की उम्मीद नहीं थी; मन में ये था कि अँधेरे में तीर लग जाए तो लग जाए, पूर्ण विश्वास नहीं था इसलिए कॉलेज में दाखिला ले लिया। विजय ने भी यही किया। क्योंकि डर हमें यह बना हुआ था कि हमारी स्थिति धोबी के कुत्ते की तरह न हो जाए—न घर का न घाट का। हम माया और राम में एक को पाना ही चाहते थे, इसलिए अपने घाट हमने चुन लिये। अरविन्द की बात अलग थी।

उसे अपनी योग्यता पर, क्षमता पर, पूरा भरोसा था। वह इसमें चुन लिया जाएगा, इस बात का पूरा यकीन हम सबको था। उसे तो था ही। इसलिए वह सिर्फ इसके नतीजे की प्रतीक्षा कर रहा था।

और सप्ताह भर पहले ही इसके परिणाम घोषित हुए थे। जैसी कि हमें आशंका थी, हमारा सेलेक्शन नहीं हुआ। इसका हमें बेहद दु:ख हुआ था, और यह चुभने वाला अहसास भी कि हम पिछड़ों की जमात में हैं, क्रीमी लेयर में नहीं। हमारे सुखमय भविष्य के रंगीन, चमकदार सपने टूटकर बिखर गये थे...चूर-चूर।

लेकिन वहीं इस बात का आश्चर्य था कि अरविन्द का भी चयन नहीं हुआ! भले ही वह हमारे लिए अविश्वसनीय था लेकिन सच था।

उसका रोल नम्बर अखबार में कहीं नहीं था।

शायद इसे अरविन्द बर्दाश्त नहीं कर सका था।

और...।

...हम उसके घर जा रहे थे। उससे मिलने।

मुझे अजीब-सी बेचैनी हो रही थी, और काफी घबराहट भी। जो आज तक उससे मिलते हुए नहीं हुई थी। अब हमारे लिए वह बदल चुका था। उसके बारे में तरह-तरह की कल्पनाएँ बन-बिगड़ रही थीं। एक अहम सवाल तो यह था कि हम उससे मिलने पर कहेंगे क्या? और वह इन्हें समझेगा या नहीं? हम करेंगे क्या? क्या मातम-सा मनाते हुए रोनी सूरत लेकर उसके सामने बैठे रहेंगे? और हम अपनी सहानुभूति रबर की मानिन्द खींचते रहेंगे? वह इस समय पागल है। पागलों को लेकर आज भी मन में एक भय रेंग जाता है। उसे हमारी कौन-सी बात अच्छी लगेगी या किस बात पर नाराज हो जाएगा, समझ से परे है यह बात। हो सकता है वह गुस्से में सामने पड़ी किसी भी वस्तु को हमारे सर पर दे मारे। आखिर है तो वह पागल...।

उसके घर का पहला कमरा बैठक होने के साथ-साथ उसके पिता का ऑफिस था। उसके पिता शहर के जाने-माने वकील हैं। कमरे में तीन तरफ लकड़ी की शीशेदार अलमारियाँ थीं जिनमें कानून की किताबें थीं। काले कपड़े की जिल्द वाली ढेर सारी मोटी-मोटी कताबें।

बाप रे! इतनी सारी किताबें! मुझे हमेशा हैरानी होती थी कि कैसे कोई एक जीवन में इतनी किताबों को पढ़ पाता होगा! तभी मैं फैसला कर लेता कि चाहे जो हो, मुझे वकील तो हरगिज नहीं बनना। कौन पढ़ेगा इतनी किताबें। हाँ, इन्हें पढ़ने वाले आदमी के प्रति मैं सम्मान से जरूर भर जाता था।

''अरे, आओ-आओ बेटा!'' उसके पिता हमें देखते ही चहके। उनका ऐसा चहकना हमारे लिए नया था, बदला हुआ रूप था। वरना आज तक हमारे सामने रिजर्व बने रहते, उनके बेटे के मित्र होने का भी सम्मान या प्रेम उनकी आँखों में झाँकता नहीं था। हम उनके सामने अपने पिछड़ेपन से भर जाते थे...।

हम पहचानरहित परिवारों से थे। लेकिन आज! हमें समझ आ रहा था कि कैसे समय आने पर गधे को भी बाप बनाना पड़ता है।

खैर! हमें निश्चित रूप से यह अच्छा लगा था और हम अच्छे बच्चों की तरह पिछला भूलकर खुश हो गये थे।

उसी के बीच में बातचीत होती रही। उनके सहज होने के प्रयास को हम भाँप गये थे। घर पर कुछ असहज घटा हो तो उसकी छाया पूरे घर पर डोलती है।

उन्होंने बताया था, इस समय वह ठीक है। सुबह और शाम को जरा ठीक रहता है। बाकी दोपहर को परेशान करता है। शायद दिन की गर्मी का दिमाग पर असर होता है। फिर उन्होंने भीतर पुकारा था, ''अरविन्द, देखो बेटा...तुम्हारे दोस्त तुमसे मिलने आये हैं।''

हम बुरी तरह रोमांचित हो गये। यह उसके आगमन की सूचना थी कि बस अभी वह प्रकट होता है। बा-मुलाहिजा होशियार...। हमारी धड़कन नामालूम ढंग से तेज हो चली थी। हम जैसे साँस रोके उसकी प्रतीक्षा कर रहे थे।

वह सचमुच किसी भूत के समान दरवाजे का परदा हटाकर हमारे सामने आया था। मुझे लगता है मेरी चीख निकलते-निकलते रह गयी थी। पागल व्यक्ति का सामना करने का भय हमें पागल बनाये था।

''हलो!'' वह हमारे साथ हाथ मिला रहा था, गजब के उत्साह से।

पहली ही नजर में वह बहुत बदला-बदला लगा था। उसका चेहरा उसका नहीं वरन् उससे मिलते-जुलते लड़के का लग रहा था। सिर के बार मिलेट्री के जवानों की तरह छोटे-छोटे कटे थे जिस पर ढेर सारा तेल चुपड़ा हुआ था। तेल कोई खास था, जिसकी तेज गन्ध हमारे नथुनों में भर गयी थी। ट्यूबलाइट के तेज उजाले में

उसका हँसता हुआ विक्षिप्त चेहरा चमक रहा था, जिसे देखकर हमें सस्पेंस फिल्म के किसी रहस्यमय पात्र की याद आ रही थी।

यद्यपि वह सामान्य ही था मगर हम असामान्य हो चले थे। कुछ देर बाद हम इनसे मुक्त हुए और राहत मिली। अरविन्द को देखकर आश्वस्त हुए थे कि बात अभी ज्यादा बिगड़ी नहीं है। सुधार के बहुत अवसर हैं। इस पल हमें यह भी लगा था कि लड़के साले बेकार में हल्ला मचाये हुए हैं और दो का चार बता रहे हैं।

हमारी बातचीत होने लगी। बातचीत बिल्कुल सामान्य। पढ़ाई-लिखाई, मौसम, परीक्षा आदि। कि हम भूल चले कि हमारे सामने कोई ऐसा व्यक्ति बैठा है जो मानसिक रूप से असन्तुलित है।

इसी बीच मौका देखकर हम दोनों ने अपनी-अपनी 'भूमिका' निभाना चालू कर दिया, जिसके लिए हम बुलाये गये थे। हम उसे समझा रहे थे...।

"देखो अरविन्द, पी.ई.टी. में तुम्हारा सेलेक्शन नहीं हुआ, इस बात को भूल जाओ। हजारों लड़के हैं जिनका सेलेक्शन नहीं हुआ। ठीक है, बुरा लगता है लेकिन सब कुछ यहीं खत्म नहीं हो गया। इसे इतना माइण्ड मत करो।"

"हमारा भी तो चयन नहीं हुआ। तो क्या हुआ? अगले साल ज्यादा तैयारी करके बैठेंगे। कैसे नहीं होगा? और फिर ये तो हमारा पहला चांस था। तुमको इतना निराश होने की जरूरत नहीं है। तुम समझ रहे हो न...।

हम उसे बिल्कुल किसी टाइप्ड और प्रोफेशनल टीचर की तरह समझा रहे थे, शिक्षा दे रहे थे, शायद वही बातें जो उसके घरवालों ने उसे बीसियों बार कही होंगी। इस दौरान हमारी नजर उसके पिता से मिली थी, चश्मे के भीतर अपनी पलकें झपकाकर उन्होंने इशारा किया, 'हाँ-हाँ, ठीक है। चलते रहो इसी तरह।'

कुछ देर तक हम इसमें लगे रहे थे। हम जाने क्या-क्या उसे समझाते रहे। हमें मालूम नहीं था कि वह सुन भी रहा है अथवा नहीं। लेकिन इतना जरूर है कि हम इसे अद्भुत उत्साह से कह रहे थे, बेहद महत्त्वपूर्ण जिम्मेदारी समझकर कह रहे थे। गोया ऐसा करते हुए हम एकाएक काम के और महत्त्वपूर्ण आदमी बन गये हों। साथ ही साथ, हमारे अवचेतन में कहीं न कहीं यह बात भी काम कर रही थी कि खुदा-न-ख्वास्ता, हमारी इस कोशिश से इसकी हालत में जरा भी सुधार आता है तो इसका श्रेय हमें मिलेगा। और हमारी दोस्ती पर पक्की मुहर लग जाएगी—आड़े वक्त में काम आए वही सच्चा मित्र है—की सूक्ति हमें बखूबी मालूम थी। शायद यही वजह थी कि हम सहसा जिम्मेदार दोस्त हो गये थे, पूरी तरह गम्भीर और ईमानदार।

"कुछ नहीं हुआ है यार तुम्हें।"

"तुम देखना, अगले साल तुम्हारा जरूर सेलेक्शन हो जाएगा।"

"ये तो लाइफ है यार, इसमें तो सब लगा रहता है। हार-जीत, ऊँच-नीच,

सफलता-असफलता—इसी का नाम तो जीवन है। अपना काम है कोशिश करना। ट्राइ अगेन ट्राइ अगेन...।''

ये ही कुछ दार्शनिक, आध्यात्मिक तथा घोर आशावादी टाइप वाक्य थे जो घूम-फिरकर हमारी जबान में स्कूली बच्चे के किसी रटे हुए पाठ के समान बार-बार आ-जा रहे थे।

लेकिन हम शायद भैंस के आगे बीन बजा रहे थे। दीवार पर मुक्के बरसा रहे थे। व्यर्थ।

अरविन्द का चेहरा सपाट बना रहा—प्रक्रियाविहीन। वह शायद अपनी दुनिया में निमग्न था, जहाँ से वापस लाना एक मुश्किल काम था। बीच-बीच में सिर्फ हाँ-हूँ। हमारे लिए यह अनुमान लगा पाना नामुमकिन था कि इस समय वह क्या सोच रहा है। हम कोई मनोविश्लेषक तो थे नहीं। लेकिन वह सोच रहा था, कुछ न कुछ। मैंने सुन रखा था कि पागल व्यक्ति का दिमाग हमेशा सक्रिय रहता है, हर वक्त कुछ न कुछ सोचता रहता है। जाने कहाँ से सुनी हुई यह बात मेरे मस्तिष्क में बजने लगी कि पागल व्यक्ति को नींद नहीं आती, वह सतत जागता रहता है। इस सोच से मैं डर गया था। अरविन्द पिछली कितनी रातों से जाग रहा है?

''तुम लोग मेरे घरवालों को समझाते क्यों नहीं?'' वह एकाएक उत्तेजित होकर हमसे कहने लगा, ''वो मेरे को पागल समझते हैं। जबरदस्ती मुझको डॉक्टर के पास पकड़ के ले जाते हैं। अब तुम्हीं लोग बताओ, क्या मैं पागल हूँ? अगर मैं पागल होता तो मेरा एट्टी एट परसेण्ट आता? अपने स्कूल का पिछले तीन साल से टॉपर हूँ और ये कहते हैं मैं पागल हूँ! अरे पागल तो वह होता है जो सड़क पे नंगा घूमता है। जोर-जोर से चिल्लाता है, अपने आप हँसता है—हो-हो-हो-हो।'' वह एकदम हँसने लगा—''हो-हो-हो-हो। देखो, क्या मैं नंगा नाच रहा हूँ, बोलो?''

''नहीं-नहीं, बिल्कुल नहीं।'' उसे यों बदलता देख हमने तुरन्त प्रतिवाद किया, ''कौन कहता है तुम पागल हो? तुम ठीक हो—बिल्कुल राइट! पागल वे हैं जो तुमको पागल कहते हैं—वो ही असली पागल हैं। समझे?''

''असली पागल!'' वह फिर हँसने लगा, ''असली पागल! हा-हा-हा-हा। दैट मीन्स ओरिजिनल पागल। हा-हा-हा-हा!''

वह बेतरह हँसने लगा।

हमने उसे पकड़ लिया और स्थिति को सँभालने की कोशिश करने लगे। उसकी हँसी! वह एक पागल की हँसी थी जो भय पैदा करती है। हमने आज तक उसे इस प्रकार हँसते नहीं देखा था। वह हँसता ही कब था। लेकिन आज उसकी हँसी थमने का नाम नहीं ले रही थी। उसका लम्बूतरा चेहरा हँसने के कारण ऊपर नीचे हिल रहा था। लगा था, वह कोई घोड़ा है जो हिनहिना रहा है।

थोड़े समय के बाद जब वह शान्त हुआ तो बोला, ''आओ मेरे कमरे में।'' हम उठकर उसके पीछे-पीछे चले आये।

यह उसका अपना कमरा था। स्टडी रूम। कमरा अगर कबाड़खाना नहीं था तो भी एक वैसी ही अस्त-व्यस्तता वहाँ थी ही। सब कुछ बिखरा-बिखरा। कहीं किताबें ढेर पड़ी हैं तो कहीं अखबार फैला है। और पूरे कमरे में कागज के काटे गये पुर्जों का ढेर।

यहाँ आकर हमें उसकी मानसिक स्थिति का वास्तविक अहसास हुआ था जो बेहद डरावना था।

वहाँ रखे एक स्टूल पर विजय बैठ गया और मैं उस बिस्तर पर जो कि कमरे की ही तरह गन्दा, अस्त-व्यस्त था।

इधर वह बहुत तेजी से अपनी किसी चीज को ढूँढ़ रहा था। इस फेर में कमरा नये सिर से बिखर रहा था, चीजें और उलट-पुलट रही थीं।

''क्या खोज रहा है, अरविन्द?''

''कैंची?''

''कैंची? उसका भला अभी क्या काम?''

''मुझको है। पता नहीं कहाँ-कहाँ रख देते हैं...।'' वह ढूँढ़ते हुए बौखलाकर गालियाँ बकने लगा अपने घर वालों को, वैसी गालियाँ जो उसने घर में कभी नहीं बकी होंगी।

''लेकिन काम क्या है?''

''मैं उससे डिजाइन बनाता हूँ। एक से बढ़कर एक। देखोगे?''

पलंग के पायताने से कागजों के ढेर से कुछ उठाकर वह हमें दिखाने-समझाने लगा—''ये देखो, एक बिल्डिंग की डिजाइन। इसकी लागत दो करोड़ से कम नहीं होगी। और ये आठ मंजिला अपार्टमेण्ट। सब मैंने अपने दिमाग से बनाया है...कैसा है?''

हम जो भय से पथरा गये थे, अब भीतर से एकदम पसीज गये—बेचारा अरविन्द! क्या हाल हो गया है इसका!

किसी प्रकार खुद पर काबू पाकर हमने कहा, ''ठीक है। बहुत बढ़िया। कितना अच्छा डिजाइन किया है तुमने। लेकिन इतना बहुत है। अब और बनाने की जरूरत नहीं।''

''तुम देखते जाना, कैसा नाम होगा मेरी कंस्ट्रक्शन कम्पनी का। यह तो कुछ भी नहीं।''

हमें विश्वास करना पड़ा—यह अरविन्द ही है। अपनी जिद का पक्का।

वह अपने गजब के आत्मविश्वास से कहता गया, ''तुम देखना, मेरे पास दो

कारें होंगी। और दोनों अपने ढंग की अलग गाड़ी होंगी जो शहर में किसी के पास नहीं होंगी। एक से मैं ऑफिस जाया करूँगा और दूसरी से सैर-सपाटा, मार्केटिंग वगैरह। बड़े-बड़े दुकानदार मुझे देखते ही घिघियाएँगे—अरे आइए साब, आइए...इस बार बड़े दिनों बाद दर्शन हुए... हें हें हें...कहीं बाहर चले गये थे क्या? और मैं इनसे बात करूँगा भला? इन चवन्नी छाप लोगों से मेरा कोई वास्ता न होगा...।''

मेरे सिर के पिछले हिस्से में अब सचमुच दर्द होने लगा था। और कितनी देर तक इसे झेलना पड़ेगा! महसूस होने लगा, अब थोड़ी देर और साथ बैठ लिए तो हम भी पगला जाएँगे। इसी क्षण मुझे ध्यान आया, थोड़े समय में ही हमारी ये हालत है। राम जाने इसके घर वाले इसे कैसे बरदाश्त करते होंगे!

अचानक उसने कहा, ''तुम दोनों को मैं अपनी एक खास चीज दिखाता हूँ। बिल्कुल पर्सनल!'' आवाज में खूब उत्साह और आँखों में एक अजीब-सी चमक।

क्या है? वह हमें अपना राजदार बनाने जा रहा था, सो हम उत्सुक थे, किसी भी स्थिति के लिए तैयार।

पलंग के तकिये के नीचे से उसने एक किताब निकाली। यह बीज गणित की किताब थी। किताब के पृष्ठों के बीच कहीं एक चित्र था, जिसे उसने बहुत आहिस्ते से बाहर निकाला और हमारे सामने रख दिया, ''ये देखो...इसे मैंने बनाया है।''

''यह किसका चित्र है?''—हमने ऐसे ही पूछा।

''देखो...जरा गौर से देखो और पहचानो।'' वह जैसे हमारी परीक्षा ले रहा था। चित्र किसी लड़की का था। हम उसे ध्यान से देखने लगे और पहचानते ही चौंक पड़े—अरे! लेकिन आवाज को दबाकर पूछा, ''ये वीना है न!''

''येस, यू आर राइट!'' वह मुस्कराया!

हमें पता था, अरविन्द कोई चित्रकार नहीं है। इसके बावजूद यह चित्र उससे बहुत अच्छा बन पड़ा था, कि अपने अनगढ़पन के बावजूद तस्वीर से उभरकर वीना ही आ रही थी। वही कन्धे तक कटे हुए बाल—जो उन दिनों आजकल के फैशन की तरह आम नहीं था—कम-से-कम हमारे शहर में, आँखों पर लेंस वाला चश्मा और ठोढ़ी पर छोटा-सा तिल। सब कुछ वही।

''तुमने तो कमाल कर दिया यार!''

हम विस्मय मिश्रित मुग्धावस्था में थे। तारीफ में बस यही निकल रहा था—कमाल कर दिया। और सचमुच यह कमाल था, क्योंकि हमें यह मालूम था कि इसे उसने वीना का फोटो देखकर नहीं बनाया है, क्योंकि यह बात कल्पना से परे थी कि वीना ने अरविन्द को अपना फोटो दिया होगा। यह अरविन्द की कल्पना शक्ति का कमाल था।

इस चित्र को देखते ही हमारी शिथिल पड़ती उत्सुकता जाग गयी, थकते दिलो-

दिमाग में एक नयी उमंग और शक्ति का संचार हो गया। हम जोश से भर गये, ''अबे, इसको कब बनाया?'' हम भूल चले कि यह मेण्टली डिस्टर्ब है।

''कुछ महीने पहले। बता, है कि नहीं वही?''

''है तो। मगर तुम इसे...।'' हम हिचक रहे थे कहने में, क्योंकि वास्तविकता कुछ और ही थी।

''मैं शादी करूँगा तो इसी से। वरना करूँगा ही नहीं। यह मेरी प्रतिज्ञा है!'' उसका यह आत्मविश्वास देखकर हम सकपका गये एकबारगी। हमें इतने बोल्ड और डायरेक्ट प्रतिक्रिया की उम्मीद नहीं थी। वह कह रहा था, ''तुम देख लेना!'' यह अरविन्द के बात करने का एक खास लहजा था। एक अजीब जिद से भरी हुई आवाज, ठोस, जिसे चुनौती देना बहुत मुश्किल काम होता है।

मैं वीना का चित्र देखते हुए सोचने लगा, पट्ठे ने इसे कितनी लगन और मेहनत से बनाया होगा। और शायद बहुत चाहत से। इस क्षण मुझे वह तमाम लोकप्रिय प्रेम-कहानियों के नायक के समान लगा जिन पर कई फिल्में बनी हैं। तो यह इस मजनूँ की लैला का चित्र है। इसका मतलब यह उससे प्रेम करता है। मुझे अच्छा लगा। प्रेम हमेशा अच्छा ही लगता है। प्रेम अपने आप में ही एक अच्छी चीज है।

विजय ने उससे पूछा, ''तो तुम उसे लाइक करते हो?''

''डोण्ट से लाइक!'' वह एकदम बमक पड़ा और लगभग दाँत पीसते हुए बोला, ''आइ लव हर! ऐण्ड यू नो आइ विल मैरी विद् हर! तुम देखते जाना। तुम दोनों को तो मेरी बरात में जाना पड़ेगा। बोलो, चलोगे कि नहीं?''

वह हम पर हावी था। हमने कहा, ''यह भी कोई पूछने की बात है!''

''मगर वीना चाहती है ऐसा?''

''वो? उसके चाहने न चाहने से क्या होता है? मुख्य बात यह है कि मैं उसे चाहता हूँ। यह ज्यादा इम्पॉर्टेण्ट बात है। फिर अपने समाज में शादी के बाद हर पत्नी अपने पति को चाहने लगती है।''

उसने पूरे भारतीय समाज में विवाह का निचोड़ प्रस्तुत कर दिया था अनजाने ही। हमारी स्थिति तरस खाने लायक थी। हम न हँस पा रहे थे न रो। फिर भी मैंने उसे अपनी जानकारी—जो सच थी— बताने का प्रयास किया, ''लेकिन यार...मैं तो सुनता हूँ, वह सत्येन्द्र अरोड़ा को पसन्द करती है...सत्येन्द्र अभी भोपाल इंजीनियरिंग कॉलेज में है...वह उसके साथ घूमती-फिरती है...।''

''मैं जान से मार डालूँगा उस अरोड़ा को! जो भी मेरे रास्ते में आएगा मार डालूँगा!'' उसकी आँखों में हिंसक चमक उभर आयी। वह गालियाँ बकने लगा।

हम इस बात से बहुत ज्यादा डर गये कि मामला कहीं और बिगड़ न जाए। हम उसे समझाने लगे। शान्त करने लगे। एक कभी न हो सकने वाली बात को उसकी

खातिर मान गये कि वीना की शादी तुम्हीं से होगी। जरूर होगी।

वीना सभरवाल! हमारी कक्षा ग्यारहवीं अ की सबसे ज्यादा चर्चित लड़की। वह हमें दुनिया की सबसे सुन्दर और शानदार लड़की मालूम होती। पंजाबी लड़कियों की खास गुलाबी आँच लिये हुए गोरा रंग, कि दूध में बस जरा-सा महावर घोल दिया गया हो, वह रंग। ठोढ़ी पर तिल—किसी शायर की उपमा लें तो दौलत-ए-हुस्न पर तैनात दरबान। वह इतनी खूबसूरत थी कि हम हमेशा उसकी खूबसूरती से डरे हुए रहते। और यह सच था कि हम सारे उसकी भव्य सुन्दरता के आगे बहुत दीन-हीन और लुटे-पिटे लगते। अपने रंग-रूप में ही वह बहुत दूर की चीज लगती। इस पर तुर्रा यह कि अत्यन्त मेधावी! करेला वह भी नीम चढ़ा वाली बात थी।

वीना सभरवाल हमारे साथ नहीं पढ़ती थी। वह आदर्श कन्या विद्यालय की छात्रा थी। इसके बावजूद हमारी कक्षा के बहुतेरे लड़के उसका नाम-पता जानते थे। उसके पिता का नाम और काम जानते थे—डॉ. पी.एस. सभरवाल, विभागाध्यक्ष, भौतिक विभाग, शासकीय विज्ञान महाविद्यालय।

कुछ लड़के तो ऐसे भी मिल जाते जो उसका 'डेट आफ बर्थ' तक बता सकते थे।

कक्षा में लड़कों के बीच प्राय: उसकी चर्चा छिड़ जाती। उसकी अदृश्य उपस्थिति हमें, हमारी कक्षा को गतिशील और ऊर्जावान बनाये रखती थी।

वीना सभरवाल हमारे साथ ट्यूशन पढ़ती थी। सिद्धार्थ नगर में चौधरी सर अपने घर में ट्यूशन पढ़ाया करते थे। ट्यूशन क्या, पूरा इन्स्टीट्यूट था। वे गणित और विज्ञान पढ़ाते। हमने उनको कभी कुछ खाते-पीते या आराम करते नहीं देखा था। सिर्फ और सिर्फ पढ़ाते देखा था। सुबह पाँच बजे से ग्यारह बजे तक। शाम पाँच से रात ग्यारह बजे तक। दिन में वे अपने स्कूल में पढ़ाते थे। वे भूत थे जो कभी नहीं थकते।

हमारी कक्षा के पन्द्रह-बीस लड़के उनके पास पढ़ने जाते थे। हम तीनों भी। हम सुबह आठ बजे वाली बैच में थे। यह हमारी खुशनसीबी थी कि वीना सभरवाल हमारे बैच में थी। हमारे दस छात्रों के बैच की अकेली लड़की। अकेली और हिम्मतवर। और प्रतिभाशाली। किसी दिन हमसे बात कर लेती, यों ऐसा कम ही होता, तो हम समझते आज का दिन महान हो गया। उसके द्वारा कहे गये दो-चार वाक्यों की गूँज दिन भर कानों में बनी रहती। हमारे बाहर-भीतर एक तरंग बना रहता।

कभी-कभी हम लड़के इस बात पर चर्चा करते कि वह रूपसी बाला हमारे बारे में क्या सोचती है। कहते, अबे हवा में इतना न उछलो वरना गिर पड़ोगे। पक्की बात तुम इतना जान लो कि वह लौंडिया हमें अपने बाप के चपरासी से ज्यादा कुछ नहीं समझती। और इस निष्कर्ष पर पहुँचते कि हमें दिन में सपने देखना छोड़ देना चाहिए। कि कोई अतिशय भावुकता वाली तथा मूर्खतापूर्ण चालू सिनेमाई घटना ही

हमें मिला सकती है। और यह किसी दैवीय चमत्कार से ही सम्भव है।

उसकी मेधा को चुनौती देने वाला अगर कोई हमारे बीच था तो वह अरविन्द ही था। पढ़ाई-लिखाई में सदा अव्वल। अरविन्द वीना से बीस ही था। इस समय भी इतना तेज था कि चौधरी सर उससे घबराते रहते—इस लड़के का कोई भरोसा नहीं, जाने कहाँ से, किस किताब से सवाल लेकर आ जाए और कहे कि सर जरा हल करा दीजिए। यदि सवाल नहीं बना तब?

यहाँ एक अघोषित मुकाबला था वीना और अरविन्द के बीच। कोई किसी से पीछे नहीं रहना चाहता था। वीना का गणित कुछ कमजोर था लेकिन वह केमिस्ट्री में अरविन्द से आगे थी। जबकि अरविन्द के गणित और भौतिकी काफी मजबूत थे।

चौधरी सर हर पखवाड़े हमारा टेस्ट लेते। इसमें उनके बीच वही हाल—तू डाल-डाल मैं पात-पात! हमें तब मजा आता जब वीना पिछड़ जाती। एक खास किस्म का मजा जो प्रतिद्वन्द्वी की हार पर आता है। हम कामना इसी की किया करते कि वह पराजित हो और स्वीकारे के वही दुनिया में सर्वश्रेष्ठ नहीं है। और यह भी स्वीकारे कि लड़कियाँ अन्तत: लड़कों की बराबरी कभी नहीं कर सकतीं। वह हमसे दूर थी, शायद इसीलिए हमारे भीतर यह बैर भाव पलता था।

चौधरी सर को भी इस मुकाबले में गहरी दिलचस्पी थी। जीत किसी की भी हो, इससे उन्हें मतलब नहीं था। मतलब उनका सिर्फ इतना था कि इनमें से कोई मेरिट में आता है तो उनके वारे-न्यारे हो जाएँगे। लड़कों की भीड़ और बढ़ जाएगी।

चूँकि वीना हमसे दूर की चीज थी, इसलिए उसकी पढ़ाई के बारे में कुछ विशेष नहीं मालूम। लेकिन अरविन्द के बारे में यकीन से कह सकते हैं कि वह पढ़ाई में डूब रहा था। निरन्तर। घनघोर रूप से। वह अपनी श्रेष्ठता सिद्ध करने के लिए रात-दिन एक किये हुए था। उसके सम्बन्ध दूसरे लोगों से नहीं के बराबर थे। और सम्बन्ध उसकी पढ़ाई में बाधा थे। उसकी दुनिया कोर्स की किताबों तक सिमटकर रह गयी थी। लक्ष्य था—प्री इंजीनियरिंग टेस्ट में सफलता।

उसका घर-परिवार पूरी तरह उसके साथ था। आखिर एक सुखद भविष्य की पूर्व लड़ाई थी यह।

दूसरी तरफ हम थे, ऐसे लड़के जो विलक्षण प्रतिभा के धनी न थे। बस ठीक-ठाक थे। बुद्धि के साथ-साथ आर्थिक हालत भी पिछड़ी थी। किसी नयी किताब और गाइड के लिए दस बार घर में झगड़ना पड़ता, फिर भी मिल जाएगी इसका भरोसा नहीं रहता था। हमें अपनी क्षमता, सम्भावनाओं और सीमाओं का ज्ञान था, इसके बावजूद हम डटे थे और मैदान मारने की तीव्र इच्छा रखते थे।

हम सबका लक्ष्य एक था।

उन दिनों हम अपनी पूरी ताकत के साथ कोर्स की किताबों में खट रहे थे।

हमें सदैव इस बात का तीक्ष्ण अहसास बना रहता कि यही समय है कुछ करने का। कुछ बनने का। सफल होने का। मत चूको चौहान! इस परिश्रम का तुम्हें दूरगामी किन्तु सुखद और समृद्ध परिणाम मिलेगा। तब पढ़ाई के साथ-साथ कई चीजें हमारी कल्पना में उड़ती रहतीं—पद, रुतबा, शोहरत, बँगला, मोटर-गाड़ी और किसी हीरोइन के माफिक खूबसूरत बीवी जो हमेशा मुस्कराती रहेगी। हमें इन्हें मूर्त करना था। और यही आकर्षण था जो पृथ्वी के गुरुत्व बल की मानिन्द हमें कोर्स की नीरस और उबाऊ दुनिया में खींचता था।

जमकर पढ़ाई। माने आगे सुख समृद्धि की बरसा। माने जनम सफल!

इन सबका हमारे जीवन पर चौतरफा असर पड़ने लगा। पढ़ाई की बदौलत मोहल्ले में हमारी धाक कुशाग्र विद्यार्थी के रूप में जम रही थी। हमारा स्तर इतना ऊँचा हो चला था कि पास-पड़ोस वाले अपने नाकारा लड़कों को हमारा उदाहरण देने लगे। हमारे घरों में भी इसका असर था। अब हम मोहल्ले के सिन्धी दुकान से तेल-साबुन लाने वाले लड़के नहीं रह गये थे। यह काम स्तरहीन हो चला था। घर के लोग जहाँ पहले ऊँची आवाज में बात किया करते थे, अब दूसरों को फुसफुसाकर टोकने लगे—एऽ शीऽऽ! जरा धीरे बोलो। लड़का पढ़ रहा है। इंजीनियर बनने की परीक्षा दे रहा है।

स्कूल का माहौल भी इस मामले में हमारी मदद कर रहा था। वहाँ गणित विषय लेकर पढ़ने वाले विद्यार्थियों की अलग शान थी। हमारी कक्षा का विद्यार्थी होने का मतलब यही था—इण्टेलिजेण्ट ब्वॉय! भावी इंजीनियर! चाहे हम पढ़ाई में कितने ही फिसड्डी हों।

इस बहाव में हमें इस बात का तनिक भी अहसास नहीं था कि हम कैसे विशिष्ट बनने के फेर में धीरे-धीरे अपने समय और समाज से कटते जा रहे हैं। एक सुखद भविष्य की कामना में अपने वर्तमान और जीवन से कट रहे हैं। हम भूल चले थे कि इस शहर से होकर बहने वाली नदी उत्तर में है अथवा दक्षिण में। या यह कि पास ही गाँव में अमरूद का बगीचा है जहाँ अक्सर हमारी उम्र के लड़के धावा बोलते हैं। हमें पता नहीं चलता था कि उत्तरी भारत में भूकम्प से हजारों मारे गये और इससे भी ज्यादा बेघर हो गये। या यह कि कल पंजाब में आतंकवादियों ने बस में चौहत्तर निर्दोष मुसाफिरों को भून डाला।

हाँ, हमें यह जरूर पता रहता कि पिछले साल मध्यप्रदेश में किसने टाप किया था। या यह कि पिछली परीक्षा में हरदत्त सिंह की निर्देशांक ज्यामिती से ज्यादा सवाल पूछे गये थे।

कक्षा के लड़कों के बीच अजब प्रतिद्वन्द्विता का आलम था। हम अपने सहपाठी के प्रति हमेशा एक शंका और चालाकी से भरे होते। एक-दूसरे के प्रति अविश्वास

करते। यह अकारण नहीं था। हम अपनी पढ़ाई और तैयारी दूसरों से छिपाते ताकि वह आगे न बढ़ पाए। ऐसे में स्वाभाविक था हम आपस में झूठ बोलने लगे। हमारी दोस्ती इतनी कमीनी थी जो हमें एक-दूसरे के पास आने से रोकती थी। हमें लगता, यह दुराव की कूटनीति हमारे आगे बढ़ने की जरूरी शर्त है।

हम इतने घाघ हो चले थे कि सहपाठी के बार-बार पूछने पर भी प्रश्नों के उत्तर या हल नहीं बताते—यद्यपि हमें मालूम होता। और सोचकर खुश होते, चलो एक दुश्मन साफ हुआ।

इस मामले में अरविन्द विकट निर्भय था। वह बगैर किसी नरमी या उदारता के कह देता—इसका हल मुझे आता है। लेकिन मैं बताऊँगा नहीं। और सहपाठी की असहायता पर हँस देता।

हम इसी प्रकार पढ़ रहे थे। और सोचते रहे हमें अपने को सुरक्षित रखना है। या हम सुरक्षित हैं।

...अरविन्द के पास उस शाम हम लगभग दो घण्टे बिताकर लौट आये थे। वह अभी पागलपन के दौर में है, यह हमने जान लिया था। हमें अन्दाजा नहीं था उसे ठीक होने में कितना समय लग जाएगा—दो-चार महीना या इससे भी ज्यादा...।

बाद में धीरे-धीरे उसकी हालत सुधरती गयी। उसका इलाज चलता रहा। कुछ महीने बाद वह बिल्कुल स्वस्थ हो गया और सामान्य। हम मिलते रहते थे। बाद में वह फिर पी.ई.टी. की तैयारी में जुट गया। अगले साल उसका चयन हो गया। अब वह इंजीनियरिंग का छात्र हो गया। हमारा मिलना-जुलना कम हो चला। हमारे रास्ते अलग-अलग हो गये थे। वह पाँच साल का अपना डिग्री कोर्स करता रहा, इधर हम अपनी पढ़ाई में लगे रहे।

पढ़ाई के बाद कुछ साल में उसकी नौकरी लग गयी। आजकल वह यहाँ नगर निगम में सहायक कार्यपालक यन्त्री के पद पर है। अधिकारी है। डिपार्टमेण्ट के कर्मचारियों और लोगों के लिए अब वह इंजीनियर 'जायसवाल साहब' है। 'अरविन्द' बहुत पीछे छूट गया, और एक तरह से हमारा साथी भी। विजय जबलपुर में एक निजी कम्पनी में टेक्नीशियन है और मैं यहाँ अपने शहर में लोक निर्माण विभाग में क्लर्क।

...पुराने साथी अकसर बिखर जाते हैं फर्श पर दानों की तरह...मगर उनकी स्मृतियाँ हमारे साथ बनी रहती हैं...समय की राख से धूमिल होती हुई।

मैं कई दिनों के बाद उससे मिल रहा था। शायद महीनों बाद। उससे एक काम के सिलसिले में मिलना हो रहा था। हमारे विभाग के साथी हैं गोविन्द देशमुख। उन्हें नगर निगम से अपना नक्शा पास कराना था। अरविन्द के अनुमोदन और दस्तखत की जरूरत थी।

हम शाम को उसके निवास पर पहुँचे। सरकारी फ्लैट पर।

वह घर पर था। चेहरे-मोहरे से कुछ अधिक नहीं बदला था। हाँ, वह मुटा रहा था अच्छा-खासा। उसने हँसते हुए मुझसे हाथ मिलाया। और हाथ मिलाते हुए मुझे बड़ी खुशी हुई कि हम—इतना समय गुजर जाने के बाद फिर उन पुराने दिनों में लौट रहे हैं।

हम सोफे पर अभी आराम से बैठे भी नहीं थे कि उसने पूछा, "कैसे आना हुआ?"

इस जरा-से सवाल ने मेरे भीतर भूचाल पैदा कर दिया। मैं वह सारी बातें भूल गया जो अपनी मूर्खतावश सोचता आया था, कि हम समय का पुल पार कर पुराने दिनों में लौट आएँगे उन साथियों के बीच, और...।

वह हमें सीधे मतलब पर आने को कह रहा था।

मैंने उसे अपने साथी की समस्या बतायी।

"नक्शा वगैरह सब सबमिट है?" उसने पूछा।

"जी हाँ, जी हाँ, सब है।" गोविन्द बोला।

"ठीक है।" वह गोविन्द से मुखातिब हुआ, "देखिए, मेरा रेट चार सौ रुपये है। अगर देंगे तो आपका काम हो जाएगा।" निपट शुष्कता से बिना किसी संकोच से वह कह गया।

गोविन्द से बात करते हुए वह मुझे पूरी तरह भूल गया था। मैं वहाँ कहीं नहीं था। मैं एकदम हैरान था! हैरान नहीं शायद कुछ और...। दिमाग सुन्न हो रहा था। फिर भी मैंने जैसे-तैसे खुद को समेटकर उससे कहा, "अरे देखो यार, ये अपने आदमी हैं। मामूली क्लर्क हैं और...।"

इतना कहते-कहते जैसे मेरी पूरी उम्र बीत गयी। मेरी आवाज जैसे मेरी नहीं थी, वह निहायत खोखली, पिलपिली और बेजान आवाज थी। नपुंसक। फूल के बारीक रेशों के समान हल्की, जो कभी भी उड़ सकती है।

अरविन्द ने इस पर कहा, "ठीक है, आप मेरे दोस्त के साथ आये हैं इसलिए दो सौ से ही काम चला लेता हूँ।"

गोविन्द ने एक पल मेरी ओर देखा। उसकी आँखें ठण्डी थीं, इसके बावजूद मैं उस आँच में मोम-सा पिघल गया था।

गोविन्द ने पर्स से रुपये निकालकर दे दिये उसे।

''थैंक्यू!'' उसने मुस्कराकर कहा।

फिर उठते हुए उसने मुझसे कहा, ''सब करना पड़ता है यार, आज के जमाने में। इसे माइण्ड मत करना। अब घोड़ा घास से दोस्ती कर ले तो खाएगा क्या? क्यों?'' और वह जोरों से हँस पड़ा। हँसते हुए उसकी गर्दन फिर घोड़े के समान हिल रही थी।

और मजा देखिए, उसके साथ मैं भी हँस पड़ा था। गोविन्द भी।

हम ठठाकर हँस रहे थे।

आपको क्या लगता है, हम—गोविन्द और मैं—क्या सचमुच हँस रहे थे?

लेकिन मैं वास्तव में हँस रहा था। एक भरे-पूरे आकार वाली आदमकद हँसी हँस रहा था। क्योंकि मेरी हत्या हो चुकी थी। पहले मुझे शक था कि वह मुझे पूरी तरह नहीं मारेगा। अधिक से अधिक शरीर के किसी हिस्से को घायल करेगा लेकिन मुझे खुशी हुई और अच्छा लगा कि उसने मुझे निर्वस्त्र कर पूरी तरह मार डाला। यहाँ तक कि तड़पने का मौका नहीं दिया...।

वह मुझसे कुछ 'प्राइवेट' कहने एक कोने में ले गया और फुसफुसाया, ''ऐसे ही मुर्गे लाया करो यार और...तुम्हारा भी कुछ कमीशन हो जाएगा...तुम उसकी चिन्ता मत करना!''

मुझे लगा, अरविन्द हमारे समय और सामाजिक संरचना का एक बिल्कुल सही उत्पाद है, जैसा कि रसायन शास्त्र में होता है; पदार्थ ताप-दाप की निश्चित प्रक्रियाओं से गुजरने के बाद एक नया किन्तु निर्धारित पदार्थ ही बनता है, कुछ दूसरा नहीं बनता।

हम बाहर निकल आये।

मोहल्ले का मैदान और खाड़ी युद्ध

मोहनलाल के घर के जरा आगे एक मैदान है। बल्कि कहना चाहिए मैदान जैसा एक बेतरतीब टुकड़ा। किसी जमाने में—यानी खास मोहनलाल के जमाने में, जब देश नया-नया आजाद हुआ था और वे बचपन की सीढ़ियाँ तय कर रहे थे—यह शहर का एक बड़ा मैदान हुआ करता था। तब कसारीडीह के डॉक्टर साहब और शंकर नगर के कुरैशी साहब यहाँ पतंगें उड़ाने आते थे और मीलों ढील दे-देकर पेंच लड़ाया करते थे। वे भी क्या दिन थे! क्या जमाना था! यह तो इसका गौरवशाली अतीत हुआ। अभी देखेंगे तो आपको विश्वास नहीं होगा। शहरीकरण और बढ़ती जनसंख्या के धका-पेल के बाद जितना बच सकता था—यह उतना ही बचा है।

इस बचे-खुचे मैदान में मोहल्ले के बच्चे खेलते हैं। सुबह, दोपहर हो या शाम। इनके खेलने का न निर्धारित समय है, न निर्धारित खेल। जब जो चाहा, जैसा चाहा खेल लिया। क्रिकेट, फुटबाल आदि से लेकर खो-खो, कबड्डी या डण्डा पचरंगा तक, जो आज खेलों की दुनिया से बाहर होते जा रहे हैं।

इस मैदान से मोहनलाल को गहरा लगाव है। उनका बचपन यहीं खेलते और हँसते बीता है। बच्चों को खेलता देखकर उन्हें अपना बचपन याद आ जाता है। हॉकी का पक्का खिलाड़ी मोहनलाल। तिलक हाईस्कूल और हॉकी टीम का कप्तान मोहनलाल। हॉकी उनका प्रिय खेल है। यदि कहीं खेलों पर बातचीत हो रही है, तो तय है क्रिकेट पर ही हो रही होगी, वहाँ मोहनलाल हॉकी पर ही बोलेंगे—यह भी क्या गेम है! फास्ट और फास्ट! इस खेल के लिए बहुत ऊर्जा और बहुत ताकत चाहिए। तेज नजर और तेज रफ्तार! वैसे ही हाथों की शक्ति और कलाई का कलात्मक इस्तेमाल। और यही नहीं, इस तेज दौड़-भाग के बीच आपको कठोर आत्म-नियन्त्रण भी चाहिए। हमने तो इस खेल से यही जाना है साहब कि इस खेल में आदमी को आदमी नहीं, घोड़ा होना चाहिए।

मोहनलाल खेलों को बहुत जरूरी मानते हैं बच्चों के लिए। सचमुच, खेलों से ही बच्चों का समुचित विकास हो सकता है। इस दौर में जबकि बच्चों के खेल और पढ़ाई

का वक्त टेलीविजन ने छीन लिया है, मैदान में बच्चों को खेलते देखकर उन्हें सुख मिलता है। यह अच्छी बात है कि वे खेल रहे हैं और भरपूर उमंग से जीवन जी रहे हैं। आप उनसे खेलों की चर्चा करके देखिए, वे तुरन्त एक छोटा-सा भाषण झाड़ देंगे जिसका विषय होगा—खेलों का हमारे जीवन में महत्त्व।

यह मोहनलाल की कमजोरी है। बल्कि कहना चाहिए आदत है। वे बोलते बहुत हैं। अगर चौक तक पान खाने निकले हैं तो मान लीजिए वह दो घण्टे से पहले लौटने वाले नहीं हैं। पूरे दिन भर में शाम के यही दो-चार घण्टे मिलते हैं जिनमें वे घर से बाहर की दुनिया से रूबरू होते हैं। पल-पल रंग बदलती दुनिया को देखते हैं और न सिर्फ देखते हैं बल्कि इस बदलाव को पूरी शिद्दत से महसूसते हैं और सोचते हैं।

मोहल्ले के लोग जानते हैं कि मोहनलाल कुछ ज्यादा ही सामाजिक प्राणी हैं। ऐसे समय में जब आदमी के पास खुद के लिए समय नहीं है,मोहनलाल को लोगों से मिलना, उनके सुख-दुख में शामिल होना अच्छा लगता है। लेकिन जब उन्होंने बोलना शुरू किया तो कहाँ जाकर उनकी बात खत्म होगी, यह बता पाना कठिन है। वे आपसे आपके घर की बातें करते हुए कब देश और देश के बाहर पहुँच जाएँगे, इसका आपको पता नहीं चलेगा। मोहनलाल से आप कहीं भी मिलिए, घर, अस्पताल, श्मशान घाट या सिनेमा में—कहीं भी—वह आपसे बात करना शुरू करेंगे और आप थोड़ी देर बाद सावधान हो जाएँगे। सोचने लगेंगे, पता नहीं कहाँ-कहाँ के किस्से सुनाएगा। अच्छा है फूट लिया जाय जल्द ही। आप जाना चाहते हैं...ऑफिस के लिए देर हो रही है...या पत्नी घर में इन्तजार कर रही होगी या आपको साली के साथ कोई रोमैण्टिक फिल्म जाना है...लेकिन आपको पता चलेगा कि श्री मोहनलाल धोबी ने अपनी बातों का जाल इतना फैला लिया है कि इसे समेटने में वक्त लगेगा और आप शरीफ आदमी होने के कारण अचानक भाग नहीं सकते। आप सचमुच बहुत-बहुत उकताकर किस्सा खत्म करने का सिरा ढूँढ़ रहे हैं, जबकि मोहनलाल अब अपने 'फार्म' में आ रहे हैं, उस लड़के से सीधा पूछा गया, पच्चीस हजार लाये हो ? वह लड़का बेचारा हक्का-बक्का! यह इण्टरव्यू ले रहा है या मेरी औकात पूछ रहा है? आखिर उसका सेलेक्शन नहीं हुआ। कहाँ से होता ? आप ही बताइए, एक गरीब बेरोजगार लड़का कहाँ से लाएगा पचीस हजार? तो यह हालत है आज! आपने क्या इसी दिन के लिए रात-रात भर जागकर पढ़ाई की थी ? अपनी आँखें जलायी थीं, अपना दिमाग खपाया—क्या इसी दिन के लिए ? क्या मिल रहा है हमारे लड़कों को—बेरोजगारी और जलालत। और दर-दर की ठोकरें! और लड़का बिगड़ेगा नहीं क्या ? वह बागी नहीं होगा तो क्या समाज-सुधारक बनेगा!...

उनकी इस आदत से पत्नी बहुत परेशान रहती है। इधर वह उनके जल्दी लौटने का रास्ता देख रही है। अभी आता हूँ पान खाकर, बोलके निकले हैं। और दो घण्टा हो

गया पान ही खा रहे हैं। अभी इतना सारा कपड़ा बचा है प्रेस के लिए। सच में, इस आदमी को खाली दुनिया का फिकर है, अपने घर-द्वार का एक्को फिकर नहीं! आज तो मेहरा साहब से मुझको सुनना पड़ेगा। अभी आठ बजे की गाड़ी से उनको आगरा जाना है और इनका पता नहीं है। खीजकर अपने सातवीं पढ़ते बेटे को चिल्लाती है—
''जग्गूऽऽऽ! जा तो देख के आ! और बुला के लाना!''

बेटा गाना गाते हुए बुलाने निकलता है—तिरछी टोपी वाल्ले...बाबू भोले भाल्लेऽ! ओए-ओए! ओ-ओ-आ!!!

मोहनलाल पढ़े-लिखे आदमी हैं। सन् सत्तर में उन्होंने मैट्रिक पास किया था। इसके बाद नौकरी तलाश की। लेकिन काफी घिसटने के बाद भी उन्हें नौकरी नहीं मिली। हताश होकर अपने पुरखों का धन्धा पकड़ लिया। और आज तक सुबहो-शाम इस्त्री घसीट रहे हैं।

पहले इस धन्धे में कमाई थी। अच्छा गुजर-बसर हो जाता था। अच्छे-अच्छे घर-घरानों के कपड़े उनके यहाँ धुलने और प्रेस के लिए आते थे। इधर समय तेजी से बदला और सब कुछ बदल गया। बड़े लोगों ने वाशिंग मशीन खरीद डाले, बाबू क्लास लोगों ने इलेक्ट्रिक आयरन खरीद लिये और खुद ही प्रेस करने लगे। इस तरह यह धन्धा मार खाने लगा। इसलिए यह स्वाभाविक था कि रोज ही रुपयों के लिए झींक तान मचे। उनके चार बच्चे हैं—दो लड़के और दो लड़कियाँ। सभी की पढ़ाई चल रही है। घर का खर्च, बच्चों की पढ़ाई-लिखाई का खर्च। बूढ़ी और बीमार माँ के लिए दवा-दारू का खर्च। उन्हें समझ नहीं आता इस जीना हराम कर देने वाली महँगाई में आदमी क्या-क्या देखे! किस पर खर्च करे और किस पर छोड़े। जाने कब से अपने टूटे-फूटे घर की मरम्मत कराने की सोच रहे हैं, लेकिन हर बार कम्बख्त कोई न कोई नया और जरूरी काम आ जाता है और यह काम धरा का धरा रह जाता है। जस का तस।

उन्हें मालूम है कि देश के ज्यादा लोग उनके समान ही तंगहाली में जी रहे हैं। जबकि कुछ लोगों के पास धन की कोई कमी नहीं। इफरात पैसा है। ये पानी की तरह पैसा बहाने का बहाना ढूँढ़ते रहते हैं। राजा-महाराजा शान से अपनी औलादों की शादी कर रहे हैं। अपना मकान ऐसे बनवाते हैं जैसे कोई आलीशान फाइव स्टार होटल हो! रोज नयी-नयी इमारतें खड़ी कर रहे हैं। ऊँची से ऊँची और एक से बढ़कर एक।

वे यह भी देख रहे हैं कि कैसे उनकी अच्छी देह-काया वाली पत्नी सूखकर काठ होती जा रही है। ग्राहकों के कपड़े निचोड़ते-निचोड़ते खुद निचुड़कर रह गयी है। मोहनलाल जानते हैं कि पत्नी को दोनों बड़ी हो रही लड़कियों के ब्याह की चिन्ता है। और दोनों लड़कियाँ इतनी बड़ी हो गयी हैं कि मोहनलाल को अन्दाजा नहीं है कि एक लड़की स्कूल आते-जाते किसी लड़के से लिफाफेबाजी करती है और दूसरी लड़कों को देख-देखकर हँसने और इतराने लगी है।

यही तमाम बातें सोचते हुए मोहनलाल कपड़ों पर इस्त्री कर रहे हैं। इस्त्री के भीतर कोयला ताव से लहक रहा है—लक-लक-लक-लक।

...तो बात मैदान की हो रही थी।

इसी मैदान में एक गड़बड़ पटेल साहब ने कर दी। पटेल साहब का जिक्र होते ही आप नाक-भौं सिकोड़ने लगे होंगे, क्योंकि इस आदमी को आप अच्छी तरह जानते हैं, क्योंकि यह आदमी हर जगह मौजूद है। दुर्भाग्य से यदि आप हिन्दी कहानियों के पुराने पाठक हैं तो बहुत आसानी से जान सकते हैं कि अधिकांश प्रगतिशील और जनवादी कहानियाँ तो इन्हीं पटेलों का गोदाम है। मेरा खयाल है आपका परिचय इसके चरित्र से जरूर होगा। यह मूलत: और मूलत: खलनायक ही होता है। इसका कोई दूसरा काम नहीं होता। वैसे इधर सुना है कि इसने अपना भेस बदल डाला है, और इसे पहले की तरह आसानी से पहचाना नहीं जा सकता। और हद तो यह है कि अब यह भी राष्ट्रीय एकता, धर्मनिरपेक्षता और समाजवाद की बातें करने लगा है। महोदय, मुझे अत्यन्त खेद है कि यह 'टाइप्ड कैरेक्टर' मेरी कहानी के पात्र हैं, यह कि मैं नया खलनायक लाने में असमर्थ हूँ। लेकिन यह बात आप संजीदा होकर समझ लीजिए कि जब तक ये 'पटेल्स' खुराफात करते रहेंगे तब तक कथा कहानियों में ये रहेंगे और आपको बरदाश्त करना होगा।

तो इन पटेल साहब का संक्षिप्त परिचय इस प्रकार है। मार्केट में इनकी कपड़े की एक बड़ी और चमचमाती दुकान है। इसी मैदान के दूसरे छोर पर इनका भव्य मकान है। इसलिए यह स्वाभाविक है कि मोहल्ले के लोग इनकी इज्जत करते हैं। सार्वजनिक आयोजनों में इन्हें मुख्य अतिथि बनाते हैं। मगर पटेल साहब को मोहल्लेवासियों से कोई खास लेना-देना नहीं है, उनका केवल वही व्यवहार है जो एक चतुर बनिया करता है। अलबत्ता, इतना जरूर है कि चुनाव आने पर खादी का कुरता-पाजामा पहनते हैं और सत्ता पार्टी के नेताओं के साथ किसी उम्मीदवार के लिए वोट माँगने घर-घर जनसम्पर्क करते हैं।

एक दिन मोहनलाल ने देखा कि कुछ मजदूर मैदान में बाँस-बल्ली गाड़ रहे हैं। उन्होंने सोचा कि होगा कुछ...किसी की शादी या कोई अन्य समारोह। क्योंकि आये दिन वहाँ ऐसे आयोजन होते रहते थे। दूसरे दिन देखा कि मजदूर ऊपर शेड ठोंक रहे हैं। पूछने पर मालूम हुआ, पटेल साहब अपने बेटे के लिए यहाँ डेयरी खोल रहे हैं।

और सचमुच दूसरे दिन ही अच्छे नस्ल की आठ-दस मोटी ताजी भैंस वहाँ बँध गयीं। और मजे से दाना भूसा खा-खाकर पगुराने लगीं।

दिमाग खराब हो गया मोहनलाल का! उन्हें पक्का मालूम है कि यह जमीन

सरकारी है। इस पर अवैध कब्जा किया जा रहा है। जमीन इनके बाप की नहीं है जो कब्जा कर लेंगे। लेकिन हम लोग भी चुपचाप देखने वालों में से नहीं हैं!

मोहनलाल ने उनकी इस करतूत के खिलाफ बाकायदा मुहिम छेड़ दी। वे मोहल्ले के लोगों से कहने लगे, "देखा आपने इस पटेल की कारस्तानी। आज तो उसने कच्चा डेरा जमाया है, लेकिन कल को यह जमीन उसकी होगी। हमें इसका विरोध करना चाहिए। चाहिए नहीं, विरोध करना है! करना है!! आखिर हमारे बच्चों को खेलने के लिए जगह चाहिए। खेलेंगे नहीं तो उनका खाक विकास होगा! इस शहर को आप देख रहे हैं ना, कल तक कैसा हरा-भरा दिखाई पड़ता था! कितनी जगह थी जहाँ बच्चे आजादी से खेल सकते थें। लेकिन आज देखिए। क्या आपको कल और आज में कोई फर्क नहीं दिखाई देता? शहरीकरण की अन्धी दौड़ ने वह सब लपेट लिया। इसके बदले शहर को कंक्रीटों का जंगल बना डाला! ठस और जड़! मार्केट और मार्केट और मार्केट! आज शहर में कुछ नया बन रहा है तो वह या तो मार्केट है या होटल! मैं कहता हूँ, क्या हमें केवल मार्केट की जरूरत है! जी नहीं, मैं शहरीकरण या आधुनिकीकरण का विरोधी नहीं हूँ। उस अन्धी दौड़ के खिलाफ हूँ, जिसमें सब दौड़ रहे हैं। क्या आप अपने बच्चों को हँसता-खेलता देखना नहीं चाहते? उन्हें स्वस्थ देखना नहीं चाहते? चाहते हैं तो ये सब करना जरूरी है!"

अगर तालियाँ बजाने से काम चल जाता तो लोग बेशक इस भाषण पर जी खोलकर तालियाँ बजाते। शायद 'मोहनलाल जिन्दाबाद' भी कह डालते। उनके बस में होता तो पर्यावरण संरक्षण का राष्ट्रीय अवार्ड मोहनलाल को दिला देते। मोहनलाल की बातें सुनने में अच्छी लगती हैं। लेकिन वे उनके सरीखे बेवकूफ नहीं हैं। उनकी मति नहीं मारी गयी है जो पटेल साहब से झगड़ा-टण्टा करें। उन्हें मोहल्ले में 'शान्ति' से रहना है।

इतनी बकबक के बाद मुश्किल से चन्द लोग ही उनका साथ देने को तैयार हुए। वह भी कुछ हाँ-हाँ और कुछ नहीं-नहीं में। हाँ, मोहल्ले के खिलाड़ी लड़के जरूर उत्साहित थे, वे सचमुच कुछ करना चाहते थे, कुछ होता हुआ देखना चाहते थे। यह विडम्बना देख रहे थे मोहनलाल कि अन्याय के खिलाफ उठने वाले हाथों की संख्या घटती जा रही है। क्या वाकई आज इतना डरने की जरूरत है।

मोहनलाल सोच नहीं पा रहे थे कि क्या और कैसे किया जाय।

"ये क्या डम्फान कर रहे हो?" पत्नी ने उनके इरादों को सूँघ लिया था।

मोहनलाल ने बनने की कोशिश की, "क्यों, क्या हुआ?"

पत्नी को यह अभिनय बिल्कुल पसन्द नहीं आया। वह और बिगड़ गयी, "तुमको सीधा रहना कब आएगा? ये बैठे-बैठे तुमको क्या-क्या सूझता रहता है। सरकार की जमीन पर कब्जा किया है तो सरकार जाने। तुम कौन हो बीच में पड़ने

वाले?''

''अरे तुम भी अजीब बात करती हो! उस मैदान में हमारे बच्चे नहीं खेलते क्या?''

''खेलते हैं। पर दूसरों के बाल-बच्चे भी तो खेलते हैं। उनको कोई तकलीफ नहीं है, तकलीफ बस एक तुम्हीं को है! एक तुम्हीं मुख्तियार बने हो!''

मोहनलाल इस 'बेवकूफ' से उलझना नहीं चाहते थे, फिर भी बोले, ''क्यों, किसी गलत बात का हम विरोध भी नहीं कर सकते? चलने दें, जैसा चल रहा है! आग लगी है और हम चुपचाप खड़े-खड़े तमाशा देखते रहें!''

वह ज्यादा ही झल्ला गयी, ''तो तुम ही अकेला गोबरधन पहाड़ उठा लोगे?''

''मैं अकेला कहाँ हूँ! इतने लोग तो हैं साथ में।''

''ओ ह् होऽऽ, तुम समझते नहीं। आज के जमाना में कोई किसी का साथ नहीं देता। सब कहने भर का है। वो तो पैसा वाला है। बड़ा आदमी है। राजा के आगे और घोड़ा के पीछे नहीं आना चाहिए। समझे? हे भगवान, मेरा तो जी धड़धड़ा रहा है।'' वह रुआँसी हो गयी थी।

मोहनलाल कुछ सोचने लगे थे परेशान होकर।

मोहनलाल ने अच्छे कागज में, साफ-साफ अक्षरों में दो अर्जियाँ बनायीं। एक नगर निगम प्रशासन के लिए, दूसरा नजूल विभाग के लिए। इन पर कुछ लोगों के हस्ताक्षर ले लिये। किन्तु अपना नाम सबसे पहले लिखा। जो भी होगा, देखा जाएगा।

और पता नहीं, नगर निगम के किस कान में जूँ रेंगी कि एक दिन दोपहर आठ लोगों का एक जाँच दल आ पहुँचा। इस्त्री करने में व्यस्त मोहनलाल ने सुना तो विश्वास नहीं हुआ। विश्वास नहीं हो रहा था कि इस जमाने में भी! सचमुच इस जमाने में भी!! वे बहुत प्रसन्न हुए। बहुत। लगा कि अभी भी हमारे यहाँ अच्छे लोग हैं। मेहनती और ईमानदार! लगा कि अभी भी कार्यालयों में लोगों की बात सुनी जाती है। लगा कि है यह जनतन्त्र। लगा कि...। उन्हें अचानक एक साथ बहुत कुछ लगने लगा था और उनका गला तो नहीं, लेकिन मन जरूर गाने लगा था—आहा! मेरे देश की धरती...।

वे भावुक हो गये थे।

जब अधिकारीगण मैदान का निरीक्षण कर रहे थे तब मोहनलाल उनके साथ थे। बीच-बीच में वे उन्हें जरूरी बातें बताते रहे। मसलन, कुछ देर तक तो वे यही समझाते रहे कि इस मैदान का हमारे मोहल्ले के लिए...न सिर्फ मोहल्ले के लिए बल्कि शहर और यहाँ तक कि राष्ट्र के लिए कितना ज्यादा महत्त्व है। हमारे बच्चों के खेलने-कूदने के लिए यही एक जगह है साहब, और इसका क्या हाल है—आप देख ही रहे हैं। साहब, आप लोगों से हमारा छोटा-सा निवेदन है कि इस मैदान को विकसित करके एक छोटा-सा पार्क बना दें। इस मोहल्ले पर आपकी बहुत मेहरबानी होगी।

मोहनलाल ने ध्यान नहीं दिया कि अधिकारीगण सुन रहे हैं अथवा नहीं।

निरीक्षण के बाद जाँच दल पटेल साहब की बिल्डिंग में घुस गया।

लगभग आधे-पौन घण्टे बाद जब वे उनके घर से निकले तो उनके चेहरों पर कोई तनाव नहीं था। शिष्टता की मनोहारी मुस्कान थी। वे खिले हुए प्रसन्न ऐसे आराम से निकल रहे थे गोया किसी पिकनिक स्पाट पर तफरीह कर रहे हों।

उनके बाहर निकलने के इन्तजार में बेशक खड़े मोहनलाल का माथा ठनका। उन्होंने संशय से पूछा—क्या हुआ साहब?

कुछेक को उनका इस तरह सरकारी कामकाज में दखल डालना बिल्कुल नागवार गुजरा। उन्होंने मोहनलाल को यों घूरा मानो लुंगी बनियान पहने खड़ा यह दुबला पतला आदमी अव्वल दर्जे का चूतिया हो। एक चलता-पुर्जा किस्म के गंजे बाबू ने पान की पीक थूककर इत्मीनान से अपनी चारित्रिक भाषा में बोलना शुरू किया, "देखिए मोहनलालजी, आपने हमें जो सहयोग दिया, हम इसके लिए आभारी हैं। आपने वाकई एक अच्छे और सजग नागरिक का काम किया है। यू हैव डन योर ड्यूटी वेरी वेल! इसके लिए धन्यवाद! अब हमने अपनी कार्यवाही शुरू कर दी है। आप निश्चिन्त रहिए।"

भूरे रंग के कोट वाले साहब ने जोड़ा, "जी हाँ! अब आपको कष्ट उठाने की कोई आवश्यकता नहीं है। हम कानूनन ऐक्शन लेने के लिए सक्षम हैं।"

मोहनलाल कुछ नहीं बोला। उन्हें इनके पेट में जूस, लिमका, थम्स-अप वगैरह झाग के साथ सनसनाता दिखाई दे रहा था और मुँह से नेस्ले इण्टरनेशनल काफी की गर्म भाप उठती महसूस हो रही थी। वे केवल एक ही बात सोचते रहे, क्या सरकारी कर्मचारी अभी भी बहुत सुखी हैं?

विभागीय अधिकारी विभागीय जीप में सवार हो गये। विभागीय ड्राइवर ने जीप स्टार्ट की और जीप भरभराकर चल पड़ी, पीछे धूल, धुआँ और गहरे अवसाद के गुब्बारे छोड़ती हुई। मोहनलाल भौचक खड़े-खड़े उन्हें जाते देखते रहे। वे सचमुच तय नहीं कर पा रहे थे कि मैंने वाकई एक 'अच्छा' काम किया है या इस जमाने की सबसे बड़ी बेवकूफी!

उसी शाम।

जैसी कि पूर्व आशंका थी, चार हट्टे-कट्टे जवान नशे में फुँफकारते सिनेमाई गुण्डों की तरह आ धमके। और मोहनलाल को घर से खींचकर-निकालकर बेतहाशा पीटने लगे। वे मशीन की तरह पीट रहे थे। साथ-साथ आदर-मादर भी चालू था—बहुत तकलीफ हो रही है तेरे को? आँय! स्साले! घुसेड़कर रख देंगे तेरी सारी नेतागिरी! तू समझता क्या है अपने आपको? तेरी इतनी हिम्मत कैसे हो गयी!!

बच्चे, पत्नी, बूढ़ी माँ—सारे रो-गिड़गिड़ा रहे थे। लात! घूँसा! गालियाँ!

मोहनलाल का पूरा परिवार बिलख रहा था और लोगों की आँखें आतंक से फटी जा रही थीं।

और लात! और घूँसे! और गालियाँ!

इधर गुर्गे अपना काम कर रहे थे और आतंक भयानक रूप से लोगों के भीतर जमता जा रहा था, दिलो-दिमाग को बुरी तरह जकड़ता जा रहा था।

महाशय, बहुत मुमकिन है आप मुझे कोस रहे हों। इस कहानी में ऐसा क्या है जो नया है ? ऐसी पुरानी और फार्मूला कहानी कोई घटिया लेखक ही लिख सकता है। वही ढर्रे वाला अन्त! हर रामलाल या मोहनलाल की कहानी का यही अन्त होता है! यह आप सोच रहे होंगे और मैं भी लगातार यही सोच रहा हूँ कि जब यह सच है तो मैं तो मैं, हमारे आका भी इसमें सुरखाब के पर नहीं लगा सकते।

अब आगे सुनिए।

इस घटना के ठीक दूसरे दिन मोहनलाल ने रेडियो पर सुना कि आखिरकार अमेरिका और इराक के बीच युद्ध छिड़ ही गया। महायुद्ध! और एक महाविनाश की तैयारी!

अब आपको मेरे झूठा होने में कोई सन्देह नहीं रह गया होगा। मुझे भी लग रहा है कि मैं आपसे झूठ ही बोल रहा हूँ। लेकिन मैं आपको विश्वास दिलाता हूँ कि उपर्युक्त घटना सच है। वैसे सोचने के लिए आप यह भी सोच सकते हैं कि साला लेखक चालू है, जबरदस्ती खाड़ी युद्ध को बीच में ठूँसकर हमें चौंकाना चाहता है। आलोचकों के तो अब तक कान खड़े हो चुके होंगे कि यह तो जादुई यथार्थवाद से भी कोई लम्बी छलाँग लगाना चाहता है, और मुझ पर नकल का आरोप लगाते हुए किसी मार्खेज या बोर्खेस को खोज रहे होंगे। जबकि यह एक गलत आरोप है और सचमुच मेरी ऐसी कोई कोशिश नहीं है।

मोहनलाल ने पड़ोसी ब्रजभान के घर टेलीविजन पर देखा कि अमेरिका और उसके सहयोगी देशों ने मिलकर इराक पर इस युग का सबसे भयानक हमला कर दिया है। इराक को शान्ति का सबक सिखाने के लिए। टी.वी. स्क्रीन पर रात का दृश्य था और वहाँ जैसे आतिशबाजियाँ छूट रही थीं। बमवर्षक विमान लगातार आग के गोले बरसा रहे थे। मिसाइल पर मिसाइल दागे जा रहे थे। हमलावर विमानों और अत्याधुनिक मिसाइलों की तेज गूँज स्क्रीन से निकलकर सारी दुनिया में खौफ पैदा कर रही थी। उनके बमों से छूटती जहरीली गैसें मानों समूची दुनिया की चेतना को बेहोश कर रही थीं।

एक विश्वव्यापी आतंक! साम्राज्यवाद का नंगा उद्घोष।

जब जार्ज बुश को दिखाया जा रहा था, मोहनलाल अचानक पागलों के समान चिल्लाने लगे, ''पटेल साहब! पटेल साहब! देखो-देखो पटेल साहब! सारी दुनिया का

पटेल साहब!"

अब मुझे लग रहा है कि आपको मुझ पर रत्ती भर भी विश्वास नहीं रह गया होगा। भगवान के लिए मुझे बख्श दें और यह सोचने की कोशिश कीजिए कि यदि स्वयं मोहनलाल अपने साथ हुई घटना को खाड़ी युद्ध से जोड़ने लगे तो इसमें मैं क्या कर सकता हूँ। आप चाहें तो ब्रजभान से पूछ लीजिए, जिन्होंने उनको उस शाम चाय पिलायी थी तथा उनके इस व्यवहार पर उन्हें आश्चर्य, दुख और पछतावा हुआ था। या ब्रजभान की अठारह वर्षीय बेटी मीनाक्षी से पूछ लीजिए जो उस समय अपने कमरे में किसी महिला पत्रिका में 'रूठे पति को कैसे मनाएँ' लेख पढ़ रही थी। मुझे क्या पड़ी है कि खामखाँ उस घटना को खाड़ी युद्ध से जोड़ूँ! फिलहाल मैं इतना गँवार नहीं हूँ कि मोहल्ले में बच्चों को बरफ के रंगीन और मीठे गोले बेचने वाले जगत राम को ठण्डा पेय बनाने वाली बहुराष्ट्रीय कम्पनी कहने लगूँ।

खैर! इधर लोग मोहनलाल को कोस रहे थे। सनकी, पागल, बेवकूफ और न जाने क्या-क्या कहने लगे। अजी हमने लाख समझाया। लेकिन कहाँ, आप इतने होशियार हैं साहब, भला हमारी क्यों सुनेंगे! देख लिया न लड़कर! बड़े लोगों से लड़ने का येइ हशर होता है—मैं तो पहलेइ कहता था। अब लड़ो न आप? हो गया टाँय-टाँय-फिस्स! बड़े नेतागिरी करने चले थे!

इस घटना के बाद मोहल्ले के तमाम अच्छे ग्राहकों ने उनके यहाँ कपड़ा देना बन्द कर दिया।

मोहनलाल इसी बहाने ही सही, यह जान गये हैं कि पटेल साहब ने उस पर या अमेरिका ने इराक पर हमला किसलिए किया था। डर और केवल डर! लोगों को भयभीत करने के लिए और खुद को हर भय से सुरक्षित रखने के लिए। उन्हें सबसे ज्यादा दुख इस बात का है कि यहाँ लोग शान्ति से रहना चाहते हैं—ऐसी शान्ति जो बाघों के जबड़ों में है। वे समझते हैं कि वे युद्ध से बचे हुए हैं और आगे भी बचे रहेंगे। लेकिन कब तक?

बहरहाल स्थिति यह है कि मैदान में पटेल साहब की डेयरी ठाठ से चल रही है। वह मैदान जहाँ बच्चे किलकारियाँ मारकर खेला करते थे और जिसे लेकर मोहनलाल जाने क्या-क्या सपने देखा करते थे—अब भैंसों के कठोर खुरों तले रौंदा-रौंदाकर एक दलदल बनता जा रहा है, जहाँ चारों तरफ गोबर की सड़ती हुई बदबू बजबजाती रहती है। पटेल साहब का कारोबार लगातार फैलता जा रहा है मुहल्ला-दर-मुहल्ला...शहर-दर-शहर...।

वह एक कॉलम की खबर

यह कोई बहुत बड़ी, राष्ट्रीय अथवा अन्तरराष्ट्रीय घटना नहीं थी। यह बाढ़, तूफान या भूकम्प की दिल को दहला देने वाली जैसी खबर भी न थी।

यह अखबार वालों के लिए कोई विशेष घटना न थी न ही पुलिस के लिए, ऐसी घटनाएँ उनकी रोजमर्रा की चीजें हो चली हैं और उनके साथ-साथ हमें भी इनकी आदत हो गयी है। घटना बहुत सामान्य थी मगर शहर उत्तेजित था। लोगों में खासी उत्तेजना थी। लेकिन उत्तेजना का ताप इतना नहीं था कि वे झण्डा-डण्डा लेकर सड़कों पर उतर जाएँ, लेकिन उत्तेजना थी और मामले में गहरी दिलचस्पी भी। इस दिलचस्पी का सबसे बड़ा कारण मामले का स्थानीय होना ही हो सकता है, कि शहर में रहते हुए कई चीजें खुद-ब-खुद आपसे, आपके जीवन से जुड़ती चली जाती हैं। लिहाजा घटना को लेकर लोगों में तीखा आक्रोश था जो उनकी प्रतिक्रियाओं में था—बीयर के झाग के मानिन्द।

बाकी तो जैसे चलता है, चल रहा था।

नगर के नागरिकगण—वे नागरिक नहीं जो अखबार केवल चीजों का भाव जानने के लिए पढ़ते हैं या सिर्फ यह जानने के लिए कि कल यहाँ कौन-सी पार्टी राज करेगी—इस खबर से उत्तेजित थे। उनका गुस्सा केवल उस डॉक्टर के लिए भर नहीं था जिसने अपने केबिन में उस महिला से बलात्कार करने का प्रयास किया था—जैसा कि उस पर आरोप है, वरन समस्त डॉक्टर-नर्स और समूचे चिकित्सा विभाग के लिए था।

पान ठेलों, चाय-दुकानों, बाजार-चौराहों...गरज कि जगह-जगह इस घटना की चर्चा उन लोगों के बीच थी जिन्होंने सख्त बाजारू समय होते हुए भी आपस में मिलना-जुलना नहीं छोड़ा है, कि अपने अलावा दूसरों के लिए जिनके पास समय—कम ही सही—बचा हुआ है। तो चर्चा गर्म थी। और जैसा कि ऐसे मौकों पर होता है, वे गाली-गलौज पर उतारू थे।

शहर में ऐसी घटना पहली बार हुई हो, ऐसा भी नहीं था। अगर उस महिला नीता जायसवाल के स्थान पर कोई और महिला होती तो बात कब की आयी-गयी हो गयी

होती। लेकिन इसका मतलब यह नहीं है कि नीता जायसवाल शहर की चर्चित महिला हैं। ऐसा भी नहीं है। वह एक साधारण महिला हैं जो बैंक में नौकरी करती हैं, जिसके पति एक प्राइवेट इण्डस्ट्री में सहायक इंजीनियर हैं। नीता जायसवाल के पढ़ी-लिखी और नौकरीपेशा होने के कारण शायद मामला उछल गया।

बहरहाल मामला उछल गया था और चर्चा जोरों पर थी।

''अच्छा!...इसका मतलब ये हुआ कि ये सब बहुत पहले से चल रहा है!''

''तो फिर क्या? पता नहीं साले कब से नंगई मचाये हुए हैं। अब तक तो साले ने कई काण्ड कर डाले होंगे।''

''मगर कोई बताता थोड़े न है किसी को। अब मान लो कोई गरीब औरत हुई, या गाँव-देहात की औरत हुई वो क्या बताएगी भला? लोक-लाज का भय है, चार समाज में बेइज्जती होगी और सरकारी अस्पताल में आखिर उसको अपना इलाज भी तो कराना है, सो भी इन्हीं लोगों से। ऐसे में कौन मुँह खोलेगा अपना?''

''ये लोग तो इसके लिए धमकाते भी होंगे, नईं?''

''बिलकुल! उनके तो किस्से पर किस्से हैं कोई छापे तो। पर कौन छापेगा? सबके मुँह पे नोटों का बण्डल फेंक दिया जाता है। क्या जमाना है, साला एक आदमी ऐसा नहीं मिलेगा जो बिकाऊ न हो। क्या करोगे भैया।''

''पर कोई न कोई तो आखिर बोलेगा। जैसे अभी हुआ।''

''वही बात। पानी में टट्टी करोगे तो उफन के आएगा ही देर-सबेर?''

''ठीक ही हुआ। सड़ने दो साले डॉक्टर को जेल में। तभी तो पता चलेगा कि उनके बाप का राज नहीं है कि जो चाहो कर लो!''

''डॉ. खरे अनैतिक कार्य के जुर्म में गिरफ्तार।''

''डॉक्टरी पेशे से लोगों का विश्वास उठा।''

''डॉ. खरे ने चिकित्सकों के उजले पेशे को दागदार किया।''

''सरकारी डॉक्टर को जेल भेजा गया।''

तरह-तरह की हेडिंग। प्रत्येक समाचार पत्र के स्थानीय पृष्ठ पर मोटे-मोटे अक्षरों में छपा हुआ। प्रमुखता से।

मैं यहाँ के एक दैनिक अखबार के कार्यालय में बैठा था और समय काटने की गरज से वहाँ रखे तमाम अंखबारों के पन्ने उलट-पुलट रहा था। मुझे दरअसल इस प्रेस में पत्रकार और मेरे मित्र सुभाष यादव से मिलना था। उसके कहे मुताबिक मैं समय पर पहुँच गया था लेकिन वह नदारद था। वह रिपोर्टिंग के लिए बाहर गया हुआ है। लेकिन जाते हुए ऑफिस में मेरे बारे में बताकर गया है और मुझसे बैठकर इन्तजार करने का

सन्देश भी।

मैं इन्तजार कर सकता था। मेरे पास इतना समय था।

मैं सुभाष यादव को एक खबर देने आया था अपने ऑफिस की। फर्नीचर खरीदी का घोटाला था। यहाँ हाथ डालने से उसकी कमाई हो सकती थी। यह सब वह बेखौफ और बेहिचक करता आया है। 'जो जनता को लूटते हैं उन्हें लूटने में कोई बुराई नहीं है' अक्सर वह अपना यही तर्क रखता। दूसरा तर्क कि इस नौकरी में पैसा इतना कम है कि ठीक-ठाक गुजर-बसर सम्भव नहीं। उसकी दलीलों से मैं सहमत नहीं हूँ। लेकिन इसका उस पर कोई असर नहीं पड़ा। उसे यह लेन-देन या सौदा खुद को बेचना नहीं लगता अब। किसी समय लगा करता था। लेकिन कुछ ही सालों में उसने इस लाइन का सारा हाल मालूम कर लिया और इस नतीजे पर पहुँचा कि कोरा आदर्शवाद बहुत थोथी चीज है, कि उससे कुछ भी बनना या बिगड़ना सम्भव नहीं। अब वह पेशेवर हो चुका है। इतना कि ऐसी कोई खबर नहीं छोड़ता जिसमें उसे अपना लाभ दिखता हो। उसका अब यही विश्वास था कि सामने जो अवसर है उसका पूरा लाभ उठाया जाए। कि इससे होने वाली क्रान्ति रुक नहीं जाएगी।

सुभाष यादव मुझे ईंट की तरह पका हुआ आदमी लगता है—ठोस-समय की तेज आँच में पका हुआ, और काफी-कुछ झुलसा हुआ भी।

फिलहाल मैं ऊब रहा था। जब कोई काम न हो और बात करनेवाला भी कोई न हो, आदमी अपने ही निरन्तर आत्म-संवाद से ऊबने लगता है। मेरे सामने दायीं ओर दो व्यक्ति टेबल पर थे लेकिन व्यस्त थे। उनकी बातचीत भी बातचीत नहीं थी। वे सिर्फ जरूरत की कुछ चीजें पूछ लेते और उत्तर मिल जाने पर सन्तुष्ट फिर से टेबल पर झुक जाते। दरवाजे के ठीक बगल में एक लड़की थी। गोरी, सुन्दर। और आधुनिक लगती थी। उसे शायद यहाँ दो तरह से काम पर लाया जाता होगा। क्लर्क-कम-रिसेप्शनिस्ट—जैसा कि इस तरह से रखने का चलन निजी उद्योगों में है।

सफेद वर्दी वाला चपरासी मेरे सामने पानी का गिलास रख गया था। मुझे इसकी अभी कोई आवश्यकता नहीं थी।

मेरी दायीं तरफ सम्पादक का केबिन था। दरवाजा उढ़का हुआ था। मुझे सिर्फ सामने टँगा बोर्ड 'सम्पादक' दिख रहा था, व्यक्ति सम्पादक नहीं। लेकिन मैंने अपनी कल्पना में उसे देख लिया, वह और सम्पादकों से भिन्न नहीं होगा, वह उन्हीं की तरह होगा—अधेड़, शान्त, व्यवस्थित और व्यावहारिक—जैसे प्राय: अधिकारी होते हैं।

बाहर धूप थी। तेज। अप्रैल की गर्म दोपहरी। मैं अपने सामने काँच की मोटी दीवार के पार देख सकता था। चकाचक धूप थी जिसमें चीजें रोशन थीं, गर्म थीं। चमकती हुई कोलतार की काली सड़क थी, मोटर-गाड़ियाँ थीं, और उनके आने-जाने से उड़ती हुई धूल थी। यह धूल बराबर हवा में बनी हुई थी और चीजों को धुँधला

रही थी।

तभी मेरा ध्यान गया कि बाहर का शोर यहाँ नहीं है।

मोटर-गाड़ियाँ दौड़ रही हैं, लेकिन आवाज किये बगैर।

यह साउण्ड प्रूफ काँच था जिसने बाहर की दुनिया को गूँगा बना दिया था। किंचित् असहाय भी। क्योंकि चीजें अब पूरी नहीं अधूरी थीं।

पता नहीं क्यों मुझे यह कुछ-कुछ क्रूर काम लग रहा था। जैसे किसी जानवर को पिंजड़े में बन्द कर देना। उस जानवर के हर नुकसान से सुरक्षित।

यदि इस समय बाहर कोई चीख रहा होगा, मुझे खबर नहीं होगी। मेरी स्वायत्तता और सुरक्षा में उसका कोई दखल नहीं है।

मेरे लिए सामने, बाहर की दुनिया पुराने जमाने की 'मुक्का' सिनेमा हो चली थी, जिसमें पात्रों का संवाद समझने के लिए आपको अतिरिक्त मानसिक श्रम लगता है। मैं सोच रहा था, काँच के बाहर मेरा कोई मित्र मेरा नाम ज़ोर-ज़ोर से पुकारेगा तो मैं क्या, कोई नहीं सुन पाएगा, सब अपने काम में व्यस्त होंगे। यदि किसी ने उधर देखा भी तो समझ नहीं पाएगा कि वह किसे बुलाना चाहता है। हो सकता है वह इससे नाराज होकर लौट जाए। मुझे पता नहीं चलेगा कि वह आया था। क्या यहाँ इनके साथ ऐसा हुआ होगा? शायद कई मित्र इसी तरह वापस लौट गये हों, गूँगे और असहाय। क्या स्टाफ वालों ने वापस लौट गये उन मित्रों के बारे में सोचा है—मैं यह जानने के लिए उनकी तरफ देखता हूँ। मुझे लगा, वे अभ्यस्त हैं, उन्होंने इस काँच के बारे में सोचना छोड़ दिया है। भीतर की दुनिया—प्रेस मशीन की खटर-खटर या टेलीप्रिण्टर की किर्र-किर्र से इतनी फुर्सत नहीं कि इन सब बातों (फालतू?) पर सोचा जाए।

शायद मैं और देर तक इस लोक में भटकता रहता, अच्छा हुआ सुभाष यादव आ गया।

उसके चेहरे पर धूप की झुलसन थी। मुझे देखकर वह मुस्कराया, वैसी ही झुलसी हुई मुस्कान।

''क्यों, बहुत देर बैठना पड़ गया क्या?''

मैं कुछ कहता इसके पहले ही बोल पड़ा, ''अरे क्या बताऊँ, यार, ये साला चक्कर ही ऐसा है, एक बार निकले तो निकल गये। पता नहीं कब, किधर कोई न्यूज मिल जाए।''

मुझे उसके उत्साह से खुशी हुई। मैंने पूछा, ''अभी कहाँ था?''

''अरे वहीं। जिला अस्पताल में फँस गया था। वह नीता जायसवाल वाला मामला। आज अभी उनका प्रदर्शन था...''

वह रूमाल से चेहरे का पसीना पोंछते हुए सामान्य हो रहा था। निश्चय ही उसे इस ठण्डे कमरे में राहत मिल रही थी। उसके साथ बाहर की दुनिया अब काँच के इस

पार आ गयी थी, आ रही थी, जो मुझे अच्छा लगा। मैं उसके जरिये अब ब़ाहर के समय की धड़कन सुन रहा था। उसके यह कहते ही जैसे हम सब काँच की दीवार के बाहर हो गये...अब हम खुली सड़क पर थे जहाँ तेज घाम और धूल-गर्द थी, और हमारे समय का शोर था।

"अच्छा! प्रदर्शन कैसा था?" टेबल के एक व्यक्ति ने पूछा।

बाहर जो हुआ था उसे जानने सब सुभाष यादव के गिर्द जमा हो गये। सम्पादक भी उसकी तेज आवाज सुनकर बाहर आ गये। वह इसी तरह बोलता है कि दूर खड़ा आदमी भी उसे साफ-साफ सुन सके।

"अरे, बड़ा जबरदस्त प्रदर्शन था, सोनी जी! उनके तेवर देखने लायक थे!"

"अच्छा! कौन-कौन से महिला संगठन थे साथ में?"

"ज्यादा नहीं, एक-दो संगठन ही थे। अब ऐसे काम में वो क्लब वाली सजावटी महिलाएँ थोड़ी रहेंगी जिनके लिए हर कार्यक्रम 'ब्यूटी काण्टेस्ट' होता है। वहाँ करीब-करीब दो सौ महिलाएँ ही रही होंगी। लेकिन उन लोगों ने पूरा हॉस्पिटल हिला के रख दिया।" उसके स्वर में गजब का जोश था। यह जोश आदमी में तभी पैदा होता है जब वह चीजों से जुड़ जाता है।

"नीता जायसवाल थीं?"

"हाँ-हाँ। बिलकुल! वो तो धड़धड़ाते हुए सी.एम.ओ. के कमरे में घुस गयीं।"

"क्यों, पुलिस ने रोका नहीं?"

"नहीं रोक सकी पुलिस। अरे एक औरत तो इन्स्पेक्टर बैस के आगे खड़ी हो गयी सीना तान के। बोली, उड़ा दो हमको गोली से! सिर फोड़ डालो हमारा! पुलिस के डराने-धमकाने का कोई असर नहीं हुआ, पुलिस देखती रही चुपचाप।"

"अच्छा, क्या कह रहे थे ये लोग?...यानी माँगें?"

"वही...कि डॉक्टर खरे को सस्पेण्ड करो। औरत पर अत्याचार बन्द करो। हॉस्पिटल मैनेजमेण्ट मुर्दाबाद।"

"ठीक।" अब की बार चँदवे और घनी सफेद मूँछों वाले सम्पादक ने पूछा, "ऊपर की कोई न्यूज... ? किसी मन्त्री-वन्त्री का फोन आया?"

"इसका पता नहीं, सर। उनकी तरफ से तो अभी तक कोई बयान नहीं आया है। शायद देख रहे हों कि मामला किधर झुकता है या हो सकता है कोई गुप्त इंस्ट्रक्शन हो। चाहे जो हो, महिलाओं का कहना है वे डॉ. खरे को सस्पेण्ड करवा के ही दम लेंगी। इसके लिए कितना ही दिल्ली-भोपाल एक करना पड़े।"

"सी.एम.ओ. ने क्या कहा?"

"क्या कहेगा साला। पहले तो खूब अँग्रेजी झाड़ रहा था। इन लोगों ने वो सुनाया कि सब अँग्रेजी घुसड़ गयी। बाद में बोला, जाँच में दोषी पाये जाने पर सजा दी

जाएगी।''

''और डॉक्टर्स...वो किधर हैं ?''

''वे तो डॉक्टर खरे के ही साथ हैं अधिकांश। हमपेशा जो ठहरे। वे तो पूरे मामले को झूठा मान रहे हैं। राजनीतिक स्टण्ट कह रहे हैं। उनके अनुसार तो डॉ. खरे निर्दोष हैं, उन्हें जबरदस्ती फँसाया जा रहा है।''

''बताओ भला, आँय...बताओ भला...'' चपरासी चुप नहीं रख सका खुद को, ''बताओ भला, इत्ता सब कुछ आँखों के सामने हो गया और जे कहते हैं उनको जबरदस्ती फँसाया जा रहा है! धत्तेरे की!''

''और दीपक कहाँ है ? उसने फोटो-वोटो लिया कि फिर संजय दत्त की फिल्म देखने सिनेमा हाल में घुस गया ?''

''नहीं-नहीं। साथ में था भई पूरे टाइम आता होगा। हाँ, मेरे पास उनसे हुई बातचीत टेप है।''

उसने बिना एक पल गँवाये अपने थैले से मिनी टेपरिकार्ड निकाला और टेबल पर रखकर 'ऑन' कर दिया।

उस छोटे से टेपरिकार्ड से शोर फूटने लगा, अस्पष्ट और आकारहीन। शायद यह उस भीड़ का शोर था जहाँ किसी की आवाज समझ नहीं आ रही थी।

''नीता जायसवाल की आवाज किधर है ?'' एक ने अधीरता से पूछा।

सुभाष यादव ने उस रिकार्डर से आँख हटाये बगैर कहा, ''अभी आएगा। अभी आएगा...ये लो...सुनो।''

सबने ध्यान मग्न होकर अपने कान टिका दिये। सभी उस महिला की आवाज सुनने को बेचैन थे जो इधर खबरों में थी...जिसके साहसिक कदम की शहर में प्रशंसा थी और हमारे लिए फिलहाल किसी हीरोइन से कम नहीं थी।

''..अच्छा, बताइए आपके साथ डॉ. खरे ने क्या किया था ?''

''देखिए, जो हुआ है वह सब मैंने रिपोर्ट में दर्ज करा दिया है। अब फिजूल में उन्हीं बातों को दोहराना बेकार है।''

''क्या आप किसी राजनीतिक संगठन से जुड़ी हैं ?''

''शायद जुड़ी होती तो ठीक होता, दल का समर्थन तो रहता। लेकिन कोई बात नहीं, पढ़ी-लिखी हूँ, बैंक में नौकरी करती हूँ—क्या ये काफी नहीं किसी गलत बात का विरोध करने के लिए ?''

''लेकिन डॉक्टरों का कहना है आपका आरोप झूठा है, डॉ. खरे निर्दोष हैं...कि उनका कभी ऐसा चरित्र नहीं रहा...''

''देखिए, उनके चरित्र का बायोडाटा मेरे पास नहीं है!'' इस बार स्वर तेज और आत्मविश्वास से भरा था, ''उन्होंने मेरे साथ गलत करना चाहा था, मैं यह जानती हूँ।''

"सुना है आपको इस कदम के लिए धमकाया जा रहा है?"

"जी हाँ। मुझे और मेरे पति को वे लोग कई तरह से धमकी दे चुके हैं। मेरे अफसर कहते हैं, कहाँ थाना-कचहरी के चक्कर में पड़ गयी हो? डॉक्टर की भूल समझकर छोड़ दीजिए। मगर मैंने इनकार कर दिया। यह भूल कोई बच्चों की भूल नहीं है जिसे माफ किया जा सके। मेरे पति को भी सब ऐसे ही कह रहे हैं। मोटी रकम ऑफर कर रहे हैं कि मामले को यहीं रफा-दफा कर लो। कई लोग कह चुके हैं इस डॉक्टर से मत उलझो। बड़ी पहुँच वाला है, कि किसी मिनस्टिर का रिश्तेदार है। रहने दो। मैं न्याय चाहती हूँ। और किसी भी दबाव के आगे झुकने वाली नहीं हूँ। ये कोई पोलिटिकल स्टण्ट नहीं है...न ही मुझे इलेक्शन लड़ना है। मुझे ग्लैमराइज करने की जरूरत नहीं, प्लीज! आप लोग मेरा साथ दीजिए सिर्फ—न्याय के लिए। क्या आप लोग नहीं चाहते, उसे सजा मिले? आप लोग यह तो नहीं चाहेंगे कि आगे उसकी माँ-बहनों या बीवियों के साथ ये राक्षस इसी तरह पेश आये? या उन्हें भी मेरी तरह बेइज्जत होना पड़े?"...यहाँ आकर स्वर फटने लगा था...शायद तीखी आवाज के कारण या शायद टेप रिकार्डर की क्षमता से अधिक ऊँचा स्वर होने के कारण...

उसने टेपरिकार्डर 'ऑफ' कर दिया और मौज में बोला, "आज मैं बनाता हूँ समाचार! आप देखना, शर्मा जी!"

शर्मा जी—सम्पादक—की अनुभवी आँखें चश्मे के पीछे से दूर कहीं शून्य में देख रही थीं। वे सोचते हुए से बुदबुदाये, "आज से पाँच साल पूर्व ऐसा होना सम्भव नहीं था। जमाना कितना बदल गया देखते ही देखते। मैं सोचता हूँ, यह स्त्रियों के पढ़ने-लिखने से सम्भव हुआ है, उनमें एक जागृति आयी है। नीता जायसवाल उसी शिक्षित और जागरूक पीढ़ी को 'रिप्रेजेण्ट' करती हैं..."

"क्यों सुभाष जी," उस क्लर्क-कम-रिसेप्शनिस्ट लड़की ने पूछा, "वो मैडम—नीता जायसवाल—क्या काफी खूबसूरत हैं?"

"हाँ।" सुभाष यादव ने उसे छेड़ा, "अजी, मगर आपसे बढ़कर कहाँ?"

"देखिए, मजाक नहीं, सही-सही बताइए।"

"हाँऽऽ, सुन्दर हैं। उसे देख के तो कोई भी डॉक्टर साला मरीज बन जाएगा!"

"हो-हो-हो-हो! ये हुई न बात! हा-हा-हा-हा!"

सब हँस रहे थे।

डॉ. खरे काण्ड दूसरे दिन फिर से अखबारों की सुर्खियों में था। लेकिन इस बार बदले हुए तेवर के साथ। छह कॉलम की विस्तृत रिपोर्ट सबसे ऊपर छापी गयी थी—चिकित्सक संघ का फैसला : आज हड़ताल।

पिछली शाम जिला चिकित्सक संघ ने एक आपात बैठक आहूत की थी। उसी का विस्तृत ब्योरा था यह। बैठक में डॉक्टरों ने यह बात पुरजोर ढंग से स्थापित की थी कि वे सभी मरीजों को अपना माता-पिता या भाई-बहन समझते हैं तथा स्नेह और सेवाभाव से उनका इलाज करते हैं तथा यह भी कि वे किसी मरीज के प्रति कोई दुर्भावना नहीं रखते। सेवा ही हमारा धर्म है। इस बात को साबित करने के लिए संघ ने नगर में अपनी बरसों पुरानी सेवा और साख का हवाला दिया था और कहा था कि आज तक ऐसी कोई शिकायत नहीं हुई। कुछ विकृत मानसिकता के लोग उनके पवित्र पेशे पर आज कीचड़ उछाल रहे हैं जिसे बरदाश्त नहीं किया जाएगा। संघ ने डॉ. खरे को बिलकुल निर्दोष बताते हुए कहा था कि उन्हें किसी साजिश के तहत फँसाया जा रहा है और बदनाम करने की कोशिश की जा रही है। पुलिस द्वारा उनके साथ अमानवीय व्यवहार किया गया है। इसी बात के विरोध के लिए तथा ससम्मान रिहाई की माँग को लेकर आज नगर के समस्त निजी तथा सरकारी चिकित्सा संस्थान के डॉक्टर्स हड़ताल पर रहेंगे तथा स्वास्थ्य सेवाएँ बिलकुल ठप्प रहेंगी। संघ की इस हड़ताल का जिला आयुर्वेदिक चिकित्सक संघ, होम्योपैथी चिकित्सक संघ समेत जिला मेडिकल स्टोर्स व्यापारी संघ तथा मेडिकल रिप्रेजेण्टेटिव एसोसिएशन ने अपने व्यापक समर्थन की घोषणा की है।

विरोध स्वरूप डॉक्टर्स आज दोपहर जुलूस निकालेंगे तथा कलेक्टर, एस.पी. और डी.एम. को ज्ञापन सौंपेंगे।

सभा के अन्त में चिकित्सक संघ ने अपने विरोधियों और आलोचकों की जमकर निन्दा की तथा नगर के एक सान्ध्य दैनिक की उस ताजा प्रति को जलाया, जो कल बहुपठित तथा बहुचर्चित हुआ था; जिसमें डॉ. खरे समेत अनेक डॉक्टरों और चिकित्सा व्यवसाय की कड़ी आलोचना की गयी थी, जिसमें इस व्यवसाय को मानवता से हटकर विशुद्ध पैसे के खेल में बदल देने के लिए चिकित्सकों को गम्भीर जिम्मेदार बताया गया था, जिसमें इनके द्वारा किये जा रहे जनता के शोषण का तथ्यपरक भण्डाफोड़ किया गया था, जिसमें इनके द्वारा संवैधानिक नियमों को ताक में रखकर मनमाने ढंग से गर्भपात और प्रसूति किये जाने को फोकस किया गया था, पैथोलॉजी लैब और दवा कम्पनियों से इनके साँठ-गाँठ का खुलासा किया गया था, जिसमें मात्र चार-पाँच साल की प्रैक्टिस की बदौलत लाखों की सम्पत्ति बना लेने पर गहरा प्रश्नचिह्न खड़ा किया गया था।

जिला चिकित्सक संघ द्वारा उस सान्ध्य दैनिक की प्रति जलाये जाने के बाद उस पर मान-हानि का दावा ठोंकने का निर्णय भी लिया गया।

इस विस्तृत रिपोर्ट में दो 'बॉक्स' की खबरें भी थीं।

बायीं ओर के बॉक्स में डॉ. एस.एन. गुप्ता का बयान प्रकाशित था। बयान में

कहा गया था कि नीता जायसवाल वास्तव में डॉ. खरे से झूठा मेडिकल सर्टिफिकेट चाह रही थीं जिसके आधार पर वह अपने कार्यालय से कुछ महीनों की छुट्टी पा सकें। लेकिन डॉ. खरे ने ऐसा झूठा प्रमाण-पत्र देने से इनकार कर दिया। इसी कुण्ठा के चलते नीता जायसवाल ने यह सारा प्रपंच गढ़ा है।

और दायीं ओर के बॉक्स में डॉ. खरे का बयान छपा था, "मैंने किसी के साथ कोई दुर्व्यवहार नहीं किया है। मुझे जबरदस्ती फँसाया गया है। फिर भी मैं भगवान पर विश्वास करता हूँ और मानता हूँ कि वे मेरे साथ अन्याय नहीं होने देंगे। मैं गंगाजल की तरह पवित्र हूँ।"

आज नगर के प्राय: सभी अखबारों के मुखपृष्ठ पर जिला चिकित्सक संघ द्वारा एक ध्यानाकर्षण विज्ञापन प्रकाशित हुआ था—'नागरिक बन्धुओं से अपील।' इस अपील में संघ द्वारा अपनी बरसों पुरानी सेवा, निष्ठा का हवाला देते हुए कतिपय असामाजिक, प्रगति विरोधी तत्त्वों द्वारा किये जा रहे दुष्प्रचारों से बचे रहने तथा पूर्ण विश्वास और सहयोग बनाये रखने का आग्रह किया गया था।

अखबार में वह सब कहीं नहीं था जिसे मैंने कल दोपहर सुभाष याद्रव से सुना था—धूल, धूप और पसीने की गन्ध से भरा हुआ। वह सब कहीं नहीं था। हाँ, उनके प्रदर्शन को लेकर सिर्फ एक कॉलम की खबर थी, छोटी-सी खबर।

तो जैसा कि प्रस्तावित था, सारे चिकित्सकों ने अपनी एकजुटता का अभूतपूर्व परिचय देते हुए आज अपना कारोबार बन्द रखा। और दोपहर में अपनी रैली निकाली। अप्रैल की तीखी चिलचिलाती धूप में वे पैदल निकले थे। यों मुख्य सड़क पर उनका पैदल चलना ही एक बड़ी और दर्शनीय घटना थी। तिस पर घाम का जोर। हालाँकि वे अपनी सुरक्षा के तमाम साधनों जैसे धूप के रंगीन चश्मों, टोपियों, छातों, दस्तानों या एप्रेन आदि से लैस थे। वे उग्र नहीं थे। न ही ट्रेड यूनियन के नेताओं के समान गला फाड़-फाड़कर नारे लगा रहे थे। बल्कि इसके विपरीत वे लगभग शान्त थे। और ज्यादातर डॉक्टर तो अपने पेशे के अनुरूप हल्की, मधुर और कोमल मुस्कान में मुस्करा रहे थे—अपने लक्ष्य के प्रति पूर्ण आत्मविश्वास के साथ। उनके साफ-सुथरे, उजले और दमकते चेहरों पर किसी तनाव के चिह्न नहीं थे। यहाँ हिंसा या क्रूरता तो बहुत दूर की बात ठहरी।

इस जुलूस को नगरवासियों ने देखा।

इस जुलूस को उन लोगों ने देखा जो रास्ते पर थे, कहीं आ अथवा जा रहे थे, चाय-पान की दुकानों या होटलों में थे या जो किसी न किसी काम से मुख्य सड़क पर थे। लेकिन यह कहना एकदम गलत होगा कि जुलूस को सिर्फ इन लोगों ने ही देखा जो वहाँ मौजूद थे। जबकि सचाई यह है कि जुलूस को उन तमाम लोगों ने भी देख लिया जो उस समय वहाँ मौजूद नहीं थे, जो तब अपने घरों, दफ्तरों अथवा मिल-कारखानों

में थे और अपने रोजमर्रा के काम में बहुत व्यस्त थे। इन्होंने जुलूस को ठीक उनकी तरह देखा था—बिलकुल साफ-साफ! और छूकर।

मेरे पास इस बात का कोई बहुत पक्का और ठोस प्रमाण नहीं है जिससे मैं अपनी बात प्रमाणित कर सकूँ। यदि आप यकीन कर सकें तो मेरे पास सिर्फ उनकी आँखें हैं और उन आँखों में अद्‌भुत समानता है। वे जुलूस की चकाचौंध से केवल चौंधियायी आँखें नहीं हैं, वे घृणा, क्षोभ, पीड़ा, निराशा और भय से भरी आँखें हैं।

लोग एक बार फिर बुरी तरह डर गये थे, जैसा कि अकसर होता है।

लेकिन वहाँ एक आदमी था जो हँस रहा था।

यह एक ताम्बई रंग का आदमी था जिसकी आँखों में धरती का हरापन था और हँसी में धातुओं की आदिम खनक थी। उसकी सफेद मूँछें...घनी और शानदार सफेद मूँछें, जो कभी कबूतर के पंख की तरह ताजा जिन्दा और सफेद रही होंगी, अब पीलिया गयी थीं...शायद बीड़ी के कसैले धुएँ के कारण। फिर भी आवाज में खनक थी मानो लोहा बोल रहा हो। वह सड़क के बीचोंबीच खड़ा होकर लोगों से कह रहा था, "डरो नहीं। डरो नहीं, क्योंकि सच एक आग होती है जिसे हमेशा दूसरे लोग दुनिया भर की राख से ढाँकने-तोपने की कोशिश करते हैं, बुझाने की कोशिश करते हैं मगर आग फिर भी बच जाती है हमेशा, 'थोड़ा' ही सही। जैसे आज अखबार में हुआ है। क्या तुमने आज का अखबार पढ़ा है ? उसमें एक खबर है एक कॉलम की। उसे पढ़ो नहीं, छूकर देखो। छूने पर तुम्हें महसूस होगा यहाँ आँच है जो तुम्हारी आत्मा को गरमा सकती है। यह आँच उसी कोयले की है जो दहक रहा है ?...ढेर राख के भीतर होने के बावजूद। और तुम्हें राख हटाकर उस आग को बचाना है जिन्दा।"...

कहना मुश्किल है बीच सड़क में शहरी जीवन के भाग-दौड़ और शोरगुल के बीच उसे कितने लोगों ने सुना होगा। मुमकिन है हममें से बहुतों ने उसे कोई पागल समझा हो और उसकी बातों को बकवास मानकर कुछ भी न सुना हो।

एक गाँव फुलझर

घर्र ऽऽऽ... घर्रऽऽऽ... घर्रऽऽऽ...

मशीन की आवाज बहुत तेज थी। लगता था सिर के ठीक ऊपर ही कोई हेलीकाप्टर मँडरा रहा हो। उस दोपहर जैसे पूरा गाँव इस मशीनी शोर में डूब गया था।

देखने वालों का मजमा लगा था। सबकी आँखें कौतुक से भरी थीं और कुछ स्तब्ध भी—जैसे ठीक से समझ न पा रहे हों। देखने वाले बच्चे, बूढ़े, जवान सभी जानना चाहते थे कि ये मशीन क्या बला है! वे इस मशीन को अपने जीवन में पहली बार देख रहे थे जो पुराकाल के विशालकाय जानवर डायनासोर की तरह दिखता था और वैसा ही भय पैदा करता था।—यह करता क्या है ?—की उत्सुकता लगभग सारे गाँव को उस मैदान में खींच लायी थी जो नेशनल हाइवे के पार था। वैसे भी किसी नयी चीज को देखने के लिए इकट्ठा हो जाने की उनकी बड़ी पुरानी और स्वाभाविक आदत है। यहाँ बच्चों की कौन कहे, गाँव के एकमात्र प्राथमिक शाला के दोनों गुरुजी इसे देखने चले आये थे।

हालाँकि यह स्कूल की पढ़ाई का समय था, दोपहर के दो बज रहे थे, लेकिन बच्चों ने जैसे ही मशीन की घरघराहट सुनी, वे मारे उत्साह के अपनी कक्षाओं से एकदम तीर बनकर निकल भागे—सड़क पार मैदान की तरफ। दोनों गुरुजी ने यह देखा तो वे भी पीछे-पीछे यहाँ आ खड़े हुए—बच्चों को वापस ले जाने का बहाना किये हुए। वैसे भी जान गये थे कि इस शोर में पढ़ाई तो होने से रही। उन्हें भी रोज-रोज की रुटीन के पढ़ाई के बीच यह परिवर्तन भाया।

गाँव के स्कूल में पिछले कई साल से दो ही गुरुजी हैं—बड़े गुरुजी अगराहिज राम साहू और कनिष्ठ शिक्षक अनिल कुमार देशमुख। सामने नजारा देखकर साहू गुरुजी एकदम हैरान रह गये, इतने हैरान कि मुँह में आदतन कपूरी पान दबा था जिसे वे चबाना भूल गये। इन बच्चों को हाँककर वापस स्कूल ले जाना है—यह तो खैर वह भूल ही चुके थे।

साहू गुरुजी इन दिनों अक्सर कई बातों को भूल जाते हैं। यों पचपन-छप्पन की

उम्र ऐसी नहीं होती कि आदमी चीजों को भूलने लगे, लेकिन साहू गुरुजी के साथ ऐसा हो जाता है। मान लीजिए स्कूल से किसी सरकारी सर्वेक्षण में गाँव घूमने निकले हैं और कोई पहचान का मिल गया (और गुरुजी की पहचान गाँव के हर आदमी से है) तो उसी के साथ मशगूल हैं खेतीबारी की चर्चा करते। साहू गुरुजी ऐसे ही हैं—आये थे हरिभजन को ओटन लगे कपास। गाँव वालों की सहायता के लिए एकदम तत्पर। कोर्ट-कचहरी, थाना, अस्पताल, या बैंक ऐसे सभी जगह वह गाँव वालों की सहायता के लिए जाते हैं।

"क्यों, कहाँ चल दिये थे, साहूजी?" देशमुख पूछता है उनके आने पर।

"अरे, क्या बताऊँ देशमुख! वो चरनू मिल गया था। बोला, गुरुजी पटवारी ऋण पुस्तिका के लिए घुमा रहा है, चलो न...। और वहीं से आ रहा हूँ।"

"और अभी कोई अधिकारी आ गया तो... ? एकाध रोज कोई आएगा तो तुम्हारा जनसेवा का भूत उतार देगा। समझ नहीं आता तुमको दूसरों की क्यों पड़ी रहती है!" अपना चश्मा नाक पर ठीक से बिठाता हुआ भनभनाता है देशमुख।

जवाब में साहू गुरुजी हँस देते हैं।

मैदान में आकर साहू गुरुजी फिर भूल गये थे, क्योंकि आँखों के आगे जो घट रहा था वह उन्हें सब कुछ भुला देने के लिए काफी था।

मशीन का चलना जारी था—घर्र ऽऽऽ...।

यह क्रेन की तरह वाहन थी, जमीन खोदने वाली और रौंदने वाली। इसे चला रहा ड्राइवर मजबूत कद-काठी का, घनी काली मूँछ वाला जवान आदमी था, जिसने अपने सिर पर गमछा बाँध रखा था और देखने में यहीं-कहीं देहात का आदमी लगता था। वह धूप में पसीने से तर-बतर मशीन चला रहा था। मशीन जो किसी क्रूर तानाशाह की भाँति धरती को रौंद रहा था, भारी उथल-पुथल और हिंसा मचाते हुए।

असल में इस वक्त ड्राइवर खुद एक मशीन था जो मैदान में खड़े इंजीनियर और ठेकेदार के निर्देशानुसार मशीन चला रहा था।

मैदान में भीड़ के बीच दोनों खड़े थे, ग्रे सफारी सूट पहने और सुनहरी कमानी का चश्मा लगाये इंजीनियर सक्सेना था और ठेकेदार सरदार बिशनसिंह। इंजीनियर से कहीं ज्यादा सरदार जी उस ड्राइवर को सख्ती से निर्देशित कर रहा था, "हाँ-हाँ! इदर लाओ। इदर!"

साहू गुरुजी के बगल में देशमुख खड़ा था। देशमुख शहर में रहता था और वहीं से आना-जाना करता है अपनी लूना से। उसके पास शहर की हर नयी जानकारी हुआ करती है जिससे वह गाँव वालों को चकित कर देता है। देशमुख ने साहू गुरुजी के कान में धीरे से बताया, "इस सरदार जी को देख रहे हो न, यही है इस मशीन का मालिक।"

"अच्छा! ये करता क्या है?"

"अरे मत पूछो! बड़ा भारी ठेकेदार है शहर का! बहुत ऊँची पकड़ का आदमी है ये। हर बड़े सरकारी ठेके पर इसी का कब्जा होता है। इसके टक्कर का कोई नहीं। देखो, मशीन में लिखा है—भाटिया इण्डस्ट्रीज! जानते हो, ये पोकलेन मशीन है। बड़े-बड़े खदानों में चलती हैं ऐसी मशीनें।"

"हम तो पहली बार देख रहे हैं भैया ऐसी मशीन। अपन ठहरे गाँव-देहात के मामूली आदमी।" गुरुजी ने अपनी वास्तविकता बड़ी सरलता से स्वीकार कर ली।

सरदार जी के हाथ में यहीं कहीं से मिला हुआ डण्डा था। सरदार जी ने अपना डण्डा बढ़ती भीड़ की तरफ लहराया। सब पीछे हट गये। गाँव के बच्चे ज्यादा डर गये। वे और पीछे हट गये। सरदार जी जोर से हँसे। यह बहुत डरावनी हँसी थी जो बच्चों को राक्षस की हँसी लगी थी। सरदार जी ने डण्डा इसी उद्देश्य से पकड़ा है। जब-तब वह उसे सर्कस के रिंग मास्टर की तरह हवा में लहरा देते हैं। सबके पीछे हटने पर वह इसी तरह हँसते हैं—जैसे इस तरह हँसना उनके जीवन का एक बड़ा उद्देश्य हो।

"देशमुख," धीरे से कहा गुरुजी ने, "मुझको तो ये आदमी बहुते इ हरामी दिखता है।"

धीरे से हँसा देशमुख, "इसमें क्या शक। तभी तो करोड़पति ठेकेदार है। घर में कारों की लाइन लगी है। उधर जो नीले रंग की चमचमाती सेण्ट्रो खड़ी है, वह उसी की है।"

"ऐसा!"

"और नहीं तो क्या! बताया न, मशीन उसी का है, कार उसकी है। तगड़ी पार्टी है। इफरात पैसा है साहू जी।"

"बाप रे! इतना पैसा! इतना-इतना पैसा है लोगों के पास!" गुरुजी ने अपना पोपला मुँह फाड़ लिया।

उनका ध्यान तुरन्त अपने जी.पी.एफ. में जमा धन की तरफ गया। एक लाख साठ हजार। वह भी बाईस साल की नौकरी के बाद जमा हुआ धन है। चार-पाँच साल के बाद जब वह रिटायर होंगे तो रकम शायद सवा दो लाख या ढाई लाख तक चली जाएगी। उनके जीवन भर की कमाई ढाई लाख रुपया! गुरुजी ने अपनी और सरदार जी की सम्पत्ति का अन्तर किया। लगा, हाथी और चूहा वाला मामला है। इस अन्तर को गुरुजी ने बड़ी गहराई से महसूस किया अपने अन्तस में। इस पहाड़ से अन्तर को मिटा पाने का कोई विकल्प नहीं था गुरुजी के पास। शून्य भाव से देखते रहे सामने।

मशीन लगातार चल रही थी। उसका सबसे आगे का हिस्सा—मुँह—सचमुच डायनासोर के भयानक जबड़े की तरह था, जो धप्प से मैदान की कच्ची जमीन पर धँस जाता, फिर ढेर सारी मिट्टी डकालकर अपनी लम्बी गर्दन के सहारे मनचाही जगह पर फेंक देता। मशीन अपने एक ही बार में इतनी मिट्टी निकाल लेती कि देखकर सब हैरान

थे। वे सोचते—शायद बारह-पन्द्रह घमेला होगा। या इससे भी ज्यादा। और मशीन यह काम इतनी सफाई और होशियारी से करती कि उसका हमला मार्किंग लाइन के एक इंच बाहर न जाता था। फुलझर गाँव वालों के लिए तो यह एक कमाल था—दुनिया में हो रहे अनेक करिश्मों में से एक।

सरदार जी चुप नहीं रहता था, कुछ न कुछ बोलता ही रहता था, "हाँ-हाँ! फेंक दो उत्थे! हाँ-हाँ ठीक।"

वहाँ इंजीनियर सक्सेना का एक सहायक इंजीनियर भी मौजूद था। वह क्लीन शेव स्मार्ट किस्म का नौसिखिया नवयुवक था, लगता था अभी-अभी ही पढ़ाई पूरी करके इस लाइन में आया है। कह नहीं सकते कि यह उसके काम का कच्चापन्न था या अपनी नौकरी बचाये रखने की कोशिश, कि वह अपने बॉस के आगे-पीछे 'यस सर', 'यस सर' करते घूमता था। और यह साफ था कि उसकी मुख्य दिलचस्पी फ़िलहाल गाँव की 'गोरियों' में थी जो खड़ी-खड़ी तमाशा देख रही थीं। उसे यह बिल्कुल लग रहा था कि इन लड़कियों के लिए वह हीरो है, जिसके ये ख्वाब देखती हैं और अभी आकर उसकी बाँहों में बिखर जाएँगी—जैसा हिन्दी फिल्मों में होता है।

एक बार वह खुदाई हो चुके नींव का किसी जीनियस की तरह निरीक्षण करते हुए उधर बढ़ गया जहाँ लड़कियाँ खड़ी थीं। उसका इरादा स्पष्ट था, किसी लड़की के उभार को बहाने से छू लेना या दबा देना। उसे इतना भी विश्वास था कि लड़कियाँ हँस देंगी, कि देहात में इतना चलता है।

"चन्द्राकर।" तभी चीफ इंजीनियर की आवाज आयी थी, तेज।

"यस सर।" वह तुरन्त मुस्तैद सिपाही बन गया।

"उधर क्या कर रहे हो? इधर आओ।"

"यस सर।" वह सारी आशिकी भूल चीफ की तरफ दौड़ा।

"सक्सेना साहब, जरा इधर आइए...।"

यह खसखसी आवाज पास के पेड़ के नीचे से आयी थी।

इंजीनियर सक्सेना कहाँ गये। उन्हें छत्रपाल गुप्ता ने पुकारा था।

विशाल पीपल की छाया में कुर्सी डाले छत्रपाल गुप्ता बैठे थे। सूट-बूट में अप-टू-डेट। वह इस जमीन के मालिक थे और यहाँ बनने जा रही फैक्टरी के स्वामी।

गाँव और जिला ही नहीं, पूरा उत्तर प्रदेश जानता है कि छत्रपाल गुप्ता कैसी करोड़पति पार्टी है। इस शहर की जमीन पर पचहत्तर फीसदी हिस्सा इनके बाप-दादा का रहा है। अभी भी कितनी ही जमीनें हैं जिन्हें भूखण्ड बनाकर बेचा जा रहा है और रुपये बटोर रहे हैं। कितने ही उद्योगों में शेयर्स हैं। अब गाँव फुलझर में अपनी फैक्टरी डाल रहे हैं—प्लास्टिक उद्योग। यहाँ प्लास्टिक के कप गिलास, बोतलें, पाइप, खिलौने...न जाने क्या-क्या चीजें बनेंगी।

गाँव का सरपंच रामाधार दुबे 'मालिक' की सेवा में किसी वफादार नौकर सरीखा डटा था। उसके साथ उसी मुद्रा में गाँव का सबसे धनी किसान कलीराम भी था।

तमाशा देख रही भीड़ में उनको लेकर भी चर्चा हो रही थी।

''अभी देख के कौन कहेगा साले को कि गाँव का सरपंच है। सरपंच रामाधार दुबे।''

''वो तो एकदमे कुकुर बन गया है दाऊ का।''

''हाँ! सही बात है। दाऊ अभी उसको कहेगा 'च्छू' तो भूँकने लगेगा—भौं! भौं! भौं!''

मजा लेकर हँस पड़े लोग।

''यही बाम्हन तो ललुवाया फिर रहा था आगू-आगू, कि फैक्टरी बनेगा तो सबको काम मिलेगा करके। लो मिल गया काम! घण्टा!''

''ये सरपंच तो सरऊ पक्का चटन लोटन दास बन गया है।''

साहू गुरुजी उनकी बातों को सुन रहे थे। ये गलत नहीं कह रहे थे। ये इस गाँव के बीते हुए कल और आने वाले कल के बारे में बतिया रहे थे।

सारा बखेड़ा कोई साल भर पहले खड़ा हुआ, जब इस गाँव से बाईपास रोड का निर्माण हुआ। इस गाँव से बाईपास-नेशनल हाइवे-मार्ग का गुजरना, यह गाँव का सौभाग्य है या दुर्भाग्य—गाँव वाले तय नहीं कर पाये हैं। यह गाँव फुलझर-जहाँ कहा जाता है, कभी यहाँ फूलों के इतने सारे पेड़ थे जिनसे हर वक्त फूल झरते रहते थे और गाँव उसकी महक में डूबा रहता था—वास्तव में शहर से लगा हुआ एक छोटा-सा गाँव है। तीन हजार की आबादी का। गाँव में कोई भी बड़ा किसान नहीं है। यहाँ का सबसे पोठ किसान कलीराम है जिसकी बीस एकड़ की खेती है। बाकी किसानों के पास टुकड़े-टुकड़े जमीन हैं। किसी के पास दो एकड़, तो किसी के पास तीन एकड़। परिणाम यह हुआ कि यहाँ के बाशिन्दे न पूरी तरह किसान हैं न पूरी तरह मजदूर। आजकल के हालात में वे मजदूर ज्यादा हैं क्योंकि किसानी एक महँगा सौदा हो गया है। जुआ का दाँव। ऊपर वाले ने पानी नहीं बरसाया तो सब कुछ चौपट। इससे बचो तो खरपतवार और कीटकों का प्रकोप! फिर भी गाँव के किसान यह दाँव खेलते हैं। जैसे परम्परा निभा रहे हों। आषाढ़-सावन में खेतीबारी सँभालते हैं और अगहन-पूस में मजूर हो जाते हैं। यही चल रहा है।

''हम लोग धोबी के कुकुर हैं जी, न घर के न घाट के!'' वे खुद पर हँसते हैं।

आसपास के गाँवों की तरह इस गाँव में श्री छत्रपाल गुप्ता के बाप-दादाओं की काफी जमीन थी। कुछ छत्रपाल गुप्ता के पिता श्यामसुन्दर गुप्ता ने बेच डाली, उसके

बाद कुछ को छत्रपाल गुप्ता ने। बताते हैं, ''सीलिंग के समय श्यामसुन्दर गुप्ता ने जमीनों को अपने घर के कुत्ते, बिल्ली, तोते वगैरह के नाम पर लिखवा दिया था। वह आज काम आ रहा है। शायद छत्रपाल गुप्ता को कभी यहाँ से बाईपास रोड निकलने की उम्मीद न थी, वरना वह कभी नहीं बेचता। सिर्फ सड़क पार के पचीस एकड़ जमीन को विवाद के चलते नहीं बेच सका था। कारण यह कि बरसों से उस खाली मैदानी जमीन पर गाँव के पशुधन चारा चरते आ रहे थे। धीरे-धीरे वहाँ तीस-चालीस कच्चे घर भी बन गये। यहाँ आने वाले गाँव के ही लोग थे जो अपने बढ़ते परिवार के कारण या रात-दिन के घरेलू झगड़ों से तंग आकर यहाँ भाठा में बस गये थे।''

छत्रपाल गुप्ता अपनी बाकी जमीनों के साथ इसे भी बेच दिया होता सात बरस पहले। लेकिन यह सम्भव न हो सका था, क्योंकि गाँव के कुछ जागरूक और पढ़े-लिखे युवकों ने मामला कोर्ट में डाल दिया था। तब से जमीन का यह टुकड़ा यहाँ के लिए मन्दिर-मस्जिद विवाद बना हुआ है।

लेकिन हाइवे बनते ही इस दिशा में खासा सक्रिय हो गया छत्रपाल गुप्ता।

पिछले साल एक दिन छत्रपाल गुप्ता के गुण्डों ने अचानक यहाँ धावा बोल दिया। बसे हुए लोगों को जल्दी से जल्दी खाली करने का हुक्म सुना दिया। खाली नहीं करने पर तोड़-फोड़ किया जाएगा, जिसके जिम्मेदार वे खुद होंगे।

गाँव सकते में आ गया। अब छत्रपाल गुप्ता उनका दुश्मन नं.1 बन गया। गाँव में बहुत कम पढ़े-लिखे लोग थे, ज्यादातर मजदूर किसान। समझ नहीं आ रहा था किसके पास जाएँ, क्या करें। विधायक के पास जाने कितनी बार दौड़ लगा चुके थे, वहाँ से सिर्फ कामचलाऊ आश्वासन ही मिले थे।

''कुछ बताओ गुरुजी,'' यह जगनू था जो सड़क पार की बस्ती में रहता था, जिसकी गुरुजी से अच्छी पटती थी, ''हमको तो कुछ समझ नहीं आ रहा। हमारे सरपंच ने भी दाऊ का बैग धर लिया है। अब किस के पास जाएँ?''

इस मामले में भला साहू गुरुजी क्या सलाह देते। खुद उन्हें दीन-दुनिया की जानकारी कम थी। गुरुजी की जानकारी अनशन, हड़ताल और धरना तक सीमित थी जिसे आये दिन वे कचहरी के पास देखा करते थे। और इस मामले में गाँधी जी उनके आदर्श थे। वे बोले—सबसे जरूरी बात है कि तुम सबमें एका रहे। टूट-फूट न हो। टूट-फूट से आन्दोलन कमजोर होता है। किसी के बहकावे में मत आओ। अभी ऐसा करो, सब गाँव के मिलकर कलेक्टर, एस.पी. को आवेदन दे दो। थाने में छत्रपाल गुप्ता के खिलाफ रिपोर्ट लिखा दो कि उनके गुण्डे जान से मारने की धमकी देकर गये हैं...।

वे बोले, ठीक है। सभी सहमत थे। वह जमीन एक तरफ से सबकी साझा थी, सबके गाय-गरु वहाँ चरते थे, लड़के क्रिकेट खेला करते थे। क्रिकेट प्रेमी लड़के भी इनके साथ थे क्योंकि उस मैदान के बिना गाँव में कोई दूसरी जगह नहीं थी उनके खेलने

के लिए।

सबने मिलकर कलेक्टर, एस.पी. को आवेदन दिया और छत्रपाल गुप्ता के खिलाफ रिपोर्ट लिखा दी।

कई दिन गुजर गये। इस रपट का क्या हुआ, किसी को नहीं मालूम।

इधर गाँव का माहौल तेजी से बदल रहा था।

सरपंच सहित गाँव के कुछ बड़े किसान खुलकर छत्रपाल गुप्ता के समर्थन में आ गये। यह कहते हुए कि वह यहाँ फैक्टरी लगाने जा रहा है तो फायदा गाँव वालों को ही मिलेगा। लेकिन दबी खबर यह थी कि फैक्टरी खुलने पर छत्रपाल ने सरपंच और समर्थन में आये किसानों के बेटों को नौकरी देने का पक्का वादा किया है, इसीलिए ये उसके गुण गा रहे हैं। ये गाँव वालों को तरह-तरह से समझाने में लगे रहते—तुम लोग यार सच में एकदम गँवार हो। थोड़ी-सी जमीन जाने का हमको इतना बड़ा लाभ मिल रहा है तो जमीन को जाने दो। क्या करना है गाय-गरु तो और कहीं जाकर चर लेंगे। ये सोचो, तुम्हारे बेरोजगार लड़कों को काम मिलेगा। इससे तरक्की होगी। हमारा गाँव खुशहाल गाँव बनेगा।

ये लोगों को ठीक उसी तरह समझा रहे थे जैसे सरकार सरकारी भोंपुओं से देश की जनता को नयी आर्थिक नीतियों, उदारीकरण, निजीकरण और डंकल-गैट समझौतों के लाभ समझाती है।

ये वही दिन थे, जब नयी आर्थिक नीतियाँ लागू की जा चुकी थीं, समझौतों पर धड़ाधड़ हस्ताक्षर किये जा रहे थे, देश की सम्पदा को कौड़ियों के मोल बेचा जा रहा था। निजीकरण के लिए विदेशी कंपनियों को बुलावा दिया जा रहा था। उन्हें लाइसेंस, परमिट आदि में अनाप-शनाप छूट दी जा रही थी, कर्मचारियों की छँटनी की जा रही थी, रुपया बार-बार डॉलर के मुकाबले लुढ़क रहा था, विदेशी कर्ज का बोझ पहाड़ हुआ जा रहा था। देशी उद्योग-धन्धे ठप्प पड़ रहे थे और बताया जा रहा था कि हम एक सुदृढ़, शक्तिशाली और सम्पन्न देश बनने जा रहे हैं...।

तभी एक दिन छत्रपाल गुप्ता ने मामला कोर्ट से जीत लिया।

फिर एक दिन उसके वकील और आदमी मैदान जल्द से जल्द खाली कर देने का ऑर्डर ले आये। आदेश का पालन न होने पर जबरदस्ती किया जाएगा।

उन्हें खाली करना पड़ा। और छत्रपाल गुता ने वह पूरा एरिया काँटेदार तार से सीमेण्ट पोल के सहारे बँधवा डाला। चौतरफा घेराबन्दी। अब गाय-गरु भी इस जगह से बेदखल। उन्हें अब अपने चारे के लिए तीन किलोमीटर दूर जाना पड़ता था।

लेकिन गाय-गरु अपनी आदत के मुताबिक उधर ही निकल आते थे, काँटेदार तार के घेरे के बीच से घुसने का प्रयास करते तो डोभार राउत अपनी लाठी के जोर से उन्हें हाँकता और उनको नये चरागाह ले जाता। वह उन्हें हाँकते हुए अक्सर बड़बड़ाता—

ये बैल कभी समझते नहीं। अरे ये दाऊ का जगा है। तुम लोग चलो। उधर यहाँ फैक्टरी बनेगा...बड़ा भारी फैक्टरी। समझे।

शहर के सबसे प्रतिष्ठित पण्डित से मुहूर्त निकलवाया था छत्रपाल गुप्ता ने। उस शुभ मुहूर्त को फैक्टरी का भूमि-पूजन था। भूमि-पूजन के लिए प्रदेश के उद्योगमन्त्री पधारे थे।

यह इस गाँव में आजादी के बाद का सबसे बड़ा और सबसे भव्य आयोजन था। पण्डाल, तोरण-पताका और स्वागतद्वार सजे थे। कारों का रेला लग गया था। इतने कार थे कि सारा मैदान ढँक गया था।

मन्त्री महोदय ने भाषण दिया। उन्होंने छत्रपाल गुप्ता की भूरि-भूरि प्रशंसा की और इस उद्योग को क्षेत्र के विकास में एक बहुत बड़ा कदम बताया। उन्होंने कहा, गाँधी और नेहरू का सपना यहाँ साकार होने जा रहा है। आसपास के बेरोजगारों को काम मिलेगा। इस तरह गाँवों में खुशहाली आएगी।

वहाँ मौजूद बेरोजगारों ने इस पर जम के तालियाँ बजायीं। नौकरी मिलने के महज आश्वासन ने उनमें अपूर्व उत्साह पैदा कर दिया। वे देखने लगे कि वे काम पर जा रहे हैं, साइकिल की कैरियर में टिफिन बँधा हुआ है, वे मुस्कराते हुए जा रहे हैं—जैसा सरकारी विज्ञापनों में दिखाया जाता है। इन बेरोजगारों की बुरी आदतें छूट रही हैं, उनको नकारा-आवारा कहने वाले माता-पिता की आँखें खुशी से छलछला आयी हैं...कि उनका परिवार हँस-खेल रहा है, सुख से सराबोर है।...

''कैसे देशमुख,'' एक दिन साहू गुरुजी पूछ रहे थे, ''क्या सही में इस फैक्टरी में इतने लोगों को नौकरी मिल जाएगी?''

देशमुख ने कहा, ''अरे कहाँ लगाये हो गुरुजी भी। मेरे बड़े भाई, ये हाथी हैं हाथी। खाने के दाँत और, दिखाने के और। गुप्ता को अपना बिजनेस करना है, लाभ ही लाभ कमाना है। प्राइवेट कम्पनी तो कम से कम वर्कर रखती है मुनाफा ज्यादा कमाती है। देख लेना, ये इम्पोर्टेड मशीनें लगवाएगा जिससे कम से कम लोगों की जरूरत हो।''

''पर गाँव के लड़के तो नौकरी पाने का सपना देख रहे हैं...।''

''वे खाली सपना ही देखते रह जाएँगे। अरे वो बाहर से ट्रेण्ड लोगों को बुलाएगा कि इनसे सर खपाएगा।'' देशमुख ने निर्मम तटस्थता से कहा, ''सब जगे यही चल रहा है गुरुदेव। जो काम कर रहे हैं उनकी तो छँटनी की जा रही है, नयों को कहाँ से लेंगे? मेरा एक साथी अखबार में कम्पोजीटर था, पिछले सात साल से वहाँ काम कर रहा था। अब मैनेजमेण्ट ने कम्प्यूटराइज्ड किया तो उनके रोजगार छिन गये। उनके यहाँ से एक साथ चालीस वर्करों को निकाल दिया गया। अभी तक कोई दूसरा काम नहीं मिल सका

है उसको...खाली है बेचारा...।''

गुरुजी गहरी सोच में डूब गये—हे भगवान् इतने बेरोजगार! इतने खाली हाथ? आखिर क्या होगा इनका? कैसा होगा इनका भविष्य... ?

भूमि-पूजन के बाद गाँव का माहौल और तेजी से बदलने लगा। वह छत्रपाल गुप्ता, जो कल तक सारे गाँव का दुश्मन था, अचानक ही सबको अपना उद्धारक नजर आने लगा। कुछेक किसान जिनके खेत छत्रपाल की जमीन से लगे थे, वे अब अपनी जमीनें दाऊ को औने-पौने दाम में बेचने को तैयार थे। शर्त इतनी थी कि उनके बेटों को फैक्टरी में काम मिल जाए।

जिस गाँव को पहले कोई देखता तक नहीं था, वहीं अब नये-नये लोग आने लगे थे—इंजीनियर, ठेकेदार, अफसर, विशेषज्ञ...। और आने लगीं नयी-नयी गाड़ियाँ...।

गाँव के सरपंच रामानन्द दुबे की पूछ बढ़ गयी। उसे अब सिर्फ गाँव ही नहीं, आसपास के गाँवों में भी दाऊ का खास आदमी माना जाने लगा। जिस भक्तिभाव से वह सुबह देवी-देवताओं का पूजा-पाठ, चन्दन-टीका किया करता था, उससे कहीं ज्यादा भक्ति से वह दाऊ की सेवा-टहल में लग जाता था। आलम यह था कि छत्रपाल गुप्ता गाँव में आया नहीं कि वह उनका हुक्म बजाने हाजिर। एक तरह से उसने पूरी पंचायत दाऊ की सेवा में समर्पित कर दी थी।

नयी बात यह हुई कि वह गाँव वालों को दाऊ के किस्से सुनाने लगा था। रोज नये-नये क़िस्से! 'तुमको मालूम है, दाऊ की तीन सौ एकड़ जमीन है। तुमको मालूम नहीं होगा, दाऊ के आलीशान घर के नीचे एक तलघर है जहाँ हरदम अँधेरा रहता है। उसी तलघर में एक आलमारी है। जानते हो आलमारी में क्या है? सोने की ईंट! बाप की कसम खाके कहता हूँ, पूरी आलमारी भरी है सोने की ईंटों से। अपनी आँख से देख के आया हूँ—ईमान से। अभी भी मेरी आँख के सामने सोना चमक रहा है—चम चम चम चम।'

कभी बताता कि आज मुख्यमन्त्री साहेब का फोन आया था। कि कल जरूरी काम से दिल्ली जा रहे हैं—'हवइ जिहाज से कि अगले महीने दाऊ का विलायत जाने का 'पोरोगराम' है—जापान, कनाडा, लन्दन और पता नहीं कहाँ-कहाँ।'

गाँव वाले अचम्भित और अभिभूत सुनते रहते।

सरपंच ने यह बात भी अपने लोगों को बता दी कि यहाँ फैक्टरी में नौकरी गिने-चुने को ही मिलनी है। अधिकांश बाहर से बुलवाये जाएँगे। सरपंच ने बताया कि यह बात उसे छत्रपाल गुप्ता के पी.ए. ने बतायी थी, जब वह उसे खुश करने के लिए 'बार' ले गया था। बहुत नशे में उसने कहा था, पण्डित! तेरे लौण्डे की नौकरी तो पक्की है। कोई नहीं रोक सकता। अगर गुप्ता साहब तैयार नहीं हुए तो मैं अड़ जाऊँगा—तेरी कसम! उसकी नौकरी पक्की है। हाँ, मगर तुम्हारे गाँव वालों को कुछ नहीं मिलने

वाला। तुमको मालूम हैं कि नहीं, गुप्ता साहब बहुत चिढ़ते हैं गाँव वालों से। बोलते हैं, सब साले हरामखोर हैं। इनको हराम की खाने की आदत हो गयी है। साले दिन-रात जुआ खेलते हैं, दारू पी के पड़े रहते हैं। इन गँवारों को इसके अलावा आता ही क्या है? ये साले किसी काम के नहीं हैं...।

जुआ!...

साहू गुरुजी को लगा, ठीक ही बोलता है दाऊ। जुआ खेले बिना इनको चैन कहाँ?

इस समय भी जबकि मैदान में घर्र-घर्रऽऽ...घर्राते मशीन चल रही थी और उधर उनका जुआ चल रहा था—गाँव में घुसते ही जो नीम का पेड़ पड़ता है उसकी छाया में। वहाँ अकसर उनकी बैठकी होती है, मौसम चाहे कोई भी हो। वहाँ दस-पन्द्रह आदमी रहे होंगे...अपने खेल में निमग्न...सारी दुनिया से जैसे बेखबर। देखकर गुरुजी के मन में कड़वाहट तिर आयी। ठीक कहता है दाऊ। ये नहीं सुधरेंगे। जुआ, सट्टा और दारू। इन्हीं के सहारे बीत जाता है इनका दिन। गुरुजी ने सोचते हुए पाया, एक अजीब और बहुत उद्दण्ड किस्म का निठल्लापन यहाँ के लोगों में अपनी जड़ें जमा चुका है। अब इन्हें इसी अकर्मण्यता में जैसे इतना मजा आता है कि इससे निकलने को जी नहीं चाहता। बची-खुची कसर सिनेमा और टी.वी. पूरी किये दे रहा है। कुछ काम-धन्धा नहीं है तो दिनभर इसे ही देखते रहो। लौण्डे-लपाड़ों को तौर खैर इसने बर्बाद कर ही डाला।

लेकिन...। गुरुजी को लगा, यह भी पूरी तरह सच नहीं है। ये अनपढ़-गँवार हैं, मगर हाड़-तोड़ मेहनत करना और पसीना बहाना इनको आता है। लेकिन तब ये क्या कर सकते हैं जब शहर में इनके लिए काम न हो। रोज तो ये भिनसारे से तैयार होकर शहर के लेबर चौक जाते हैं, जहाँ शहर और आसपास के गाँवों से आये हुए मजदूरों रेजा-कुलियों का मेला-सा लगता है। यह मजदूरों का बाजार है, जाइए और अपने काम और अपनी पसन्द का लेबर ले आइए। किसी ग्राहक को देखते ही उस पर चील-कौवों के समान झपटते हैं। एक को बुलाओ तो दस आकर खड़े हो जाते हैं—साहब हमको ले चलो! साहब हमको ले चलो! साहब हमको! हमको!! हमको और आपस में मार-पीट, गाली-गलौज शुरू हो जाती है। सब कुछ इसी उबलते हुए स्वर में डूब जाता है। वे इस क्षण को बिल्कुल ही भूल जाते हैं कि अभी थोड़ी देर पहले उन्हीं के साथ हँस-बतिया रहे थे, या कि उन्हीं के साथ अपना दुख-सुख बाँटते यहाँ पहुँचे थे। वे अब अपनी रोजी-रोटी के लिए एक-दूसरे के दुश्मन हो चुके हैं। काम की कमी और बेरोजगारी उन्हें कुत्ता बना रही है।

जितने वहाँ जमा होते हैं, बड़ी मुश्किल से आधों को ही काम मिल पाता है, फिर भी वे वहाँ बैठे रहते हैं ग्राहक की आस में। सोचते हैं, घर ही जाएँगे तो क्या करेंगे?

प्रतिद्वन्द्विता बाजार का शाश्वत नियम है। जो कम से कम कीमत में अपने दिन भर की मेहनत बेचने को तैयार हो, ठेकेदार या ग्राहक उन्हीं को ले जाते हैं। कहने के लिए उनका रेट फिक्स है, लेकिन ज्यादातर कम कीमत में जाने को तैयार हो जाते हैं।

रेजाओं का उनके साथ जाने का एक दूसरा मतलब भी हुआ करता है। और वह दूसरा मतलब ही ज्यादा होता है। आजकल जवानी, खूबसूरती और देह की कसावट के आधार पर चयन किया जाता है। जवान और सुन्दर रेजाएँ चली जाती हैं, बच जाती हैं अधेड़ और बूढ़ी औरतें, उनका यकीन नहीं किया जाता। उन्हें निराश होना पड़ता है और अपनी निराशा के गहन क्षणों में वे सारी दुनिया को सरापती हैं, भगवान को गालियाँ बकती हैं...।

साहू गुरुजी बहुत अच्छे से ये जानते हैं कि यहाँ की कई लड़कियाँ काम पर जाती हैं। उनकी पढ़ाई हुई लड़कियाँ भी।

अब तो सुनने में आता है कि लेबर चौक अघोषित रूप से 'अड्डा' बन गया है, जहाँ से शहर के रईसों के आवारा एय्याश लौण्डे अपनी कारों में भरकर इन्हें ले जाते हैं...।

मेहनत-मजदूरी वालों की रोजी-रोटी के संघर्ष में ये चीजें कब उनके काम में शामिल हो गयीं, इसका पता नहीं चला।

और कभी-कभी, बीच बाजार में या राह चलते चौदह-पन्द्रह साल का किशोर बालक ढेर सारे सामानों से लदा ठेला खींचते हुए दिख जाता है।

'जै हिन्द गुरुजी!' लड़का पसीने से तर-बतर है, मुस्कराकर अभिवादन करता है।

साहू गुरुजी एकाएक उसके इस अभिवादन का जवाब नहीं दे पाते। उन्हें गहरी शर्म आती है इस पहचान पर। क्या है इस लड़के की मुस्कराहट में जो उन्हें परेशान कर रही है? अपने लिए शर्म और व्यंग्य या कि गुरुजी की स्कूली शिक्षा पर व्यंग्य? ऐसे अवसर पर उन्हें लगता है, भीतर से कुछ कट रहा है, कुछ छलनी हो रहा है, कुछ रिस रहा है—बूँद-बूँद। इससे पहले कि साहू गुरुजी द्रवित होकर कुछ सोचने लगें, अगले पल वह लड़का कई गहरे सवाल छोड़ता हुआ भीड़ में गुम हो चुका होता है। शहर में हर चीज बहुत जल्दी गुम हो जाती है, यह शहर की खासियत है। फिर कोई दूसरा चेहरा सामने होता है—गुम होने के लिए।

इस समय उन्हें अपना लिखाया-पढ़ाया, पुस्तकीय ज्ञान—सब अकारथ और बिलकुल बेकार लगने लगता है। क्या इसी दिन के लिए उसे मार-मार के पढ़ाया था और डाँटा था कि पढ़ो! पढ़ो कि कुछ बनना है! या तू भी अपने बाप के जैसा ठेला

खींचेगा? दारू पीएगा? ताश खेलेगा?...

और आज वही लड़का ठेला खींचते हुए उनके सामने से गुजर रहा है।

...नीम के नीचे वे लोग अभी भी जुए में मग्न थे। सामने हो रहे क्रियाकलाप, इस भारी-भरकम मशीन से जैसे उन्हें कुछ लेना-देना नहीं था।

लेना देना कैसे नहीं है? गुरुजी ने तेजी से विचार किया। यह मशीन इन मजदूरों का काम कर रही है, इनके हाथों को बेकार बना रही है, इनकी रोजी-रोटी पे लात मार रही है। लेना-देना तो है। गुरुजी ने हिसाब लगाया, अगर यही काम—नींव खुदाई का—अगर इनके हाथों कराया जाए तो ज्यादा नहीं तो पन्द्रह-बीस परिवारों की कम से कम आठ दिनों की रोजी निकल जाएगी। क्या इस बात को ये बेसुध लोग नहीं सोच रहे?

साहू जी की बात को बगल में खड़े देशमुख ने सुना तो पहले खूब हँसा। फिर बोला, "अरे भाई, वह पैसा और समय बचाने के लिए मशीन लाया है और तुम उसका खर्चा बढ़ाना चाहते हो?"

"देखो देशमुख," साहूजी ने कक्षा में बच्चों को समझाने वाले अन्दाज में कहा, "ये गाँव इनका है। ये जमीन इनकी है। अब जब यहाँ काम चल रहा है तो गाँव के मजूरों को काम मिलना चाहिए या नहीं। मशीन काम करती रहे और मजूर हाथ पर हाथ धरा बैठा रहे—यह कितनी बड़ी विडम्बना की बात है!"

"है तो मगर...।"

देशमुख ने कुछ कहना चाहा, लेकिन गुरुजी ने उत्तेजना में उसकी बात काट दी, "इस गाँव में कितनी गरीबी है, यह किसी से छुपा हुआ नहीं है। स्कूल के बच्चों के पास एक जोड़ी कपड़ा नहीं है। जो है उसे चिथड़ा होते तक पहनते हैं। किसी से पूछो तो पता चलता है उसके घर में एक ही टाइम खाना बन रहा है, इसीलिए भूखा ही स्कूल आ गया है। जरा देखो इनके चेहरे की तरफ! आँखों की तरफ! जब यहाँ इतनी बदहाली है तो यहाँ के मजूरों को काम मिलना चाहिए या नहीं? अपने भूखे पेटों और खाली हाथों का क्या करें ये?" गुरुजी अत्यधिक उत्तेजना में थे, उनके शब्द मुँह में ही भरभराने लगे थे।

देशमुख ने कुछ शान्त स्वर में कहा, "साहू जी, आपको तो सिर्फ इन पचीस-पचास सालों की चिन्ता हो रही है। आगे देखिए, क्या होने वाला है इस देश का। ऐसे-ऐसे कानून पास हो रहे हैं कि बेरोजगारी और बढ़ेगी। प्राइवेटाइजेशन बढ़ाया जा रहा है, छँटनी की जा रही है। देशी उद्योग-धन्धों का भट्ठा बैठ जाएगा...। बल्कि चरमराना शुरू हो हो गया है...अखबार में रोज-दिन आ रहा है इसके बारे में। भगवान ही जाने,

आगे क्या होने वाला है। नहीं, भगवान भी नहीं जानता। जमाना भगवान की पकड़ से बाहर निकल गया है, साहू जी!'' और खुद ही अपनी बात पर हँस पड़ा देशमुख।

साहू गुरुजी देशमुख को भौचक देख रहे थे। संज्ञाशून्य।

घर्र ऽऽऽ...घर्र...ऽऽऽ। मशीन गज़ब की तेजी से अपना काम कर रही थी। इतने समय में बाकी काम निपट चुका था। जगह-जगह निकाली गयी मिट्टी की ढेरियाँ थीं। छोटे टीलों के समान, जिन पर बच्चे चढ़ने को बेताब थे। वे इस पर कूदना-खेलना चाहते थे, जैसे वे धान कटाई के बाद ब्यारा में जमा ऊँचे पैरावट में कूदते-खेलते हैं, जिसमें कितना भी कूदो, चोट नहीं लगती, एकदम गद्दा के समान।

सूर्य पश्चिम आकाश में जरा और नीचे खिसक गया है, साँझ की लालिमा अब आकाश में बिखरने को है।

सड़क की तरफ दायाँ कोना जिधर पीपल है—खुदाई से बचा रह गया है। छत्रपाल गुप्ता की फैक्टरी की सीमा इस पीपल तक आकर खत्म होती है।

पीपल का यह पेड़ बड़ा पुराना और मजबूत है, और काफी फैला हुआ। इसके तने के निचले हिस्से में हनुमान जी की मूर्ति रखी हुई है, पता नहीं कब से। सिंदूरी रंग से पुती हुई पत्थर की बेडोल मूर्ति, जिसकी आकृति से ही आभास होता है कि ये हनुमान हैं। गाँव का कामचलाऊ मन्दिर जिस पर नजर पड़ गयी तो श्रद्धालुगण सिर झुका लेते हैं। स्कूली बच्चे अपनी परीक्षा के दिनों में इसके खासे भक्त बन जाते हैं। वे इस मूर्ति के सिन्दूर का टीका अपने माथे में लगाकर परीक्षा देने जाते हैं, जैसे विश्वास हो कि बजरंगबली परीक्षाभवन में उनके साथ रहेंगे और सहायता करेंगे।

यह पेड़ फैक्टरी की नींव की जद में नहीं है। पेड़ से दस-पन्द्रह कदम हटकर है फैक्टरी की सीमा।

काम पूरा होता देखकर सरदार जी बहुत खुश नजर आ रहे हैं। वे चिल्ला रहे हैं बराबर उस दर्शक के समान जो खेल में अपने साथियों का उत्साह बढ़ाता है—बक-अप! बक-अप!!

ड्राइवर मशीन पेड़ की तरफ ले आया था। सरदार जी वहीं खड़े-खड़े जोश के साथ चिल्लाये—हाँ, काट डाल! काट डाल साले को!

दूर खड़े देहातियों को समझ नहीं आया सरदार जी किसे काटने की बात कर रहे हैं। वे थोड़ा हिम्मत जुटाकर कुछ आगे बढ़ आये। वहाँ देखा तो पाया, तीन फीट गहरी खुदाई के बाद नीचे कुछ जड़ें प्रकट हो गयी हैं। ये इसी विशाल पीपल की जमीन के भीतर फैली जड़ें थीं जो नींव के रास्ते में आ गयी थीं।

सरदार जी इसे ही काट डालने की बात ड्राइवर से कह रहे थे। वह फिर गुस्से से चिल्लाया, ''अबे काट ना तेरी तो! देखता क्या है? चला मशीन...!''

ड्राइवर मालिक की आज्ञा सर-आँखों पर लेते हुए इस काम में जुट गया। मशीन

का खतरनाक जबड़ा ताकत से नींव पर गिरा और वहाँ की मिट्टी समेटता हुआ ऊपर उठ गया। मगर जड़ें वहाँ ज्यों की त्यों!

''नइ कटा है नइ कटा है।'' ग्रामीण उत्साह से ड्राइवर को बताने लगे।

उनकी इस हरकत पर सरदार जी को बेतरह गुस्सा आया। खूँखार होकर दहाड़े, ''अरे भागो तुम्हारी माँ की!''

छत्रपाल गुप्ता और इंजीनियर सक्सेना पीपल से उठकर ही आ गये। उन्हें लगा, समस्या बढ़ रही है।

काम नहीं होने पर सरदार जी अपने ड्राइवर को मनमानी गालियाँ बकने लगे।

ड्राइवर सरदार जी की गालियों का अभ्यस्त था। लेकिन वह जान चुका था कि सरदार साहब बड़े खतरनाक मूड में हैं, इसलिए सतर्कता और होशियारी से काम लेना होगा। उसने अब अपनी सारी ताकत मशीन पर झोंक दी। मशीन मानो बादलों की तरह फटकर भीषण गर्जना करने लगी।

घर्रऽऽऽऽ... घर्रऽऽऽऽ... घर्रऽऽऽऽ...!! चारों तरफ केवल यही शोर।

मशीन का जबड़ा दुगुनी ताकत से फिर उसी जगह पर गिरा। लेकिन बात फिर भी नहीं बनी।

हँस पड़े अब सब देखने वाले। उन्हें इस खेल में मजा आने लगा था।

नींव में मौजूद जड़ें बहुत मोटी नहीं थीं, लेकिन वे मजबूत थीं। और गजब की लचकीली। और अजब ढंग से ढीठ और चालाक। जैसे मशीन का जबड़ा उन पर झपटता, वे लचककर झूल जातीं, मानो खेल कर रही हों। मशीन का वार खाली जाता और वे बच जातीं। साबुत।

मशीन का वार हर बार खाली जा रहा था। जड़ें वैसी की वैसीं।

सरदार जी गुस्से से एकदम फनफना गये। उनकी गालियों की कोई सीमा नहीं रही। मशीन की पराजय आखिर उनकी पराजय थी और इस प्रकरण से खुद को अपमानित और हारा हुआ महसूस कर रहे थे। यह अपमानबोध हर पल और तीव्र होता जाता था। सरदार जी बोल रहे थे मेरी जिन्दगी में पहली बार ऐसा हो रहा है। नहीं तो यह मशीन जड़ क्या, पूरे पेड़ को उखाड़ फेंकने की क्षमता रखती है। और ऐसा इसने कई बार किया है।

इंजीनियर सक्सेना और छत्रपाल गुप्ता एक-दूसरे का मुँह देखने लगे, अब क्या हो? इस समस्या का समाधान कैसे हो?

ड्राइवर अपनी कोशिशों से पसीना-पसीना था। उसे समझ नहीं आ रहा था क्या और कैसे करे? उसने फिर मशीन का जबड़ा वहाँ गिराया। नतीजा इस बार भी वही ढाक के तीन पात।

आखिरकार लम्बे संघर्ष के बाद ड्राइवर ने अपनी हार मान ली। वह मशीन बन्द

कर नीचे उतर गया।

उसने कहा, ''साहब ये मशीन से नइ कटेगा।''

''तो ? फिर किससे कटेगा?'' सरदार जी परेशान हुए।

''इसको आरी या फिर टँगिया से काटना पड़ेगा।'' ड्राइवर के कहने में अनुभव का भरोसा था।

इंजीनियर ने अपने असिस्टेण्ट से कहा, ''तुम कहीं से आरी या टँगिये का इन्तजाम करो।''

''यस सर।'' उसने वैसे ही कह दिया जैसे हर बात को कहता है।

लेकिन सरदार जी ने रोक दिया। बोले, ''अजी छोड़िए टँगिये-फँगिये को। इत्ती मामूली जड़ों के लिए कहाँ टँगिया खोजते फिरोगे। इसे तो मैं अपने हाथों से तोड़ देता हूँ जी। कोई बड़ी बात नहीं है ये।''

सरदार के जबरदस्त आत्मविश्वास ने उपस्थित लोगों को प्रभावित किया। ऊँचे-पूरे और तगड़े सरदार जी उस आधी खुदी नींव में उतर गये। लोगों को अपने को रोक पाना अब और कठिन था—सरदार जी की गालियों और गुस्से के बावजूद। वे सरदार जी के हाथों की ताकत देखना चाहते थे। गाँव की उस छोटी-सी भीड़ में पगलैट साधु जैसियाराम भी था। गाँव का अधपगला साधु।

फुलझर गाँव के लोग अब पगला जैसियाराम का वास्तविक नाम भूल चुके थे। शायद वह खुद भी। वह तबसे जैसियाराम है जब वह बरसों पहले इलाहाबाद कुम्भ गया था और लौटा तो ऐसे ही अधपगला साधु बनकर। हर बात में जैसियाराम कहने वाला, गेरुआ वस्त्र पहनने वाला। बाद के सालों में कुछ सुधार हुआ जिसके चलते वह अपने बेटे-बहू के पास रहता है। अब, लेकिन पहनता गेरुआ बाना ही है जो बदरंग हो चुका है।

करीब पचपन बरस का जैसियाराम हँसमुख और वाचाल आदमी है। और गाँव के लिए मनोरंजन का एक साधन। उसके सपने में अकसर देवी-देवता आते हैं। देवताओं का उसके सपने में आना 'सीजन' के अनुसार बदलता रहता है। जैसे शिवरात्रि के दिनों में शिवजी आएँगे और जन्माष्टमी में कृष्ण। वह गाँव वालों को अपने और देवता के बीच हुई बातचीत हमेशा सुनाता है। गाँववाले उसे छेड़ते हैं—तो कब गिरेगा पानी? इन्द्रदेव ने क्या कहा जैसियाराम!

सबसे ज्यादा मजा गाँव के टुरे-टानके लेते हैं। वह कहीं भी दिख जाए, लड़के उसे देखते ही चिल्लाना शुरू कर देंगे, ''जैसियाराम!''

''जैसियाराम!'' उसका जवाब!

''जैसियाराम!''

''जैसियाराम!'' जवाब हर बार आएगा, जितनी भी बार बोलो।

...इधर सरदार जी नीचे उतरकर जड़ों को तोड़ने की कोशिश में लगे थे, पूरी शक्ति से। देखकर जैसियाराम हँसने लगा जोर से—हा-हा-हा!

सरदार जी ने उसे घूरकर देखा तो जैसियाराम बोला, "जैसियाराम सरदार जी। ये नइ टूटने वाला। चाहे जितना जोर लगा लो। हा-हा-हा!" अपनी मटमैली दाढ़ी-मूँछों से हँस रहा था वह।

"क्यों? क्यों नहीं टूटेगा ये?" सरदार जी ने अपने गुस्से को इस समय जब्त कर पूछा। उन्हें क्या मालूम कि जैसियाराम पगला है।

"अरे, ये जड़ थोड़े है जो टूट जाएगा।"

"अच्छा! ये जड़ नहीं है! फिर क्या है भला?"

"बड़े अज्ञानी हो सरदार जी, जैसियाराम!" वह कहने लगा, "ये जड़ नहीं, ये तो बजरंगबली हनुमान की पूँछ है! हा-हा-हा! वो देखो, गदाधर के पीपल में साक्षात् विराजमान हैं पवनसुत। ये भगवान की पूँछ है जिसको उन्होंने यहाँ तक बढ़ा लिया है, समझे सरदार जी!"

सरदार जी उसे मूर्खों की तरह देखने लगे।

जैसियाराम ने आगे कहा, "भगवान के पूँछी को तो द्वापर में भीमसेन जैसा महाबली हिला तक नहीं पाया था। तो तुम किस खेत की मूली हो! देख लो! देख लो! हा-हा-हा! वो भी तुम्हारे समान लाल-बाल हो गया था। मैं कह रहा हूँ ना, ये नहीं टूटेगा! जैसियाराम!"

"जैसियाराम!" भीड़ ने भी मजा लेते हुए कहा। वे हँसने लगे। अजब तमाशा चल रहा है फोकट में।

सरपंच रामाधार दुबे से रहा नहीं गया। उसने सरदार जी को बताया, "ये आदमी पागल है साहब। आप अपना काम करो। जरूर तोड़ लोगे आप।"

लेकिन देखनेवालों का मजा तब दुगुना हो गया जब सरदार जी उसे तोड़ नहीं पाये। हारकर गालियाँ बकते ऊपर आ गये। वे एकदम हाँफ रहे थे मानो मीलों दौड़कर आये हों।

आज जैसियाराम की बात कुछेक को सच जान पड़ी। कि देखो मशीन से भी नहीं टूटा। सरदार जी से भी नहीं टूटा। जरूर कोई बात है।

सरपंच ने बात बिगड़ते देख डपट दिया सबको, "कोई भगवान-वगवान नहीं है! सब एकदम फालतू बात है। इस कलयुग में भला भगवान कहीं होते हैं?"

छत्रपाल गुप्ता को समझ नहीं आ रहा था, ये क्या हो रहा है! ये जड़, ये हनुमान की पूँछ...उन्हें अपने पैरों के नीचे जमीन खिसकती दिखाई दी। कुछ भय और कुछ आशंका से उन्होंने अब उन जड़ों की तरफ देखा तो एक पल के लिए वे सचमुच पूँछ में बदलती दिखाई दीं। इस आकस्मिक घटनाक्रम से वह सहम गये। कहीं सचमुच यह

भगवान का कोई कोप-वोप तो नहीं? फिर तुरन्त सँभले, ये क्या बेवकूफी है। सरासर बेवकूफी है। इन सारे गँवारों के चक्कर में मेरा दिमाग भी फिर गया है। कहाँ जड़ और कहाँ पूँछ... ? लेकिन वह इस बात के लिए डर गये कि मामला कहीं गाँव से निकलकर शहर पहुँच गया तो गजब हो जाएगा। तहलका मच जाएगा। उन्हें कुछ बरस पहले की घटना याद है, जब गणेश जी अचानक सारे देश में, देश के कोने-कोने में एक दिन दूध पीने लगे थे।

वह इस आशंका से भयभीत हुए कि कहीं खबर कुछ हिन्दूवादी संगठनों, जिनका आजकल बहुत बोलबाला है, तक पहुँच गयी तो वे सब यहीं अपने कमण्डल-त्रिशूल लेकर पिल पड़ेंगे। फिर तो बन चुकी फैक्टरी! तब तो साधु-संन्यासियों के मठ बनेंगे। बड़ा भारी मन्दिर बनेगा।

इस जगह मन्दिर होने के खयाल मात्र से उन्हें बेहद बेचैनी हुई।

इस स्थिति पर छत्रपाल गुप्ता को भी क्रोध आने लगा।

सरपंच उनकी बगल में खड़ा था। बोला, ''दाऊ, ये अब्भी कट जाएगा, आप देखते रहो। इसमें क्या रखा है! दू टँगिया पड़ेगा तो चक्क से कट जाएगा। टँगिया सब काट डालेगा। आप देखते रहो...।''

''तो टँगिया ला न भूतनी के!'' बमक पड़ा छत्रपाल गुप्ता, ''यहाँ खड़े-खड़े क्या झख मार रहा है? जा ले के आ टँगिया।''

''हौ मालिक! हौ दाऊ! अब्भी लाया मालिक!'' सरपंच थर-थर काँपने लगा था। वह तुरन्त वहाँ से खिसका। हवा का बदलता हुआ रुख उसने पहचान लिया था।

और कुछ ही देर में लौट आया हाँफता हुआ। लेकिन खाली हाथ।

''क्यों? क्या हुआ?'' डपटते हुए छत्रपाल गुप्ता ने पूछा, ''टँगिया कहाँ है?''

''नइ है मालिक! मालिक...पूरा गाँव खोज डाला। आपकी कसम खाके कहता हूँ...एक-एक घर छान मारा, मगर किसी के घर नहीं है टँगिया। बड़े ताज्जुब की बात है मालिक।''

''ऐं! क्या बकता है तू? तू होश में तो है?''

''सच मालिक। एकदम सच कह रहा हूँ...अपने बाल बच्चों की कसम खाता हूँ दाऊ। कहीं नहीं मिला टँगिया।''

''भला ऐसा कैसे हो सकता है?'' छत्रपाल गुप्ता स्वत: बड़बड़ाने लगा, ''साला इतना बड़ा गाँव है और किसी के पास टँगिया नहीं? अजीब आफत है!''

इस पर जवान मशीन ड्राइवर ने छत्रपाल गुप्ता से कहा, ''साहब, गाँव के बढ़ई के पास जरूर होगा टँगिया या आरी। जरा पुछवाइये यहाँ कोई बढ़ई वगैरा है क्या?'' फिर जाने क्या सोचकर वह खुद ही चिल्लाकर भीड़ से पूछने लगा, ''अरे भाई, यहाँ किसी के पास टँगिया या आरी है क्या? कोई बढ़ई है यहाँ?''

किसी ने बताया, "है न साहब! जिवराखन बढ़ई के पास है।"

"अच्छा। कौन है ये जिवराखन? है क्या यहाँ?"

भीड़ से निकलकर एक बहुत बूढ़ा आदमी आगे आया। यह एक काली देह वाला बूढ़ा था जिसके बाल सन-से सफेद थे, चेहरा मक्खन की तरह मुलायम और झुर्रीदार। उस चेहरे में असंख्य झुर्रियाँ थीं। दरअसल उस बूढ़े के चेहरे पर झुर्रियों की पूरी भूल-भुलैया थी, जिसमें कोई यदि चाहे तो बहुत आसानी से यह खेल खेल सकता था, और बहुत भटकने के बाद अन्तत: अपनी सही जगह पहुँच सकता था।

सरपंच एकदम हुलसकर आगे बढ़ा, "ओह होऽऽऽ! जिवराखन तुम यहाँ हो! अरे, तुमको कहाँ-कहाँ नहीं खोजा होऊँगा! अच्छा जा। अपना टँगिया ले आ, जल्दी से।"

बूढ़ा जिवराखन चुप रहा। सब उसे देखने लगे। कुछ समय लेकर उसने अपना पोपला मुँह खोला, "मैं तो जरूर ले आतेंव सरपंच साहेब...फेर...।" फिर चुप हो गया।

"फिर? फिर क्या?"

"तो बड़ा पुराना टँगिया है साहेब। पुरखौती है! बाप-पुरखा के जमाना का।"

"अरे तो क्या हुआ? हमको कौन-सा जंगल काटना है! हमको तो खाली ये जड़ काटना है, जा ले आ।"

जिवराखन ने कहा, "वो टँगिया से ये जड़ नहीं कटेगा दाऊ...।"

"क्यों? क्या उसमें धार नहीं है?" हैरान होकर पूछा रामानन्द दुबे ने।

"धार है! बहुत धार है। इतना कि एक ही बार में पेड़ गिरा दे! पर...पर महाराज, ये जड़ कटने वाला नइ है, मैं जानता हूँ।"

"अबे ये क्या बात हुई?" बौखला गये छत्रपाल गुप्ता, "अरे ये क्या कोई अनोखा जड़ है दुनिया का? धरती लोक में अजर-अमर होके आया है जो नहीं कटेगा?"

"साहेब...अब मैं आपको कैसे समझाऊँ...।" गाँव का सबसे पुराना सियान अपनी समस्त झुर्रियों के साथ मुस्कराया, "ये जड़ कटने वाला नइ है! आप देख लेना...ये नहीं कटेगा।" उसकी बूढ़ी आँखें किसी अनोखे रहस्य से चमक रही थीं।

"व्हॉट नानसेंस! व्हाट अ फुलिश!" इंजीनियर सक्सेना बड़बड़ाया, "ये साले इडिएट अभी भी आदिम युग में पड़े हुए हैं! इनके पास दिमाग ही नहीं है!"

लेकिन जिवराखन बढ़ई का यह वाक्य जैसे अभी भी हवा में बना हुआ था—'ये जड़ कटने वाला नहीं है...।'

इस बीच सरदार जी को कुछ सूझा और वह अपनी कार की तरफ बढ़ गये। कोई कुछ पूछता इससे पहले उन्होंने बताया, "मैं बस अब्भी आया जी! ये गया और ये

आया। बस पाँच मिण्ट! आप देखते रहो बस!"

सरदार जी ने शहर की तरफ अपनी गाड़ी बढ़ा दी।

और ठीक उनके कहे मुताबिक पाँच मिनट के अन्दर उनकी गाड़ी एकदम चीखती-चिल्लाती आ गयी—विजय पाने के जोश के साथ।

सरदार जी के साथ गाड़ी से एक हमाल उतरा। हमाल के हाथ में आरी थी। धारदार और चमकीली। हमाल पास ही के किसी आरा मिल का नौकर लगता था, क्योंकि वह सिर से पाँव तक लकड़ी के बुरादे से सना था। उसके हाथ, पैर, सिर, कपड़े, यहाँ तक कि उसकी आँखों की पलकें तक भूसे से सनी थीं। देखने से मालूम होता था, वह भूसे का पुतला है, एक धप्प मारोगे तो वहीं चूर-चूर होकर बिखर जाएगा।

भूसे का वह आदमी किसी रोबोट की तरह नींव में उतर गया। वह उन जड़ों को काटने में भिड़ गया।

जड़ें कट गयीं!

इतनी आसानी से जितना कोई सोच भी नहीं सकता था! और इतनी जल्दी! जैसे उनमें कोई खास बात न हो।

बाहर से आये हुए सारे लोग मुस्कराने लगे। यह उनकी जीत की मुस्कान थी।

सरदार जी मारे खुशी के नाचने लगे। एक मोटे से जड़ को गोल घुमाकर दूर फेंक दिया—दूर फेंकने का पूरा मजा लेते हुए।

गाँव का सरपंच काटे हुए जड़ों के बाकी टुकड़ों को फेंकने में जुट गया। वह भी इनके साथ मुस्करा रहा था किन्तु इस तरह कि गाँववालों को पता न चले कि वह मुस्करा रहा है।

छत्रपाल गुप्ता ने अपनी इम्पोर्टेड सिगरेट सुलगा ली। गहरे कश लेते हुए नीचे नींव में झाँका उन्होंने—जड़ें साफ थीं। खुश होकर मुस्कराये। फिर-फिर मुस्कराये।

साँझ गहराने लगी थी। आकाश तेजी से स्याह हो रहा था, अँधेरा बढ़ रहा था और पेड़ों पर बसेरा करने वाले पंछी चिंचिया-चिंचियाकर अब शान्त होने लगे।

देखने वाले अब घरों की तरफ लौट चले। चलो भाई, बहुत देर हो गयी।

साहू गुरुजी भी धीरे-धीरे लौट चले—चल खुसरो घर आपने, रैन भई चहुँ देस!

उसी रात साहू जी को सपना आया। सपने में उन्होंने देखा कि फुलझर गाँव के बाईपास नेशनल हाइवे के पार फैक्टरी खुल गयी है, बहुत बड़ी फैक्टरी। फैक्टरी लगभग उस सारी जमीन को घेरे हुए थी। जो कभी मैदान था, गाय-गरु का चरागाह था, जहाँ कुछ घर-परिवार थे। फैक्टरी की चिमनियों से गहरा काला धुआँ उठ रहा था और सारा

आकाश इस धुएँ से काला हो चुका था। वह पत्थर का आकाश हो चुका था। गुरुजी ने इस विकराल काले पर्दे के पार आकाश का वास्तविक नीला रंग देखना चाहा, जो उनकी स्मृतियों में था...हल्के नीले रंग का आकाश...इधर-उधर तैरते सफेद बादलों के ढई...वह नीला आकाश जिसमें चिड़ियाएँ उड़ती हैं, जहाँ बच्चों की पतंगें हवा की लय के साथ सरसराती हैं, जिसमें साँझ घिरते ही सफेद दूधिया चाँद चमकता है जिसमें एक बुढ़िया रहती है जो बच्चों की नानी है, और पूरे आकाश भर में छिटके हुए उज्ज्वल निर्मल टिमकते तारे...। साहू गुरुजी को आश्चर्य हुआ, वह नीला रंग आकाश में कहीं नहीं था, सर्वत्र इस कारखाने से निकलता काला धुआँ और अँधियारा। यह भी अजीब था कि इस विशाल फैक्टरी में उन्हें एक भी आदमी जात नजर नहीं आया। उन्हें लगा, जैसे वे किसी दूसरे लोक में हैं जहाँ सब कुछ किसी अदृश्य और मायावी शक्ति से संचालित हो रहा है। साहू गुरुजी की अपनी सीमित समझ के अनुसार यह एक असम्भव संसार था, जहाँ उत्पादन है, उत्पादक नहीं। यह एक मनुष्य रहित दुनिया थी किसी अन्तरिक्ष के समान। तभी उनका ध्यान सड़क के इस पार गया तो उनके आश्चर्य का ठिकाना नहीं रहा, एकदम डर गये, क्योंकि वहाँ कोई गाँव नहीं था। गुरुजी ने अपनी स्मृति में जोर डालकर याद किया कि यहाँ फुलझर गाँव था, जिस गाँव के बारे में कहा जाता था कि किसी जमाने में यहाँ खूब सारे फूलों के पेड़ थे। इतने कि हर समय उन पेड़ों से फूल झरते रहते थे और सारा गाँव उन फूलों की खुशबुओं से महकता रहता था। वही फुलझर गाँव यहाँ कहीं नहीं था। हद तो यह कि वह पीपल का विशाल वृक्ष भी नहीं था जो बरसों पुराना था। जहाँ बस्ती थी वहाँ एक धूल-धूसरित मैदान था, जिससे हवा में धूल उड़ रही थी जो उनकी आँखों को चुभ रही थी। कुछ घरनुमा खँडहर दिख रहे थे, बिल्कुल खाली और उजाड़-भुतहा। वहाँ सिर्फ कुछ आवारा कुत्ते थे जो अपनी हड़ियल जिस्म लिये हुए कुछ ढूँढ़ रहे थे, अपने खून रिसते जख्मों को तेजी से खुजाते हुए। आसपास के जो खेत थे, बिल्कुल खाली पड़े थे, कोई तिनका तक नहीं उगा था, नियात पथरीले, जिन्हें किसी सफेद राख जैसी किसी पर्त ने ढँक रखा था और लगता था ये बरसों से ऐसे ही पड़े हैं। गुरुजी के डर की कोई सीमा नहीं रही, कहाँ बिला गया पूरा गाँव?

सहसा उन्हें स्कूल का ध्यान आया। स्कूल कहाँ है? उन्होंने अपने स्कूल की जगह पर नजर दौड़ायी, वहाँ स्कूल भी नहीं था। स्कूल के स्थान पर कचरे का एक बड़ा ढेर था। यह शायद फैक्टरी का फेंका गया कूड़ा-करकट था जिससे एक असहनीय तीख़ी बदबू हवा में उड़ रही थी। उनका दम घुटने लगा, और बेहद घबरा गये, हे भगवान, कहाँ गये सब? स्कूल कहाँ गया? अब मेरा क्या होगा? मेरे घर-परिवार का क्या होगा। वे घबराकर तेजी से शहर की तरफ भागे, आखिर उनकी नौकरी का सवाल था। वे शहर की सड़कों पर दौड़ रहे थे और एकदम हैरान थे कि शहर अब शहर नहीं

था, वह विशाल बाजार बन चुका था। भव्य और ग्लैमरयुक्त। वहाँ दुकानें और सिर्फ दुकानें थीं, तमाम चीजों से भरी पड़ी हुईं। और दीवारों पर नंगे, मादक और सनसनाते विज्ञापन भरे पड़े थे। वे इस शहर में अपने स्कूल विभाग का ऑफिस खोज रहे थे जो उन्हें नहीं मिल रहा था। गुरुजी की हिम्मत नहीं हुई किसी दुकानदार से कुछ पूछने की, क्योंकि उन्हें लग रहा था भय से उनका चेहरा बहुत अजीब हो गया है, ऐंठकर टेढ़ा और नुकीला हो गया है मानो लगवा मार गया हो, और यहाँ के लोगों को वे किसी घोड़े, गधे अथवा खच्चर की तरह दिख रहे होंगे क्योंकि यहाँ दुकानदार सिर्फ ग्राहक को मनुष्य समझते हैं--यह बात उन्हें अपने अनुभव से मालूम थी। साहू गुरुजी को अपने सपने के भीतर इनसे बहुत डर लगा, कि कुछ पूछते ही ये अपनी लाठियों से कोई आवारा जानवर समझकर पीटने लगेंगे और पीटते-पीटते दूर खदेड़ेंगे।

इस भागादौड़ी में साहू गुरुजी को बड़ी मुश्किल से शहर का मुख्य स्कूल दिखा। यह शहर का सबसे पुराना स्कूल था जहाँ कभी महात्मा गाँधी आये थे। गुरुजी को लगा, यहाँ कोई न कोई अपना शिक्षक साथी अवश्य मिल जाएगा जिससे वह अपनी बात अच्छी तरह कह सकेंगे। हो सकता है यहीं कोई अपना विभागीय अधिकारी मिल जाए जो उनकी नौकरी और लापता फुलझर गाँव के बारे में ठीक-ठीक बता सके कि वह किधर है, किस दिशा में है...।

उस स्कूल में अत्यधिक व्यस्तता थी। लगता था जैसे किसी बड़े उत्सव की तैयारी चल रही है। वहीं गुरुजी ने मुस्कराकर उससे कुछ पूछना चाहा, किन्तु वह जैसे उन्हें बिना देखे सामने से गुजर गया और अपने चमकदार कपड़ों में मंच की तरफ बढ़ गया। गुरुजी को बहुत अच्छे से याद था कि यह जयसिंह बघेल है, शिक्षक संगठन का अध्यक्ष। गुरुजी एकदम असहाय थे और अत्यधिक निराश। तभी माइक से घोषणा होने लगी, ''देश के स्वतन्त्रता-दिवस के पावन अवसर पर आपका स्वागत है।''

गुरुजी ने यह आवाज फौरन पहचान ली। यह उसी जयसिंह बघेल की आवाज थी।

बहुत मीठी आवाज में माइक पर कहा जा रहा था, ''हमारे आज के कार्यक्रम के प्रायोजक तथा हमारे मुख्य अतिथि हैं परम आदरणीय श्रद्धेय श्री छत्रपाल गुप्ता जो न सिर्फ देश के प्रसिद्ध उद्योगपति हैं, वरन राष्ट्रपति द्वारा पुरस्कृत और सम्मानित समाजसेवक भी...।''

और अगले ही क्षण वहाँ कोई स्कूल नहीं था। स्कूल की जगह वहाँ भी कचरे का वैसा ही ढेर था जहाँ से असहनीय रासायनिक दुर्गन्ध उठ रही थी। दुर्गन्ध इस कदर तेज थी कि गुरुजी का दम घुटने लगा...।

...साहू गुरुजी की नींद टूट गयी। घबराकर एकदम उठ बैठे। वे जैसे अभी भी सपने में थे, पसीने से भीगे हुए हाँफ रहे थे, बेदम!

गुरुजी और लोकेश की कहानी

गाँव में बहुत जल्दी 'सोवा' पड़ जाता है, यह बात गुरुजी को रोज खटकती है। आठ बजे नहीं कि सब बिस्तर में घुसने की तैयारी शुरू कर देते हैं और नौ बजते-बजते तो गाँव की तीन चौथाई आबादी गहरी नींद में जा चुकी होती है। और ठण्ड के इन दिनों में तो यह काम और जल्दी हो जाता है। गुरुजी को इस बात से चिढ़ होती है। उन्हें लगता है ये लोग दो ही काम जानते हैं—डट के खाना और डट के सोना।

गुरुजी अभी खाना खा के बाहर निकले थे तो गाँव में घुप्प अँधेरा था और दिसम्बर की रात की कड़ाके की सर्दी। गाँव के चौक—जहाँ बस रुकती है—में पान ठेले वाला डोकरा समारू रोज की भाँति भुर्री जला के तापने बैठा था। यही डोकरा जगते रहता है तो गाँव के दो-चार लोग जमा रहते हैं। आज गुरुजी पहुँचे तो वे भी नदारद थे, डोकरा अकेले आग ताप रहा था। थोड़ी देर वहाँ बैठ के आ गये गुरुजी।

गुरुजी के घर का टीवी चालू था। टीवी वाले कमरे का दरवाजा प्रायः खुला रखते हैं गुरुजी। वे समाचार वगैरह को बाहर टहलते हुए सुन लेते हैं। रेडियो भी जब कभी सुनते हैं तो वाल्यूम ऊँचा रखते हैं ताकि उनके साथ-साथ और लोग भी सुन सकें। वे अपने किराये के मकान के बाहर वाली बत्ती भी रात-भर जला के रखते हैं, जबकि गाँव के अच्छे-अच्छे दाऊ अपने घर के बाहर की बिजली नहीं जलाते। जलाएँगे तभी जब उनका काम होगा। बिजली की किफायत करते हैं। गाँव के सड़क की बत्तियाँ भी अंजोरी पाख में नहीं जलायी जातीं, चन्दा का उजाला रहता है इसलिए। उन्हें चन्दा पर भरोसा है। लेकिन हद ये है कि अब अँधियारी पाख में भी इस नियम को चलाया जा रहा है। चन्दा को उनके इस नये नियम की जानकारी नहीं है, नहीं तो कुछ न कुछ रोशनी इनके लिए भेज देता।

गुरुजी को गाँव में आये कुछ ही महीने हुए हैं। वे यहाँ के मिडिल स्कूल में अध्यापक हैं। वे ठेठ गाँव से नहीं, तहसील वाले कस्बे से आये हैं, इसलिए कुछ शहराती हैं। वे यहाँ के लोगों के रंग-ढंग समझने की कोशिश में हैं। गाँव में कुछ कम घरों में टीवी है, इसलिए भी गुरुजी अपनी बैठक का दरवाजा खुला रखते हैं, कि भाई

जिनको देखना हो शौक से आ जाओ।

अकसर रविवार के फिल्म और चित्रहार के समय पूरा पास-पड़ोस गुरुजी के घर में इकट्ठा हो जाता है। ज्यादातर बच्चे और महिलाएँ। गोद में दो-दो बच्चों को सँभालती औरतें। सब ये कार्यक्रम मुग्ध भाव से देखते हैं। ज्यों ही समाचार बुलेटिन की घोषणा होती है, वे जाने लगते हैं। चल दाई, खाना के लिए देखते होंगे। खाने वाले लोग घर में आ गये होंगे। थोड़ा भी देर होगा तो मरे-जिए से चिल्लाएँगे। जाते-जाते गुरुजी की पत्नी—जिन्हें वे मास्टरिन कहती हैं—जरूर पूछती जाएँगी, "क्या साग पका रही हो मास्टरिन?" गाँव में औरतों का एक-दूसरे से साग पूछना एक तरह से राम-राम करने का, एक-दूसरे का हाल-चाल पूछने का जरिया है, बहाना है।

वे मास्टरिन के साथ हँसी-मजाक कर गोठ-बात कर हँसती हुई चली जाती हैं।

अभी रात के साढ़े नौ ही बजे होंगे, लेकिन जाड़े की रात और कुलुप अँधियार देखकर काफी रात हो जाने का भययुक्त अहसास होता है।

दूरदर्शन में कोई धार्मिक सीरियल आ रहा है। मास्टरिन इन सीरियलों को गुरुजी की तुलना में ज्यादा ध्यान से देखती हैं। गुरुजी पत्नी का ध्यान भंग करने में लगे रहते हैं। धार्मिक नौटंकियों से गुरुजी को खासी चिढ़ है। 'रामायण' और 'महाभारत' सीरियल क्या लोकप्रिय हुए, धार्मिक धारावाहिकों की बाढ़ आ गयी है टीवी पर! हनुमानजी पर धारावाहिक मंगलवार को प्रसारित होता है, शंकरजी पर धारावाहिक सोमवार को और शनिदेव पर शनिवार को। सभी देवी-देवताओं के दिन हैं। सप्ताह के सारे दिन उन्हीं के हैं। ऐसा कभी नहीं होता कि सोमवार को हनुमानजी का सीरियल आने लगे। तब शायद देवताओं में लड़ाई होने लगे और उनके भक्तों में तो घमासान युद्ध ही छिड़ जाए। इन सीरियलों में देवगण कभी-कभी ही परेशान दिखाई देते हों, वे ज्यादातर सजे-सँवरे मधुर-मधुर मुस्कराते रहते हैं। चीखने-चिल्लाने का जिम्मा भयानक शक्लों वाले राक्षसों का है।

देवताओं को इतना मीठा-मीठा बोलते देख गुरुजी का मुँह मिठास के मारे चप-चप करने लगता है, मुँह में जलेबी का शीरा भर गया हो। गुरुजी मास्टरिन को बताते हैं। वे ध्यान नहीं देतीं।

गुरुजी ने फिर बताया कि यह देवता पिछले आधे घण्टे से केवल मुस्करा रहा है, मुझे लग रहा है इसके जबड़े दुख रहे हैं, तुम क्या कहती हो?

"आप चुपचाप नहीं देख सकते!" मास्टरिन उन्हें झिड़क देती हैं, "खुद तो देखेंगे नहीं, दूसरे को भी नहीं देखने देंगे!"

गुरुजी हँसते हुए आपनी चँदवा मुड़ी के गिने-चुने बालों को सँवारने लगते हैं।

तभी उढ़का हुआ दरवाजा खोलकर अचानक वह आ गया। लोकेश। ग्यारह-बारह बरस का लड़का। पड़ोस में रहने वाला।

उसका आना इतना अचानक था कि दोनों एक पल को भय से सिहर गये। गुस्सा आया, इसको तमीज नहीं है! आवाज देकर अन्दर आना चाहिए! पर टाल गये! बच्चा है, वह भी देहात का। उसने भीतर आने के बाद भी कुछ नहीं कहा था, सिर्फ सहमा-सहमा सा मुस्करा रहा था—भीतर आना ठीक था या गलत?

अगले ही क्षण उसकी मुस्कान कृतज्ञता वाली मुस्कान में बदल गयी।

दरवाजे से बाहर की ठण्डी, कँपकँपाती हवा आ रही थी। गुरुजी ने कहा, ''दरवाजा ओधा दे लोकेश।''

लोकेश ने दरवाजा उढ़का दिया।

''टीवी की आवाज को सुना तो आ गया, सर।'' लोकेश की आँखों, चेहरे पर खूब उत्साह झलक रहा था। कोई मनचाही चीज दिनों बाद पायी हो, ऐसा।

दरवाजे के बिल्कुल पास ही वह पालथी मारकर बैठ गया। उसका बैठना, बैठना कम, खुद को सिकोड़ना ज्यादा था, कम से कम स्थान घेरते हुए। उसका वश चलता तो शायद अदृश्य होकर देखता। उसका बैठना वहाँ न होने के बराबर बैठना था। उसने आपने हाथ बाँध लिये थे ठण्ड से बचने के लिए। देह पर एक फटहा कमीज थी और हाफ पैण्ट।

गुरुजी ने ध्यान दिया, वह ठण्डी भूमि पर ही बैठा है। गुरुजी खुद कुर्सी में बैठे थे, लेकिन गोबर से लीपी जाने वाली जमीन के ठण्डेपन का अन्दाजा था। उन्हें लगा, हल्का काँप रहा है लोकेश। उन्होंने पास में रखा बोरा लोकेश की तरफ बढ़ा दिया, ले इस पर बैठ जा लोकेश।

लोकेश बोरे पर भी उसी तरह गुड़ी-मुड़ी बैठ गया।

गुरुजी को लोकेश या उसके घर के बारे में ज्यादा जानकारी नहीं। दो घर के बाद है लोकेश का घर। जात के हरिजन हैं—अनुसूचित जाति। गाँव में और कुछ पता चले न चले, जात सबसे पहले पता चलती है। इसके बाप का नाम चरनू है। लोकेश पाँचवीं में पढ़ रहा है। गुरुजी अकसर तीन-चार छोटी बच्चियों को लोकेश के घर के आँगन में खेलते देखते हैं। सबकी सूरत मिलती-जुलती है, देखकर कोई भी जान जाएगा कि सगी बहनें हैं। एक बच्चा इसकी माँ की गोद में रहता है, छह महीने का। उसके जोर-जोर से रोने की आवाज जब-तब आती रहती है, और वैसे ही उसकी माँ की चिल्लाने, गाली देने की आवाज। अकसर चिड़चिड़ाती रहती है वह औरत।

उसके पूरे घर-परिवार में अजीब-सा रुक्खड़पन दिखता है—घर-दुवार के लेकर उसके चेहरों तक में। पता नहीं क्यों, छोटे बच्चों को छोड़ उस घर में कभी कोई हँसता-मुस्कराता नहीं दिखता। उनके चेहरे और आँखों पर अकसर अजीब-सा रूखापन, निराशा और गहरा सन्देह दिखता है, चाहे वह लोकेश की डोकरी दाई क्यों न हो, जिसके सिर के बाल मटमैले सफेद हैं और जिसकी मूड़ी हमेशा जापानी खिलौनों की

तरह हिलती रहती है।

गुरुजी का मन सीरियल में बिल्कुल नहीं लगता था। यह मजबूरी थी। यह अभी कुछ और काम नहीं होने की मजबूरी थी। यह मनोरंजन के नाम पर जो कुछ दिखाया जाए उसे देखते जाओ की मजबूरी थी। यह टीवी देखने की आदत की भी मजबूरी थी। इस मजबूरी में कार्यक्रम के बीच विज्ञापनों को देखते जाने की मजबूरी थी, सैकड़ों अनाप-शनाप चीजों की जरूरतों से घिर जाने की मजबूरी थी। और घर से बाहर निकलते ही सचमुच इन चीजों से घिर जाने की मजबूरी थी, कि इनके बिना आदमी को आदमी नहीं समझे जाने की मजबूरी थी। अच्छा हो गया जो लोकेश आ गया। गुरुजी उसमें अपना मन लगाने लगे।

"क्यों, यह सीरियल तुमको पसन्द है?"

उसने हाँ में मूड़ी हिलायी। मुस्कराकर कहा, "भगवान वाला है न।"

"क्या रोज देखता है?"

"नहीं, कभी-कभी? जब जगते रहता हूँ न...तब।"

गुरुजी को पता है इसके घर टीवी नहीं है, फिर कहाँ से रोज देखेगा?

थोड़ी देर बाद गुरुजी ने पूछा, "तुम लोग कितने भाई-बहन हो?"

"आँय!" उसने शायद सुना नहीं। उसका सारा ध्यान सिर्फ टीवी पर था।

"मैं पूछ रहा हूँ, तुम लोग कितने भाई-बहन हो?"—गुरुजी का स्वर कुछ ऊँचा है।

"पाँच।" वह अभी भी ध्यानमग्न है।

"तुम बड़े हो?"

"हाँ। बाकी सब झन छोटे हैं।"

"एक झन तो बहुत छोटा है न!" गुरुजी ने उसके परिवार के प्रति दिलचस्पी जाहिर की।

"हाँ।" उसने एक पल गुरुजी को देखा, फिर सहज भाव से बताया, "सर, ये मेरी असली माँ नहीं है। ये मेरी मौसी माँ हैं। मेरी माँ दूसरी है।"

"अरे!" गुरुजी को इस बात से झटका लगा। अब वे देखने के लिए टीवी देख रहे थे, सोच इसके बारे में रहे थे। तो ये इसकी सौतेली माँ है! शायद इसीलिए ये लड़का इतना काम करते दिखता है। घर वाले तंगाते हैं।

"अच्छा, तो तेरी माँ कहाँ है?"

"वो दूसरे गाँव में रहती है, अर्जुन्दा के पास वाले गाँव में।"

"कब से?"

"वा...अ, बहुत दिन हो गये उसको तो अलग रहते।" वह एकदम सहज था।

"तू जाता है अपनी माँ के पास?"

"हाँ। कभू-कभू।"

"और तेरे बाबू?"

"वो नहीं जाता।" उसने बहुत साफ कहा, "जब हमारे बाबू दूसरा 'बिहा' के लाये न तो माँ अपने घर चली गयीं।"

"और तू यहीं रह गया?"

"नहीं, मैं भी वहीं था, अपनी नानी के पास।"

"अच्छा, यहाँ कब आया?"

"इसी साल। वो मेरे को ले आया, चल घर का काम-बुता करना और रहना बोलके।"

"वहाँ, तेरी माँ किसके पास है? नानी के पास?"

"नहीं, वो भी एक झन को 'बना' ली है। वहीं रहती है।"

सन्न रह गये गुरुजी! इस छोटे से बालक ने इतनी कम उम्र में क्या-क्या देख लिया है! और सह रहा है। इसका अपना कोई नहीं है। जहाँ दिल खोल के इसे प्रेम मिले, ऐसी कोई जगह नहीं इसके पास। न घर का न घाट का। गुरुजी को इसके माता-पिता पर गुस्सा आया—कैसे विचित्र माँ-बाप हैं! लड़के का क्या होगा—इसका किसी को ध्यान नहीं। गुरुजी ने लोकेश से कुछ और नहीं पूछा। क्योंकि आगे पूछना अपराध होता, बच्चे को मानसिक रूप से चोट पहुँचाना होता। यह जैसा है, उन्हें भूलकर खुश तो है!

लोकेश स्कूल के समय को छोड़ बाकी हर समय काम में लगा दिखाई देता। गुरुजी को याद नहीं, कभी इस लड़के को चैन से खेलता देखा हो। घर के काम से लेकर खेत-खार के काम तक। बड़े सबेरे से घर-अँगना की साफ-सफाई, गइया-कोठा का झाड़-बुहार, बोरिंग से काँवर में पानी लाना, खेत में जुताई से लेकर कटाई तक—हर काम करता है लोकेश। जब से घर में सबसे छोटी सन्तान ने जन्म लिया है, इसकी सौतेली माँ ने घर का सारा काम इसके जिम्मे छोड़ दिया है। चरनू लात तानकर खटिया में सोता रहता है। वह बाहर के जरूरी कामों को सँभालता है।

गुरुजी रोज सुबह टहलने निकलते हैं। काई बार मुँह-अँधेरे। ठण्ड इस साल जम के पड़ रही है, सो कनटोप स्वेटर लपेटकर निकलते हैं। उस सुबह खूब घना कोहरा था, दो गज की दूरी पर क्या है, नहीं दिखता था। हर तरफ सफेद धुन्ध। उस कनकनाती ठण्ड और कोहरे में वह दिखा था। पहले तो गुरुजी पहचान ही नहीं पाये। बाद में पहचाना। "अरे...तू...? कहाँ जा रहा है इतनी सुबह!"

"खेत जा रहा हूँ, सर।" उसने अपनी हमेशा की कोमल मुस्कान बिखेरी। आज भी उसकी देह में सिर्फ फटी-पुरानी कमीज और हाफ पैण्ट था। उसके हाथ में एक टुकना था। पैर नंगे।

''खेत?'' गुरुजी को आश्चर्य हुआ, इतनी सुबह खेत में क्या काम? गुरुजी किसान नहीं थे इसलिए उन्हें आश्चर्य हुआ।

''सीला बीनने।''

अच्छा। अब गुरुजी को ध्यान आया, फसलों की कटाई शुरू हो चुकी है। कटाई के बाद भी खेत में धान की बालियाँ, धान झरकर खेत में पड़े रहते हैं, उन्हें उठाने गरीब किसान जाते हैं। खेतों में गिरे पड़े धान का एक-एक दाना चिड़ियों की तरह उठाना होता है।

''किसके खेत में जा रहा है? अपने या दूसरे के?''

''अपने खेत में तो बीन लिया, सर। अब दूसरे के खेतों में जा रहा हूँ।''

''कोई तुझको मना तो नहीं करेगा? कुछ कहेगा तो नहीं कोई?''

''नहीं, कोई कुछ नहीं कहता। सब जाते हैं।''

लोकेश कोहरे में गुम हो गया।

गुरुजी चलते-चलते सोचने लगे, यह नौ-दस बजे तक लौटेगा अपना टुकना भरके। तब तक यह ऐसे ही भूखा सीला बीनता रहेगा। बिल्कुल खाली पेट। सुबह-सुबह कितनी तेज भूख लगती है। गुरुजी के बच्चे कुछ खाने के लिए कितना मचलते, चीखते-चिल्लाते हैं। और यह दस बजे तक बरदाश्त करेगा!...गुरुजी को झुरझुरी आ गयी।

सारा गाँव जानता है लोकेश का बाप आदमी नहीं जल्लाद है! लोकेश को तंगाता है। मारपीट, भूखा रखना अब बहुत साधारण बात हो गयी है। चरनू और उसकी घरवाली के गाँव वालों से भी सम्बन्ध नहीं। दोनों खूब लड़ने वाले, बात-बात में भाँय-भाँय करने वाले! कोई इनके मुँह नहीं लगना चाहता। लेकिन बच्चे के साथ अति देखकर पास-पड़ोस के चुप नहीं रहते। लेकिन समझाने का भी कोई असर नहीं। उल्टा, जो समझाने जाता है उसी को कहने लगता है, वाह! तुमको इसका दरद है तो तुम ही क्यों नहीं रख लेते! ऐसे ही जब उसने हरि के बाप मोहन से कहा तो वह बोल पड़ा, ''अच्छा! हौ, ठीक है। मैं उसे रख लेता हूँ। चल, आज के आज पंचायती बुला और लइका को मेरे हवाले कर! जहाँ तीन झन हैं वहाँ एक झन और सही! मैं तैयार हूँ।''

लेकिन चरनू इतना गँवार नहीं था जो एक नौकर के बराबर काम करने वाले लड़के को दूसरे के हवाले कर दे। उसने ऐसा कुछ नहीं किया।

थोड़े दिन शान्त रहने के बाद वह फिर अपने ढर्रे पर लौट आया।

पास-पड़ोस के बच्चे गुरुजी के घर साँझ को पढ़ने आते हैं। हरि, चन्दू, भोला, दीपा, रमेश...। सब आस-पास के घरों में रहते हैं। यहाँ आकर उनको कई सुविधाएँ एक साथ

मिल जाती हैं—गप्प मरना, पढ़ना, टीवी देखना, खेलना। बस, गुरुजी के सामने ज्यादा मस्ती नहीं चलती थी। गुरुजी की बात माननी पड़ती थी। उन्हें गुरुजी से अधिक मास्टरिन बाई का भय होता है। वे इनका हल्ला-गुल्ला या कमरा गन्दा कर लेना, कचरा फैलाना आदि से बहुत चिढ़ती हैं। गुरुजी किसी तरह समझा-बुझा के रखते हैं।

अभी लोकेश यहाँ नहीं आता पढ़ने। उसे काम-धाम से फुर्सत कम ही मिलती है। इस साल वह पाँचवीं की परीक्षा देगा। और पाँचवीं बोर्ड परीक्षा है। बोर्ड परीक्षा से ये लड़के बहुत घबराते हैं। बहुत से लड़के इसमें फेल हो जाते हैं। इसके बाद भी ये पढ़ाई-लिखाई में कोई ध्यान नहीं देते। गुरुजी देखते हैं, बहुत फर्क है शहर और गाँव के बच्चों में। शहरों में तो बच्चा पेट में आया नहीं कि उसके माँ-बाप उसकी पढ़ाई-लिखाई की चिन्ता में घुलने लगते हैं, ढाई साल के होते न होते उसे स्कूल का रास्ता दिखा देते हैं और रात-दिन उसके स्टैण्डर्ड, रैंक को लेकर पीछे पड़े रहते हैं। ट्यूशन अलग पढ़ाएँगे। किन्तु यहाँ? यहाँ बच्चे स्कूल के मास्टरों के भरोसे हैं। और बच्चे भी जो स्कूल में पढ़ लिया सो पढ़ लिया, घर में पढ़ाई-लिखाई का कोई वातावरण नहीं। बस बीच-बीच में उसके दाई-ददा गरजते रहेंगे—'अबे पढ़ो न रे! साले एकदम गदहा है! दिनभर खाली खेलते रहेंगे।' इतना कह लेना अपनी जिम्मेदारी से मुक्ति पा लेना है। या नहीं तो स्कूल के मास्टरों को खिसियाने लगेंगे, आजकल के मास्टर लोग बिल्कुल बेकार हैं। कुछ पढ़ाते-लिखाते नहीं। बस बैठे-बैठे अपनी तनख्वाह ले रहे हैं।

अब ये बच्चे आगे चलकर क्या मुकाबला कर पाएँगे शहरी बच्चों का! गुरुजी सोचते हैं, शहरी बच्चे तो इनसे दस गुना ज्यादा चण्ट हैं! वही आगे रहेंगे हर बात में। ईश्वर जाने इनका क्या होगा!

एक सुबह गुरुजी ने देखा, शीलू—लोकेश की बहन अपने आँगन में गोबर से छेना थाप रही है और चरनू काँवर लेके पानी लाने जा रहा है बोरिंग। उसके घर में यह नहीं दिखाई देने वाला दृश्य था। दृश्य में लोकेश ही सदा दिखता था। आज के दृश्य में लोकेश नहीं था।

गुरुजी का माथा ठनका। पूछा लड़की से, "लोकेश कहाँ है ओ?"

"वो तो रात से ही कहीं चल दिया है।"

"अरे क्यों? कैसे?"

"ददा उसको मारने कुदाये तो वो भाग गया। उसका बस्ता रखाया है।"

गुरुजी को बहुत बुरा लगा। लोकेश भाग गया। एक पढ़ने वाला लड़का भाग गया। नहीं, भगा दिया गया! अब यहाँ रहता भी कैसे! लेकिन भाग के कहाँ गया होगा!

गुरुजी ने देखा, चरनू काँवर में दो गुण्डियों में पानी भरकर आ रहा है, तो उसके

घर के सामने से हट गये। एक पल को गुरुजी ने चरनू के चेहरे को पढ़ा, वहाँ उसके भाग जाने को लेकर कुछ भी नहीं था। निपट कामकाजी चेहरा था। भावहीन।

दोपहर ढलने के बाद, खा-पी के कुछ आराम करने के बाद अड़ोस-पड़ोस की महिलाएँ, बच्चे अकसर गुरुजी के घर के आँगन में आ बैठती हैं, बतियाती हैं। आज वे सब लोकेश के बारे में ही चर्चा कर रही थीं। कोई चरनू को कोसती है, कोई उसकी बीवी को और कोई डोकरी को।

''दुनिया में और बाप होंगे, फिर इसके जैसा कमीना बाप कहीं नहीं होगा। इतना हरामी!''

''उस लड़के को देखोगे तो करलई लगता है। आत्मा कलप जाती है। फिर इस राक्षस को कोई फरक नहीं पड़ता, जिए के मरे!''

किसी ने पूछा, ''कोई खोजने गया है उसको?''

''कौन जाएगा? ये तो चाहते हैं लड़का यहाँ से टरे। ये डोकरी भर गयी थी भाँठा तरफ और लड़कों से पूछ रही थी।''

''ये डोकरी रोगही भी कम नइ है! काटनेच के लायक है!''

चन्दू की डोकरी दाई बता रही है, ''बहुते तप रहा है ये चरनू! अच्छे-अच्छों को तो मरना आता है फिर इसको नहीं आता। एक बार रात को पानी बरस रहा था धार-धार और इसको इसके माँ-बाप बाहर निकाल दिये थे, जा बाहर में सो। गाय-गरु रात को अँगना में रखा पैरा मत खा ले इसको देखने के लिए निकाल दिये थे। अपने लोग कपाट-बेड़ी लगा के सो गये। अपनी आँख से देखी हूँ, गऊ कसम बहिनी, बिचारा वो लड़का रात भर बरसते पानी में बैठा था। सच में बहुत जल्लाद है।''

''जल्लाद नहीं, सौ जल्लाद हैं!''

''मेला-मड़ई होगा न तो ये अपने बच्चों को रुपया देंगे, मगर इस लड़के को एक धेला नहीं देंगे। हमको तो इतना दिन हो गया देखते, आज तक कभी इसके लिए एक ठो कपड़ा लेते नहीं देखे!''

''अरे कपड़ा-लत्ता, रुपया-पैसा तो दूर की बात है बहिनि, हम तो इसके बाप के मुँह से बेटा कहते नहीं सुने! जब कहेगा तो साले, हरामी! अब ऐसे घर में कौन रहेगा!''

आस-पास के बड़ों को ही नहीं, छोटे बच्चों को भी लोकेश के दुखों की कहानी मालूम है।

सातवीं पढ़ता हरि बताता है, ''लोकेश को जब छात्रवृत्ति का पैसा मिलता है, उसका बाप झटक लेता है। यहाँ तक कि लोकेश रोपाई के काम में जाता है, अपना कमाकर लाता है उसको भी झटक लेता है।''

तीसरी में पढ़ रही रत्ना बता रही है, ''एक बार मैं उसके घर गयी थी तो उसके

घर में मछली राँधे थे। तो अपने वे सब पेट-पेट खा रहे थे और इसको मुड़ी-मुड़ी खाने को दिये थे।''

चौथी का छात्र रमेश बताता है, ''एक बार उसका बाप लोकेश को लकड़ी-लकड़ी से खूब मारा था। इसका हाथ-पैर फूल गया था। तीन-चार दिन स्कूल नहीं जा सका था।''

सुनकर तीसरी पढ़ता अनुज गुस्से में आ गया, ''कहीं मैं उसकी जगह होता तो साले के टोंटा को वहीं के वहीं मसक देता!''

ठठाकर हँस पड़ते हैं सब उसकी बात पर।

गुरुजी शाम को स्कूल की छुट्टी के बाद पास के गाँव चले गये थे। उस गाँव का साप्ताहिक बाजार था। साग-भाजी खरीदकर साइकिल से जब लौट रहे थे, देखा लोकेश मैदान में गाँव के बच्चों के संग खेल रहा है। उन्हें खुशी हुई! अभी दिन ढला नहीं था। मैदान में डूबते दिन की सुनहली आभा बिखरी थी, मैदान का तिनका-तिनका इस सुनहली धूप से सराबोर चमक रहा था। गाँव के खेलते बच्चों के चेहरों पर हँसी की धूप थी, वे खिले हुए थे, खिलखिला रहे थे। गुरुजी ने पाया, आज शाम की धूप खुशी की धूप है। खुशी की धूप सुनहली होती है। यह बहुत दिनों बाद मिलने वाली खुशी की धूप है जिसमें तिनका-तिनका चमकता है। यह सुख है।

लोकेश इसी धूप में खेल रहा था। गुरुजी ने सोचा, बच्चा है। और अच्छा है कि बच्चा है, कल को भूलकर खेल रहा है।

गुरुजी ने लोकेश को अपने घर पढ़ने आने के लिए कहा तो उसने खुश होकर कहा, ''हौ सर! आऊँगा!''

गुरुजी उसके इस प्रकार चिल्लाकर कहने से और खुश हुए।

लोकेश पढ़ने आने लगा।

गुरुजी ने दो दिन बाद उससे पूछा, ''क्यों, कहाँ चला गया था दो दिन पहले?''

तब वह पढ़ने में लीन था। इस प्रश्न ने उसको फिर उसकी वास्तविक दुनिया में लौटा दिया। कठोर, नुकीली, पथरीली दुनिया। उसने अपनी विज्ञान पुस्तक से नजर उठाकर बताया, ''ऐसे ही चल दिया था अरमरी गाँव की तरफ।''

''क्यों?''

''देखो न सर, वो साला बहुत मारता है मेरे को बिना मतलब। और दो दिन से मुझको खाना नहीं दे रहा था। ऊपर से मेरे को मारने कुदाया। तब मैं भागा रात को।''

''कहाँ? गाँव के बाहर?''

''नहीं। रात को गाँव में ही था। दाऊ के घर के पास रेती रखा है न, वहीं सो गया। रात भर वहीं सोया रहा। बिहनिया जब चिरई-चुरमुन चिंचियाये तब जागा। और उठ के अरमरी के तरफ चल दिया।''

“तो उधर कहाँ जा रहा था?”

“धमतरी।”

“धमतरी! अरे, वहाँ कौन रहता है तुम्हारा?”

“वहाँ दूर की एक बहन रहती है।”

“अच्छा, कौन से मोहल्ले में?”

“वो, बस्ती के बीच में रहती है कहीं।”

“मगर कौन से मोहल्ले में? कौन से पारा में?”

“नहीं मालूम।”

“अरे पगला, धमतरी कोई गाँव थोड़ी है जो किसी के पूछने से पता चल जाएगा।” गुरुजी ने समझाया, “धमतरी तो शहर है। जब तक किसी का पूरा नाम-पता मालूम नहीं होगा, वहाँ नहीं खोज सकते।”

लोकेश कुछ नहीं बोला। चुपचाप देखता रहा सूनी आँखों से। जैसे उसकी बहन न भी मिलती तो उसको क्या फर्क पड़ जाता।

“अच्छा, तो वापस कैसे आया?” गुरुजी ने पूछा।

“मैं पैदल जा रहा था,” लोकेश बताने लगा, “अरमरी में एक पुलिस वाले ने मुझको देख लिया। पूछा, कहाँ जा रहा है? तो मैं बता दिया, घर से भाग के जा रहा हूँ। मेरा बाप और सौतेली माँ मुझको बहुत तंगाते हैं, मारते-पीटते हैं, इसलिए। तो वो बोला, कहीं मत जा। तू घर वापस चला जा। उसी ने मुझको होटल में खाना खिलाया, फिर बस में बिठाया। पुलिस वाले ने बस कण्डक्टर को भी समझा दिया था। ऐसे घर वापस आ गया।”

गुरुजी को दुख हुआ कि रात भर यह बालक भूखा-प्यासा खुले में सोया रहा था। और सुबह पैदल चलते-चलते बीस किलोमीटर आगे अरमरी चला गया था। उन्होंने सोचा, पुलिस वाले ने बहुत अच्छा किया। कोई भला आदमी रहा होगा। हालाँकि पुलिस की वर्दी में कोई भला आदमी नहीं दिखता। वर्दी में आदमी कड़क और क्रूर दिखता है। गुरुजी ने सोचा, अगर उस पुलिस वाले की जगह मैं पुलिस वाला हुआ रहता तो लड़के के साथ मैं आता। अपने डण्डे और बूटों को पटक-पटककर इसके माँ-बाप की वो खबर लिया रहता कि दुबारा तंगाना छोड़ देते।

गुरुजी ऐसा सोचते हुए खुद को पुलिस के रूप में देख पा रहे थे कि उनके जिस्म पर पुलिस की कड़कड़ाती वर्दी है, हाथ में डण्डा है, पैरों में वजनदार चमकते बूट हैं, और इन सबके होने से चेहरे पर खूब रौब आ गया है, कि उनकी आवाज सख्त हो चली है। और जब एक दिन लोकेश के बाप और माँ को फटकार रहे हैं तो वे दोनों थर-थर काँप रहे हैं, “हौ मालिक। हौ साहब। आप जैसा कहोगे, वैसा करेंगे। ऐसी गलती दुबारा नहीं होगी साहब।”

इस समय गुरुजी को अफसोस हुआ अपने गुरुजी होने का। पुलिस से सब डरते हैं, गुरुजी से कोई नहीं डरता। गुरुजी माने गऊ, पानी वाला ढोड़िया साँप, जिससे किसी को कोई नुकसान नहीं।

गाँव का कोटवार गुरुजी के घर आता जाता था। कोटवार गाँव में मुनादी करने का काम करता है। गाँव में कोई भी बैठक हो, कोई सूचना प्रसारित करनी हो, वह गली-गली घूमकर मुनादी करता है और अपने आखिरी वाक्य के साथ खूब जोर से और खूब लम्बा 'हो...ओ...!', चिल्लाता है। छोटे बच्चे उसकी रात की मुनादी से डर जाते हैं। गुरुजी के बच्चे भी। कोटवार गाँव का सरकारी आदमी है, जिसे तनख्वाह बहुत कम मिलती है। कोटवार का काम गाँव की सुरक्षा का भी है। उसे नीले रंग की वर्दी मिली हुई है, भाला मिला है और चौरस वजनदार बक्कल वाला बेल्ट मिला है।

वह अधेड़ कोटवार अकसर चाय पीने के समय में आता है 'जै हिन्द गुरुजी' कहता हुआ। गुरुजी उसको चाय पिलाते हैं। चाय पीने के बाद वह अपनी जेब से बीड़ी निकालकर पीता है। बीड़ी का कसैला धुआँ गुरुजी को पसन्द नहीं, फिर भी उसे पीने देते हैं।

एक शाम चाय पिलाने के बाद गुरुजी ने कोटवार से अपने मन की बात कह दी, ''इस चरनू का कुछ करो कोटवार। लड़के को बहुत तंगाता है। एक बार तो भाग भी चुका है घर से।''

कोटवार ने बीड़ी सुलगा ली थी, ''अरे नहीं मानता गुरुजी, कई बेर समझा के देख लिया।''

गुरुजी बोले, ''नहीं मानता तो थाने में एकाध हाजिरी लगवाओ। थाने के नाम से सुधर जाएगा।''

''आप समझा के देखो न गुरुजी।'' कोटवार ने कहा।

''मेरे समझाने से क्या मानेगा? मैं तो गाँव में नया आदमी हूँ। जब अपने पुराने पड़ोसियों की नहीं मानता तो मेरी कहाँ से मानेगा! फिर वो अनुसूचित जाति का है। मान लो मैं समझाने गया, कहीं मेरे खिलाफ ही उसने विशेष थाने में रिपोर्ट करा दिया तो मैं फँस जाऊँगा। थाना-कचहरी का चक्कर काटते परेशान हो जाऊँगा।''

कोटवार ने धुआँ उगलकर हामी भरी, ''ये भी बात सही है।''

गुरुजी ने फिर उसे समझाया, ''थाने में तुम्हारी इंस्पेक्टर या हवलदार से जान पहचान तो होगी ही। आते-जाते रहते हो तुम। तो एकाध रोज इंस्पेक्टर साहब को कहो न, साहब आप कुछ मत करना, गाड़ी में जाके उसको धमकाना भर। बस्स। सुधर जाएगा चरनू।''

कोटवार ने कहा, ''हौ देखता हूँ। कहूँगा।''

कोटवार चाय पीने बराबर आता रहा। गुरुजी उससे पूछते तो कई तरह का जवाब देता, अभी उधर जाना नहीं हो रहा है, कि अभी साहब लोग खाली नहीं है, कि कल जाऊँगा करके निकला था, सरपंच ने दूसरा काम बता दिया।

गुरुजी ने फिर इस विषय में कहना छोड़ दिया।

लोकेश की परिस्थिति की चर्चा गुरुजी अपने स्टाफ के दूसरे शिक्षकों से भी कर चुके थे। लेकिन यहाँ भी कोई समाधान नहीं निकल पाया। गुरुजी अकसर लोकेश के बारे में सोचते कि क्या उपाय है। किसको पकड़ें! किसको कहें! बिना साख-रसूख के कोई छोटा-सा काम भी नहीं होता! गुरुजी को यहाँ लगने लगता, जैसे लोकेश अपने घर में निरीह और असहाय है, इस तन्त्र में वैसे ही खुद निरुपाय और असहाय हैं। अपनी तरफ से कोई किसी की मदद के लिए नहीं आता। कहने पर भी नहीं। इस निरुपायता से वे सिकुड़ने लगते हैं ऐसा महसूस होता। बाहर की भीषण चमक और शोर-शराबे से वे केंचुए की तरह अँधेरे में दुबकने लगे हैं, यह भी अनुभव होता।

इधर लोकेश के घर का किस्सा वही का वही था। उससे गाली-गलौज, मार-पीट का वही सिलसिला। हाँ, कभी-कभी लोकेश भी जवाब देने लगा था।

एक दिन सुबह-सुबह उसकी माँ उस पर चिल्लाने लगी थी, ''एक ठो काम बताओ तो तेरा नखरा चालू हो गया—तबीयत ठीक नईं है! तेरे को बस खाने-बोजने को पेट भर मिल जाए, बस। काम के नाम से पोटा काँपता है!''

''तुम कौन-सा काम करती हो, इसको तो बता!'' लोकेश चुप नहीं रह सका।

''देख-देख!'' झार खा गयी उसकी माँ, ''नानकुन टुरा है और गज भर की जबान! मुँह लड़ाता है मेरे से! तेरे मुँह में कीड़े पड़ें!''

''हमारे मुँह में क्यों पड़ेगा कीड़ा!''

वह और बिफर गयी, ''अच्छा, रुक जा! आने दे तेरे बाप को। बताती हूँ उसको तो तेरा सब साहबी घुसड़ जाएगा।'' लोकेश जवाब में भुनभुनाया, क्या करेगा साला।

एक शाम फिर पीटा उसके बाप ने। लोकेश रोते-रोते गाँव से जा रहा था। साथ में खेलने वाले हरि और चन्दू ने देखा तो किसी तरह पकड़कर, मनाकर उसको गुरुजी के घर लाये।

लोकेश के बदन पर मैली और फटी कमीज थी, जिसमें एक ही बटन था। छाती उघरा। साँवले चेहरे पर आँसुओं के सूख जाने की लकीरें थीं।

गुरुजी ने पूछा, ''तू शहर जाएगा मेरे साथ?''

''हौ सर।'' उसने एक पल भी नहीं गँवाया यह कहने में।

''ठीक है। वहाँ किसी जान-पहचान वाले के यहाँ काम में लगवा दूँगा। तू वहीं रहना, काम करना और पढ़ना।'' गुरुजी कहने के बाद उसके भविष्य के बारे में तेजी से सोचने लगे थे। यहाँ रहेगा तो कुछ नहीं कर पाएगा। वैसे भी इसका बाप अगले साल इसे दाऊ के घर में नौकर लगाऊँगा कहता है। यहाँ से इसका निकलना जरूरी है। शहर में कितने ही लोग मिल जाएँगे जिनके घर में रहकर, काम करके अपनी पढ़ाई भी कर सकता है। उन्हें लगने लगा, बात बन जाएगी। वे शहर के लोकेश को देख रहे थे जिसके कपड़े साफ-सुथरे हैं, सलीका है जिसके पास।

गुरुजी ने पूछा, ''देख तेरा बाप कहीं खोजेगा तो नहीं?''

लोकेश बोला, ''रात भर इसी गाँव में पड़ा था। तब खोजने नहीं गया तो वहाँ कहाँ जाएगा।''

गुरुजी ने देखा, लोकेश को कोई हिचक नहीं है। वे समझ गये, लड़के का मन पक्का है। उसके भीतर यहाँ के नरक के प्रति नफरत है। और बाहर चाहे कितनी भी तकलीफ उठाना पड़े, वह तैयार है।

''ठीक है!'' गुरुजी ने निर्णय के अन्दाज में कहा, ''पाँचवीं की परीक्षा यहाँ दे ले। अगले ही महीने परीक्षा है। परीक्षा के होते ही तुम्हारा टी.सी. निकलवा के शहर में भरती करा दूँगा। वहीं रह के पढ़ना। कहीं जाना मत। अब तेरा बाप तेरे को कितना भी सताए, भागना मत। परीक्षा के होते तक किसी भी तरह यहाँ रहना। परीक्षा होते ही तुमको शहर भेज दूँगा।''

''हौ सर।'' लोकेश तैयार था।

गुरुजी उसके भविष्य के लिए सोचते थे। तमाम बातें।

लेकिन इसकी उन्हें ज्यादा जरूरत नहीं पड़ी। कुछ ही दिनों बाद वह घर से गायब हो गया। चला गया। पता नहीं कहाँ।

और इस बार लौट के नहीं आया लोकेश।

गुरुजी कई दिनों तक उसका रास्ता देखते रहे।

उसकी खुशी

मैंने दूर से ही देख लिया था, दीदी घर आयी हैं। वह चौखट पर उकड़ूँ बैठी इधर ही देख रही थीं—सड़क की तरफ, अपनी ही बेख्याली में।

उन्हें देखते ही मेरे भीतर खुशी का एक परिन्दा अपने पर फड़फड़ाकर उड़ा, लेकिन तुरन्त वह अपने पंख समेटकर फिर दुबक गया, जैसे इस परिन्दे को उड़ान भरने की इजाजत न हो। वह खुशी जो क्षणांश को चमकी थी, बुझ गयी—बारिश में शीत गये पटाखों की तरह।

साइकिल से उतरकर आँगन में दाखिल हुआ। मुझे देखकर दीदी मुस्करा पड़ी थीं बरबस। दीदी का मुस्कराना मुझे भी अच्छा लगा, कोई हल्की-सी तसल्ली का अहसास हुआ, लेकिन फिर भी इस अच्छे लगने में कोई अधूरापन था, कोई सूराख था।

"अरे, कब आयीं दीदी?" मैंने बड़ी बहन के पैर छूते हुए खुश होने की ईमानदार कोशिश की।

"अभी चार बजे। चार बजे तो आयी हूँ।" दीदी ने जैसे याद करके बताया, अपनी असहज मुस्कान को रोक के।

मैंने दीदी के कपड़े और हुलिए का जायजा लिया और कुछ आशंकाएँ बलवती हो उठीं। मैंने पूछा, "कितने बजे की बस में बैठी थीं?"

"दस बजे। दस बजे बस में बैठी थी।" दीदी जवाब देकर भावहीन ढंग से मुस्कराने लगीं।

"जीजाजी नहीं आये?" मैंने आगे पूछा।

"नहीं आये। अभी खूब काम है। शादी का सीजन है।" दीदी ने बताया। जीजाजी गाँव के पास के कस्बे में दर्जी की दुकान चलाते हैं। समय मिलने पर खेतीबारी भी सँभालते हैं।

"अच्छा। घर में और सब अच्छे हैं...टिंकू...रानी...और विक्की?" मैंने बच्चों के नाम याद करते हुए पूछा।

"हाँ, सब अच्छे हैं।" दीदी ने जैसे रटा हुआ जुमला बोला। मुझे लगा, शायद

वह मेरे ये सब पूछने से तंग हो रही हैं। मुझे ध्यान आया, माँ ने भी यही सब सवाल पूछे होंगे और पत्नी ने भी...शायद इसीलिए...।

मुझे समझते देर नहीं लगी कि केस अभी नार्मल नहीं हुआ है। उनकी मानसिक स्थिति में कोई खास सुधार नहीं हुआ है। वह अभी भी कुछ भूली-भूली-सी, खोयी-खोयी-सी लगती हैं। भिलाई के एक मनोरोग चिकित्सक के पास उनका इलाज चल रहा है। शायद आगे चलकर इसका लाभ मिले। उसी इलाज के लिए दीदी यहाँ आयी हैं। डॉक्टर के पास जाने का यह चौथा अवसर होगा। कल मुझे जरूर ही दीदी को डॉक्टर के पास ले जाना होगा। जीजाजी ने फिर सीजन का बहाना करके यह काम हम पर छोड़ दिया है। हमारी जिम्मेदारी पर।

दीदी के आने पर पत्नी भी मेरी तरह विशेष खुश दिखाई नहीं दी। अलबत्ता माँ जरूर बहुत खुश दिख रही थीं बेटी के आने पर। इस समय तो माँ जैसे दीदी की बीमारी की बात बिल्कुल भूली हुई थीं। या यह कि उसने अपनी समझदारी से सोचा हो कि बीमारी की बात हर समय 'मेरी तरह' याद रखने में कोई भलाई नहीं है।

पत्नी सरिता हम सबके लिए चाय बना लायी।

दीदी अपनी तरफ से कुछ बोलती बताती नहीं थीं। हम जो कुछ पूछते उसका संक्षिप्त सा हाँ या ना में उत्तर देकर चुप हो जातीं। कोई बहुत जरूरी सूचना हो, जिसका उन्हें अभ्यास-सा कराया गया हो, वही खबर बतातीं। तीन महीने पहले आयी थीं तो हालत ज्यादा खराब थी। वह ज्यादातर दीदे फाड़ के देखती रहती थीं, देर तक। जैसे दिमाग की स्लेट बिल्कुल साफ हो गयी हो।

पड़ोस से खेलकर अज्जू आ गया। मेरा चार साल का बेटा। आते ही 'क्या लाये क्या लाये' की रट लगाने लगा।

मैंने पूछा, "क्यों, बुआ कुछ नहीं लायीं? बुआ क्या लायीं?"

"केला!" उसने मुँह बनाकर कहा। केला उसे पसन्द नहीं था।

पत्नी बोली, "तुम्हारे फूफाजी के बाड़ी में इस साल केला ही फला है, बेटा।"

साथ ही हम तीनों हँस पड़े—दीदी को छोड़कर। हँसने की वजह जीजाजी की कंजूसी थी। हर बार दीदी के हाथों वही फल भिजवाते जो सबसे सस्ता मिलता हो। घर में तो उनकी कंजूसी के कई किस्से हैं, भिखारी को दिये जाने वाले भीख से लेकर राशन के हिसाब तक।

दीदी के चेहरे से जाहिर था, वह हमारा हँसना नहीं समझ पा रही हैं।

अचानक दीदी बोलीं, "भाई, तुम्हारे लिए पत्र दिया है तुम्हारे जीजा ने। लाऊँ।"

मैंने कह दिया बेमन से, "लाओ।"

वह उठकर भीतर कमरे में चली गयीं, जहाँ उन्होंने अपना बैग रखा था।

जीजाजी के पत्र के नाम से मुझमें कोई उत्साह नहीं जगा, बल्कि कोफ्त ही हुई।

हर बार की तरह इस बार भी कॉपी के किसी पन्ने में जल्दबाजी में कुछ पंक्तियाँ घसीट दी गयी होंगी, कुछ निर्देश जिन्हें वे जरूरी मानते हैं। ये निर्देश वह पहले ही समझा चुके होते हैं दीदी को, पत्र के बहाने वे मेरे लिए होते हैं—कि इतने रुपये देकर भेज रहा हूँ, इतने में यह सामान खरीदवा देना, इतना रुपया डॉक्टर के लिए, दवाई के लिए और फिर अमुक तारीख को इतने बजे की बस में बिठा देना...।

मुझे निराशा जीजाजी के इन इंस्ट्रक्शंस से उतनी नहीं होती जितनी इस बात से कि वे बहन पर भरोसा कम करते हैं, उनके स्वतन्त्र विवेक पर कोई बात नहीं छोड़ते, हर काम के पीछे उनका नियन्त्रण होता है, उनकी मर्जी। और यह बात सिर्फ अभी की नहीं है जब दीदी की ऐसी हालत है, यह शुरुआत से उनके स्वभाव में है। कई बार लगता है, हर चीज की मीन-मेख और सन्देही प्रवृत्ति के कारण भी दीदी ऐसी हो गयी हैं, पत्नी से ज्यादा एक आज्ञापालक। उनके निर्देशों पर चलती-फिरती स्त्री, जिसका अपना कोई स्वतन्त्र अस्तित्व नहीं।

दीदी पत्र लेकर आ गयीं, ''ये दो सौ रुपये भी दिए हैं, इलाज के लिए।''

मैंने पत्र ले लिया, कहा, ''रुपया अभी तुम ही रखी रहो।''

''कल चलेंगे डॉक्टर के पास?'' उसने पूछा मुझसे।

''हाँ, कल शाम को चलेंगे।'' मैंने कहा।

बहन गयी नहीं, खड़ी रहीं, जैसे कुछ कहना चाहती हों मगर झिझक रही हों। फिर मेरे पूछे जाने का इन्तजार किये बिना बोलीं, ''ये डॉक्टर अपनी फीस कुछ कम नहीं करेगा क्या?''

उसके सवाल से मैं भी जैसे व्यावहारिक दुनिया में लौट आया।

''सौ रुपया फीस बहुत ज्यादा है...। हर बार इतना-इतना रुपया...। उनको कुछ कम करना चाहिए।''

माँ भी कहने लगीं, ''सही बात है। गरीब आदमी कैसे अपना इलाज कराएगा। खाली देखने-भर का सौ रुपिया! कई डॉक्टर तो दुबारा जाने पर कम लेते हैं पर ये तो...।'' माँ ने अब मुझसे कहा, ''बोल के देखना बेटा, कम कर दे तो कर दे।''

मैंने कहा, ''अगर उसे कम लेना होता तो दूसरी बार में ही कम लेता। बोलने से कोई फायदा नहीं। वो कहेगा, इलाज कराना हो तो आओ। मैं तुम्हारे घर थोड़ी जा रहा हूँ जबरदस्ती। ये तो मर्जी की बात है। हमारी मजबूरी है, माँ!''

मेरे आगे डॉ. पाठक का लटके गालों वाला भारी चेहरा था, चश्मे के भीतर से स्थिर नजरों से देखती सख्त आँखें।

लापरवाही जीजाजी की भी है। उन्होंने देखा, मर्ज बढ़ रहा है, लेकिन सस्ते इलाज के चक्कर में गाँव के बैगा-गुनिया से झाड़-फूँक करवाते रहे। उनका इन चीजों पर बड़ा विश्वास है। मुझे लगता है, यह विश्वास उनके पैसे बचाने के नजरिये से ज्यादा

बढ़ा है। हमारे कहने के बावजूद वह यहाँ नहीं लाये किसी डॉक्टर के पास। जब देखा, स्थिति बिगड़ रही है तब यहाँ का ख्याल किया।

पत्नी को भी साथ ले गया था, जब पहली बार दीदी को जाने-माने मनोरोग विशेषज्ञ डॉ. पाठक के पास ले गये थे। हमने दीदी की कहानी उन्हें बतायी थी। बमुश्किल सोलह साल की उम्र में माँ-बाप ने शादी कर दी थी। ससुराल में निभ नहीं सकी। एकाध साल बाद वह लौट आयीं। पन्द्रह बरस करीब यों ही मायके में रहीं। उनके पति ने किसी दूसरी को रख लिया । छह-सात साल पहले एक विधुर के साथ उनकी दूसरी शादी हुई। जीजाजी की पहली पत्नी की तरफ से तीन बच्चे हैं। इनके एक भी नहीं। मानसिक रोग के लक्षण ढाई बरस पहले दिखने शुरू हुए, हँसना, बात नहीं मानना, अपनी जिद पर अड़े रहना, अव्यावहारिक होना...। हम जितनी बातें जानते थे, सब क्रमवार बताते चले गये। डॉ. पाठक केस के महत्त्वपूर्ण बिन्दुओं को पर्ची पर नोट करते गये।

सुनने के बाद डॉक्टर ने पूछा, "क्यों, ये लोग जो कह रहे हैं, ठीक है, मीना?"

दीदी ने आदतन कहा, "मैं ठीक हूँ। मुझे कुछ नहीं हुआ है।"

"तुम बिल्कुल ठीक हो?"

"हाँ।"

"तुम्हें ऐसा लगता है क्या, कि तुम किसी बात को कह नहीं पा रही हो? या कोई जलता है तुमसे...कि सब दुश्मन हैं तुम्हारे...तुमको लगता है कि कोई तुम्हारे कान में कुछ कह रहा है? कोई आवाज सुनाई देती है कान में?...या किसी बात से तुम अपने जीवन में बहुत निराश हो। मुझसे कहो या अपनी माँ से कहो...।"

दीदी उनके सभी सवालों के जवाब में ना ही करती रहीं।

"तो तुम्हारा कहना है, तुम बिल्कुल ठीक हो?" डॉ. पाठक ने फिर पूछा।

दीदी का वही जवाब, "हाँ, मैं ठीक हूँ। कुछ नहीं हुआ है मुझे।"

अब डॉक्टर ने सख्ती से कहा, "फिर क्यों लाये हैं ये लोग तुमको यहाँ? तुम जब अच्छी हो, स्वस्थ हो तो क्यों लाएँगे ये तुमको मेरे पास?"

इसके जवाब में दीदी ने कुछ नहीं कहा। बस भावहीन ढंग से देखती रहीं डॉक्टर को। लेकिन यह सवाल मुझे अटपटा लगा था, यह कैसा इलाज है जिसमें रोगी को दबावपूर्वक उसके रोगी होने का यकीन दिलाया जाये। और इलाज की जरूरत पर बल दिया जाये। और वह भी किसी मनोरोग चिकित्सक के द्वारा। किन्तु हम चुप रहे! यह डॉक्टर का अपना क्षेत्र था, जहाँ हमारा हस्तक्षेप वर्जित था। वह विशेषज्ञ थे, नामी डॉक्टर ठहरे, इस शानदार काँच की केबिन में बैठने वाले, पॉश एरिया में निवास करने वाले प्रभावशाली व्यक्ति! हम क्या बोलते?

कुछेक और सवालों के बाद डॉक्टर ने अपनी पर्ची में दवाइयों के नाम लिखकर घण्टी बजा दी, अगले मरीज के लिए।

हमें उनकी फीस का कुछ पता नहीं था इसीलिए सौ रुपये का एक नोट देने के बाद कुछ क्षण प्रतीक्षा करते रहे, बाकी रुपये लौटाये जाने का। लेकिन जब देखा, अपनी मेज के ड्राअर में सौ रुपया डालने के बाद उसे डॉक्टर ने सख्ती से बन्द कर दिया है, तब अपने-आप समझ आ गया—फीस सौ रुपया है।

दीदी को एक माह बाद बुलाया था उन्होंने।

दूसरे दिन शाम को ऑफिस से आने के बाद दीदी को डॉ. पाठक की क्लिनिक ले गया। यह डॉक्टर के पास हमारी चौथी विजिट थी।

वेटिंग हाल में हमें आधा घण्टा इन्तजार करना पड़ा अपना नम्बर आने तक। रिसेप्शनिस्ट दुबली-पतली लड़की ने दीदी का नाम पुकारा।

हम दोनों उनकी केबिन में दाखिल हुए। केबिन में दाखिल होते ही वहाँ की खामोशी ने तुरन्त हमें जकड़ लिया और केबिन की महँगी साज-सज्जा ने हमें असहज और सतर्क बना दिया।

पर्ची देखने के बाद डॉक्टर ने पूछा, ''हाँ, बोलो बेटे मीना, कैसी हो?'' डॉक्टर इतनी सहजता और फुर्सत से अपने मरीज को ट्रीट कर रहा है, देखकर मुझे अच्छा लगा। कुछ भला-सा।

''अच्छी हूँ।'' दीदी ने संक्षिप्त उत्तर दिया।

''हाँ, ऐसी ही अच्छी रहा करो।'' डॉक्टर ने मजाक किया, ''फिर हमारे पास आने की कोई जरूरत नहीं रह जाएगी।'' डॉ. पाठक मुस्कराया। डॉक्टर के यों खुश होने या मुस्कराने के मैं अर्थ निकालने लगा। या तो बीमारी डॉक्टर की समझ आ गयी है और उस पर काबू पा सकने की सफलता का सुख हो सकता है, या दीदी का केस सचमुच कोई गम्भीर केस नहीं रह गया होगा उनकी नजर में। या फिर कोई अन्य वजह...।

''दवाई बराबर टाइम से ले रही हो?'' डॉक्टर ने पूछा।

''जी, सर।'' दीदी बोलीं, ''लेकिन दवाई खाने के बाद सिर और पलकें बहुत भारी-भारी लगती हैं। नींद बहुत आती है, शायद दवाइयों के कारण ही। कभी-कभी बुखार जैसा भी लगता है।''

''देखो, दवाइयाँ तो तुमको बराबर टाइम से लेनी पड़ेंगी।'' डॉक्टर ने कहा, ''और जो कह रही हो, ये बहुत साधारण बात है। इन दवाइयों के कारण ऐसा हो सकता है। लेकिन दूसरें कारण से भी ऐसा हो सकता है। घर में ज्यादा काम-काज के कारण

भी कई बार ऐसा हो जाता है।''

''लेकिन सर, दवाई लेने के बाद ही ऐसा होता है।'' दीदी ने प्रतिवाद किया, ''ऐसे नहीं होता, दवाई लेने पर ही होता है।''

''देखो मीना,'' डॉ. ने पूछा, ''मेरी तुमसे कोई दुश्मनी है जो तुम्हें नुकसान करने वाली दवाइयाँ दूँगा?''

''नहीं सर, ये बात नहीं है।'' दीदी बोलीं।

''तो फिर मैं ऐसी दवाइयाँ तुमको क्यों दूँगा? मैं पिछले तीस साल से प्रैक्टिस कर रहा हूँ। हजारों पेशेण्ट्स देख चुका हूँ। एक बात है, तुमको अगर अपने डॉक्टर की दवाइयों पर भरोसा नहीं है तो मत करवाओ यहाँ अपना इलाज। शहर में और डॉक्टर्स हैं, उनके पास चले जाओ। यहाँ आने की जरूरत नहीं है।'' धीरे-धीरे डॉ. पाठक का मूड बिगड़ चुका था।

''मेरा ये मतलब नहीं है, सर।'' दीदी ने समझाने की कोशिश की।

''मैं आपका मतलब अच्छी तरह समझता हूँ।'' डॉक्टर ने एक-एक शब्द जैसे पीसते हुए कहा, ''अगली बार से आप नहीं आएँगी मेरे यहाँ कृपा करके। मैं एंसे मरीज का इलाज नहीं कर सकता। मुझे आपका इलाज करने का कोई शौक नहीं है।'' डॉक्टर की आवाज संयत थी, मगर गुस्से से भरी हुई। और मैं हतप्रभ, इस गुस्से की वजह ढूँढ़ने की कोशिश में था। दीदी ने ऐसा कुछ नहीं कहा था, लेकिन बदमिजाज डॉक्टर का मूड उखड़ चुका था, बेवजह। यह उसके, अपने पेशे की तानाशाही थी। यह कैसा डॉक्टर है जो पेशेण्ट की सुने बगैर अपना फैसला थोप रहा है।

इस समय वह हम दोनों की उपस्थिति को नजरअन्दाज करके अपनी आरामदेह चेयर में पीछे सिर टिकाकर छत की तरफ देख रहा था। हम दोनों असमंजस में। उसे हमारे जाने की प्रतीक्षा थी या खुशामद की?

अपने गुस्से के बावजूद हमें डॉक्टर की खुशामद करनी पड़ी। सर-सर करते हुए निवेदन किया कि दीदी की बात का बुरा न मानें। माफ कर दें। दवाइयाँ लिख दें।

अपने अहम् को सन्तुष्ट करने लायक उसने पर्याप्त समय लिया। इसके बाद पर्ची पर अपनी कलम घसीट दी और बिना कुछ कहे पर्ची हमारी तरफ सरका दी।

इस पूरे प्रकरण में डॉक्टर का व्यवहार ऐसा था मानो हम पर कोई अहसान कर रहा हो, लेकिन हम कुछ नहीं कर सकते थे, बिना गुस्सा जप्त कर चुपचाप देखने के। डॉ. पाठक के इलाज से दीदी को फायदा हुआ है, यह अहसास भी था।

डॉक्टर को धन्यवाद कहते हुए मैंने दीदी से डॉक्टर की फीस देने को कहा।

अपने छोटे से पर्स से दीदी ने सौ रुपये का नोट निकाला, जिसमें गाँधीजी हँस रहे थे, मुड़ा-तुड़ा होने के बावजूद।

दीदी ने रुपया देने के पहले मेरी तरफ देखा, शायद फीस की कटौती में बोलने

के लिए, लेकिन मैंने सख्ती से इशारा किया कि फीस दो और फूटो।

बहन के चेहरे पर अजब भाव थे, कुछ अधूरा-सा छूट जाने का दुख या मन की कोई बात जो कही न जा सकी हो, उसका मलाल। और आखिर में दीदी ने अपने मन की ही मानी।

सौ रुपये दीदी ने डॉक्टर को दिये। डॉ. पाठक ने रख लिया।

"सर, पचास रुपया नहीं लेंगे फीस का? फीस बहुत ज्यादा है। सौ रुपया हर बार...। इसे कम नहीं करेंगे...।" दीदी बोली थीं।

दीदी की बात इस सभ्य, कुलीन समाज में असभ्यता थी, गँवारूपन था। हालाँकि यह कोई बहुत अनोखी बात नहीं थी, अकसर ऐसा होता भी होगा। यह एक निवेदन था कि महाशय, आपकी फीस हम गरीबों के लिए बहुत ज्यादा है, किसी मजदूर की तीन दिन की मेहनत की कमाई है आपके पाँच मिनट की फीस। लेकिन इस समाज में ऐसी बातों का कोई मतलब नहीं है, कोई जगह नहीं। डॉक्टर तुनककर कह सकता है क्या मैं फोकट में इलाज शुरू कर दूँ! दरवाजा खुला है। आप जा सकते हैं।

इस समय डॉक्टर पाठक की दोनों कुहनियाँ मेज के ग्लास पर टिकी हैं, हाथों की उँगलियाँ परस्पर फँसी हुईं। उन गोरी, मोटी और नाजुक उँगलियों पर उनका सिर टिका हुआ। चश्मे के भीतर से वह बहुत सर्द खामोशी से हमें घूर रहे थे। डॉक्टर ने कुछ समय लेकर कहना शुरू किया, "देखो मीना, तुम अपने घर में जो भी पकाती हो भिण्डी, लौकी, पालक या करेला—यह तुम्हारे अधिकार क्षेत्र की बात है। इसमें मेरा कोई दखल नहीं होगा। वैसे ही ये मेरा घर है। मुझे मरीजों से कितनी फीस लेनी है, यह तुम मुझे ही तय करने दो। तुम समझ गयीं?"

दीदी अवाक् थीं और मैं शर्मिन्दा था।

क्लिनिक से बाहर निकलते हुए ही मैं दीदी पर बरस पड़ा था, "क्या जरूरत थी यह सब बोलने की! जब जानती हो, ये एकदम प्रोफेशनल लोग हैं, तो उनसे कहने का मतलब?"

मेरे कमरे का दरवाजा खटखटाया जा रहा था, "भाई! भाई! उठ जा।"

मैं सुबह की गहरी नींद में था। खटखटाहट ने मुझे जगा दिया। दीदी थीं, "भाई, उठ ना! साढ़े पाँच बज गये! बस का टाइम हो गया!"

सुबह की नींद में खलल खल गया। शायद इसी से कुछ नाराजगी से मैं चिल्लाया, "हाँ-हाँ। आ रहा हूँ!"

तो दीदी जाने वाली हैं। आज जा रही हैं—ठीक जीजाजी के निर्देश के मुताबिक, सुबह छह बजे की 'कोंडागाँव बस सर्विस' से। मुझे उन्हें बस स्टैण्ड छोड़ने जाना है।

हाथ-मुँह धोकर मैंने अपने ऊपर एक शर्ट डाल ली।

देखा, दीदी अपने गाँव जाने के लिए एकदम तैयार हैं। दरवाजे के पास उनका बैग पड़ा है, जमा-जमाया। सब कुछ रेडी।

माँ ने कहा, "चाय बन गयी है, पी ले।"

मैंने कप ले लिया। पूछा, "और दीदी?"

"वो तो कब की पी चुकी!" माँ ने हँसते हुए बताया।

मुझे जाने क्यों ये सब अच्छा लगा था। इतनी सुबह से दीदी का तैयार हो जाना, इस तैयारी में माँ का साथ देना, और सुबह-सुबह गरमागरम चाय और माँ का हँसता हुआ चेहरा...मेरे भीतर कहीं जमा अवसाद पुँछने लगा था। दीदी भी बहुत सहज लग रही थीं, हालाँकि उन्हें बस की चिन्ता थी।

दीदी ने मुझे फिर याद दिलाया, "तुम्हारे जीजाजी बोले थे, साढ़े पाँच-पौने छह बजे तक बस स्टैण्ड पहुँच जाना। वहाँ कोंडागाँव जाने वाली बस मिल जाएगी।"

मुझे फिर दीदी का इस कदर आज्ञाकारी होना—पालतू होने की हद तक खल गया था। जीजाजी पर गुस्सा आया था जिन्होंने सम्बन्धों को गुलाम होने की हद तक लाद दिया है। लेकिन अभी कुछ कहने का समय नहीं था।

माँ से विदा लेकर बहन स्कूटर के पीछे बैठ गयीं। दीदी को हमेशा असुविधा-सी होती है, स्कूटर में पीछे बैठने से। मैंने स्कूटर बढ़ा दिया। बाहर इस समय अलस्सुबह का बहुत कच्चा उजाला था, हल्की सफेदी। सड़कें जो दिन भर व्यस्त रहतीं, इस समय लगभग खाली होने के कारण खासी चौड़ी जान पड़ रही थीं। हवा में फरवरी के आखिरी दिनों की ठण्डक थी सुबह की, हल्का सिहराती हुई। मैंने स्कूटर कचहरी वाले बस स्टॉप की तरफ मोड़ दी, क्योंकि गाड़ी वहाँ से होते हुए जाती है।

उस बस स्टॉप में सिर्फ एक आदमी खड़ा था, हाथ में छोटा-सा बैग पकड़े हुए। वह चेहरे से ही नौकरीपेशा और रोज अप-डाउन करने वाला लग रहा था।

मैंने उससे पूछा, "दल्ली राजहरा जाने वाली बस चली गयी?"

"नहीं। अभी आने वाली है। मैं भी तो वहीं जाऊँगा।" आदमी मुझे नहीं सड़क के उस ओर देख रहा था जिधर से बस आने वाली थी। वह जैसे एक पल भी उधर से आँखें हटाने को तैयार नहीं दिखता था, शायद उसे लगता होगा नजर हटाते ही बस उसे चकमा देकर निकल जाएगी। वह चकमा नहीं खाना चाहता था।

सुबह की सफेदी धीरे-धीरे छँट रही थी, हल्का, नम और ठण्डा उजाला फैल रहा था। कुछ दूर आगे म्युनिसिपल के सफाई कर्मचारी झाड़ू लगाने पहुँच गये थे। वे सड़क बुहारने लगे। वहाँ धूल का गुबार उठने लगा।

मैं आराम से स्कूटर की सीट पर बैठ गया। सोचा, चलो अच्छा है, बस अभी कुछ देर और नहीं आए तो कोई हर्ज नहीं। दीदी से थोड़ी-बहुत और बात हो सकेगी।

लेकिन दीदी बस के लिए व्यग्र थीं। एक पीले रंग की बस गुजरी तो दीदी आगे जा हाथ से रोकने का इशारा करने लगीं। मैंने खीजकर बताया, "ये बस उधर नहीं जाती। ये नाँदगाँव जाने वाली बस है।"

"अच्छा...ये दल्ली नहीं जाती ?" उनके चेहरे पर आश्चर्य था, अबोधपन कि ये बस आखिर दल्ली क्यों नहीं जाती।

"बेकार में परेशान मत होओ दीदी, बस अभी आती होगी।" मैंने उन्हें बताया, "ये भी तो दल्ली जाएगा।"

"अरे...ये भी दल्ली जाएगा ?" उन्हें आश्चर्य था।

बहन फिर जैसे उसी शून्य बोध की गिरफ्त में थीं, जानती, सुनती और सब कुछ देखती हुईं। मगर लगता था जैसे सब कुछ उनकी पकड़ से परे घटित हो रहा हो, कोई अदृश्य पर्दा था उनके और दुनिया के बीच। वह यहाँ उपस्थित होते हुए भी वास्तविक दुनिया में अनुपस्थित थीं।

मुझे इस समय कुछ नहीं सूझ रहा था। दीदी से यह कहना भी बहुत भारी लग रहा था कि अपना खयाल रखना। मैं फिर भी उन्हें बताने लगा, "दल्ली राजहरा उतरकर मानपुर जाने वाली बस में बैठ जाना। बस स्टैण्ड में खड़ी मिलेगी। अपनी दवाइयाँ समय से लेती रहना।..."

अब तक बस के नहीं आने से मैं भी उस नौकरीपेशा व्यक्ति की तरह बेसब्र होकर बस का रास्ता देखने लगा। इस बीच जब कभी कोई ट्रक गुजरता तो दूर से उसकी हेडलाइट्स की रोशनी से हमें बस का धोखा होता। ट्रकें लगातार हमें धोखा देने का खेल खेल रही थीं।

दीदी बस के लिए काफी व्यग्र थीं। उनका समूचा ध्यान उधर ही था।

उनका ध्यान बाँटने के लिए मैं दीदी को बातचीत में उलझाए रखना चाहता था। इसलिए इधर-उधर के सवाल पूछने लगा। मैं उनसे टिंकू, रानी और विक्की के बारे में पूछने लगा, कैसे हैं ? वह उनके बारे में ज्यादा नहीं बता पायीं। मैं हमेशा सोचता हूँ, दीदी उन बच्चों के साथ खुश हैं ? पता नहीं। और आजकल के बच्चे... ?

तभी दीदी ने अचानक बहुत खुश होकर बताया, "तुम्हें मालूम है, भाई, टिंकू भी अब मुझे अम्मा बोलता है।"

बताते हुए दीदी खुश थीं, इतनी कि उनकी आँखें इस खुशी से चमकने लगी थीं, जैसे कोई काफी दुर्लभ, वांछित चीज मिल गयी हो!

टिंकू! सबसे बड़ा लड़का। सोलह साल का जवान लड़का।

मैं भी जैसे उस खुशी से भर उठा, मानो किसी उजाड़ बियावान में कोई नन्हा-सा हरा पौधा दिख गया हो। मैंने खुशी जाहिर की, "अच्छी बात है!"

बस आ गयी। एकदम अचानक। और दीदी सब कुछ भूल एक तेज हड़बड़ी से

भर गयीं। जैसे बस तुरन्त ही चली जाएगी। वह अपना बैग लिये सपाटे से बस के दरवाजे तक पहुँच गयीं। मैं कहता रहा, बैग मुझे दो। लेकिन वह "ठीक है, पकड़ी हूँ," करती रहीं।

इसी हड़बड़ाहट में वे बस की सीढ़ियों पर गिरते-गिरते बचीं।

स्वाभाविक था बस के लोग उनको हड़बड़ाहट के मारे देखने लगे—चिढ़, व्यंग्य या हैरानी से।

वे सामने से दूसरे नम्बर की सीट के इस किनारे से बैठ गयीं। अपना बैग नासमझी से गोद में रखे हुए। दीदी के बगल में एक युवती मैडम, गोरी और खूबसूरत, कोट पहने बैठी थीं। स्कार्फ बाँधे हुए। वह शायद स्कूल टीचर थीं। चेहरे पर उनके शहर और नौकरी के अनुभव से उपजी आभिजात्य गरिमा थी और दीदी के देहातीपन, हड़बड़ी को लेकर हिकारत।

दीदी से विदा लेकर मैं बस से उतर पड़ा। तभी बस चल पड़ी। दीदी लगभग खड़ी होकर, मुड़कर खिड़की से मुझे देखने का प्रयास करने लगीं...।

मैं देख रहा था युवती मैडम के चेहरे पर हिकारत बढ़ रही है...!

डायरी, खबर और सपने

"मीनू, तुम फिल्में तो देखती होगी? भला आज के जमाने में कौन नहीं देखता होगा, क्या कभी कोई खूबसूरत फिल्म देखी है?"

"मतलब?"

"मतलब कुछ खास नहीं है, लेकिन है जरूर खास। दरअसल उस शाम, जब मैंने तुम्हें पहली बार देखा था, वह भी किसी निहायत खूबसूरत फिल्म का कोई हिस्सा लगता है। तुम्हें शायद इसका यकीन न हो। मैं उस शाम को याद कर सकता हूँ, जो आज भी उतनी ही ताजा, हरी और कोमल है, और कहीं से भी धुँधली नहीं हुई है। वह अगस्त की आठवीं तारीख थी। उस शाम मेरा मूड खराब था बहुत। इस कम्बख्त यूनिवर्सिटी वालों को मेरे 'ब्राइट कैरियर ऐण्ड फ्यूचर' की जरा भी परवाह नहीं है। परसों मेरे 'फर्स्ट ईयर' का रिजल्ट निकला था। मुझे अपने दिमाग पर पूरा भरोसा है। आज तक मुझे इतने खराब नम्बर कभी नहीं मिले। हालाँकि टॉपर नहीं रहा कभी भी। सालों ने सोचा नहीं कि इसके माँ-बाप क्या सोचेंगे! इस लोअर सेकेण्ड डिवीजन से वे भला और क्या सोचेंगे कि लड़का कॉलेज जाकर बिगड़ गया। अब गया हाथ से। नतीजन मेरी और यूनिवर्सिटी की दुश्मनी हो गयी। मैं और विनय—दोनों ही इसके शिकार हैं। उस शाम दोनों ऐसे ही घूम रहे थे—यूनिवर्सिटी में होने वाली धाँधलियों और भ्रष्टाचार का भाँडा फोड़ते, पूरी शिक्षा-पद्धति को कोसते, गोल्ड मेडलिस्ट प्रोफेसरों को अव्वल दर्जे का चुगद और स्वार्थी साबित करते हुए। वहाँ का चपरासी तक हमारी नजर में बेहद शातिर था।

पश्चिमी आकाश में बादल घुमड़ रहे थे। दोपहर बाद से ही हवा नम हो गयी थी। बादलों का कुछ निश्चित नहीं था। लगता था, अब बरसे, तब बरसे। अपनी आवारागर्दी के समय इसकी चिन्ता नहीं थी, लेकिन पानी बीच रास्ते में बरस पड़ा। अचानक और बहुत तेज मोटी बौछारें। भागकर एक दुकान के शेड की शरण लेनी पड़ी। वहाँ खड़े होकर हम बरसात और बारिश में भीगते लोगों को देखने लगे। सामने सब कुछ जैसे सफेद धुन्ध में बदल गया था। थोड़ी देर बाद देखा, इसी धुन्ध से निकलकर

तुम आ रही हो। बहुत इत्मीनान से, मजे से भीगते-भीगते। तुम्हारे इस भीगते सुख से दूसरे हैरान थे। तुम्हें जैसे किसी बात की चिन्ता नहीं थी। न बरसात, न हवा। तुम्हारी कॉपी-किताबें तुम्हारे बचाने के बावजूद भीग रही थीं। अपने स्कूल यूनिफॉर्म—सफेद ड्रेस में भीगती तुम मेरे सामने से गुजर रही थीं। अचानक तुम्हारी आँखें मुझ पर ठहर गयीं चलते-चलते। गहरी काली आँखें! चमकीली और पारदर्शी। ऐसे मौकों पर आदतन मैं झेंप जाता हूँ या असहज हो जाता हूँ, लेकिन उस दिन ऐसा नहीं हुआ। मेरी नजर मानों जम गयी थी और मैं कुछ नहीं देख रहा था। सिवा तुम्हारी आँखों के। पूरी सृष्टि में कुछ नहीं था तुम्हारी काली, चंचल आँखों को छोड़कर। मुझे ऐसा देखते हुए तुम धीरे-से सर झुकाकर मुस्करायी थीं, पता नहीं किस बात पर। मैं फिर तुम्हें जाते हुए देखता रहा। पीठ पर झूलती तुम्हारी एक चोटी...घोड़ा-पूँछ स्टाइल की।

तुम्हारी मुस्कराहट मेरे साथ रह गयी। वह ऐसी मुस्कराहट थी कि मेरी उम्र का कोई भी लड़का इसका अर्थ बखूबी समझ सकता है। ऐसी मुस्कराहट सब कुछ समझा देती है। शायद इसी दिन से मेरे भीतर का 'लड़का' सँभल गया और तुम्हारे भीतर की 'लड़की'। हम दोनों के बीच वह शुरू हो गया, जो शायद हर किसी के जीवन में एक बार जरूर होता है। यह हमारे चाहते हुए हुआ या अनचाहे, ठीक-ठीक नहीं बता सकता।

"है कि नहीं फिल्म जैसा? लव ऐट फर्स्ट साइट!"

"बड़ी अजीब लड़की हो तुम। मुझे लगता है, तुम्हारी उम्र तक आते-आते हर लड़की ऐसे ही अजीब हो जाती है, जैसे तुम। भला यह भी कोई बात है, मुझे तुम्हारा नाम तक नहीं मालूम?"

"तुम्हारा नाम.... ?"

"स्कूल में तुम्हारा सरकारी नाम क्या है, मैं नहीं जानता। मुझे उससे कोई मतलब भी नहीं है। मुझे तुम्हारा वही नाम मालूम है, जो तुमने मुझे बताया था...उस दोपहर...सिटी बस में...।"

वह राज्य परिवहन निगम की निहायत खटारा बस थी, जैसे कि सरकारी बसें हुआ करती हैं। उसका अंग-अंग खाली पीपे की तरह खड़खड़ा रहा था। खिड़कियाँ टूटी-फूटी। कचरे का डिब्बा था पूरा। और भीड़ इतनी कि खड़े होने भर की जगह बहुत मुश्किल से मिल सकी थी। आगे जब कुछ लोग उतरे, तब थोड़ा चैन आया। तभी मैं अवाक्!...पास में तुम खड़ी थीं। बहुत पास...। चिपचिपाते पसीने की गन्ध के बीच तुम्हारी खुशबू फैल गयी थी, जिससे मैं साँस ले रहा था, सारे के सारे मुसाफिर साँस ले रहे थे। अगर तुम नहीं होतीं, तो हम मर जाते। सब के सब।

"कहाँ जा रहे हैं?"

"आप कहाँ जा रही हैं ?"

बातचीत ऐसे शुरू हुई। हम पहली बार इतने नजदीक थे और पहली बार हमने इतनी बातें की थीं। खूब सारी बातें। हालाँकि सफर केवल अठारह मिनट का था। हम हँस रहे थे, खिलखिला रहे थे और बाकी लोग कुढ़ रहे थे—ये हँस रहे हैं ? इतनी महँगाई में भला कैसे हँस लेता है कोई ? क्या ये 'भारतीय' ही हैं ?

जब हमें बैठने को जगह मिली, तब भी कुछेक नाराज हो गये। वे मध्यकालीन लोग थे, जो हमें घूर रहे थे। हमारी एक-एक हरकत पर खुफिया नजर गड़ाये थे। मुझे गुस्सा आ रहा था। ये कब समझेंगे ? इनके हिसाब से तो मुझे तुमसे चार हाथ दूर बैठना चाहिए और वहीं से प्रेम करना चाहिए। पुराने लोग नयों पर कभी विश्वास नहीं करते। जाने कब तक ये संकीर्ण नैतिकता की दीवार पर उधड़े पोस्टर सरीखा फड़फड़ाते रहेंगे।

लेकिन तुम्हारी हिम्मत की दाद देनी होगी कि तुमने उनकी परवाह नहीं की। उनके नैतिक दबाव से निरपेक्ष रहीं। उस समय तुम बहुत खूबसूरत लग रही थीं...बहुत ताजा और खिली-खिली।

अपना सफेद दुपट्टा समेटते हुए तुम जिस समय बस से उतरीं चौराहे पर, एक बजकर सोलह मिनट हुए थे। मैंने तुम्हारा नाम पूछा था उस समय। जवाब में तुम मुस्करायीं—एक बहुत उजली मुस्कान। फिर मेरी बायीं हथेली अपने बायें हाथ में लेकर तुमने वहाँ अपना नाम लिखा हरी स्याही से। उस क्षण मुझे बड़ी गुदगुदी हो रही थी। लग रहा था, हथेली पर कोई नन्ही चिड़िया, बहुत मुलायम पंखों वाली चिड़िया फुदक रही है।

इसके बाद तुम चल दीं। पूरी आजादी से अपना एयर बैग हवा में लहराती-झुलाती हुई...।

कॉलेज में मेरी क्लास सुबह साढ़े नौ बजे से लगती है। आजकल तुम्हारे आने के बाद मैंने अपना रास्ता बदल दिया है। तुम्हारे घर के रास्ते से होकर कॉलेज जाने लगा हूँ। और इस समय तुम अपने घर के दरवाजे पर खड़ी रहती हो या कभी सामने लोहे के छोटे गेट पर या कभी कॉपी-किताब लेकर यूँ ही बैठे हुए देखता हूँ। कुछ शान्त, कुछ उत्सुक और कभी कुछ छिपती-छिपाती-सी।

तुम्हारे इस तरह वहाँ होने की भाषा मैं साफ-साफ पढ़ सकता हूँ। कभी-कभी तो लगता है, मैं तुम्हें पूरा का पूरा पढ़ सकता हूँ—एक-एक शब्द। कभी इससे हटकर यह भी सोचता हूँ, इस लड़की को काम-धाम नहीं है क्या सिवा आँखें लड़ाने के ? यह किसी दूसरी दुनिया में जी रही है। जरूर अपने परीक्षाफल में कमाल दिखाएगी।

मेरी साइकिल खटखटिया है। इसलिए मुझे इतनी सुविधा हासिल है कि जब

चाहूँ, साइकिल की चेन उतार लूँ। यह नेक काम अकसर मैं तुम्हारे घर के सामने करता हूँ। पैडल को उल्टा घुमाया और लो, चेन वहीं उतर गयी। फिर साइकिल खड़ी करके बहुत फुर्सत से चेन चढ़ाता हूँ और जान-बूझकर थोड़ी देर वहीं खटर-पटर मचाता हूँ। इस पूरे समय में हमारी आँखें मुस्कराती हैं, खिलखिलाकर हँसती हैं और पूछती हैं— 'कहो, क्या हाल है ?' फिर मैं फूट लेता। और तुम पूरे दिन मेरे साथ होती हो। मेरे आस-पास का सब कुछ तुम्हारी खुशबू से भरा होता है।

यह दिन बहुत अच्छा गुजरता है।

हम पढ़ाई करते हैं।

हम पढ़ रहे हैं। यह जानते हुए भी कि ऐसी पढ़ाई के बाद हमारा कोई भविष्य नहीं होगा। हमारे सामने पढ़े-लिखे नौजवानों की, लाखों-लाख नौजवानों की बेकार पीढ़ी मौजूद है। दर-दर भटकते, कभी ये परीक्षा, कभी वो परीक्षा दिलाते। सरकारी नौकरी पाना—जैसे आकाश के तारे तोड़ लेना। हम शायद आगे चलकर इसी जमात में शामिल होने के लिए पढ़ रहे हैं। और अगर नौकरी मिल जाती है, तब ? तब शायद हम दूसरों की तरह तमाम पुराने दिनों, पुराने साथियों को भूलने लगेंगे। और देखते-देखते एक दिन सब कुछ भूल जाएँगे। अपने माँ-बाप को भी। टी.ए., डी.ए., ओ.टी. आदि का गणित हमें इतनी फुर्सत नहीं देगा कि वह सब सोच सकें।

लेकिन हमारी पीढ़ी को अब पता है, वे कहाँ होंगे और कैसे होंगे। कहाँ होंगे— इसका विश्वास नहीं है, लेकिन यह तो है कि कहीं न कहीं होंगे जरूर।

अपने इसी अनिश्चित भविष्य के लिए हम पढ़ रहे हैं। और देखिए कि ईमानदारी से पढ़ रहे हैं। वह शायद हमारी मजबूरी है।

कल रात हम तीन दोस्त साथ पढ़ रहे थे—कम्बाइण्ड स्टडी—मैं, अनिल और अजय। यह मेरे लिए अच्छा ही है, क्योंकि मेरे घर संयुक्त परिवार का झमेला है, जहाँ चाचा, ताऊ के बच्चों की चखचख लगी रहती है। ऐसे में कोई क्या पढ़ सकेगा ? उस हो-हल्ले, शोर-शराबे में जो पढ़ा हुआ है, वह भी न भूल जाए। इसलिए हम अकसर साथ पढ़ते हैं।

कल रात जरा जल्दी सो गया मैं। जब सुबह उठा, तो मुझे देखकर दोनों मुस्करा उठे। यह मुस्कराना कुछ खास था, जिसका कोई छिपा हुआ मतलब होता है।

क्या बात है ? मैं उन्हें बेवकूफों की तरह देख रहा था।

उन्होंने कहा—"कुछ नहीं।"

इस 'कुछ नहीं' से मेरी झल्लाहट और बढ़ गयी। "अबे, तो ऐसे मुस्करा क्यों रहे हो ? मेरे सींग निकल आये हैं या पूँछ निकल आयी है ? क्या जोकर दिख रहा हूँ

मैं?'' मैं झुँझला पड़ा। लेकिन उन्हें इसमें मजा आ रहा था। अजय ने बात खोली—''अबे, रात में क्या सपना देख रहा था?''

''सपना! मैं?'' मुझे आश्चर्य हुआ। मैंने याद करने की कोशिश की, लेकिन दिमाग में कुछ नहीं आया, यहाँ पूरा कोरा कागज था। ''नहीं, मुझे नहीं आया कोई सपना-वपना।'' मैंने जोर देकर कहा।

''लेकिन रात के डेढ़ बजे किसका नाम ले रहा था?''

''अरे, जाने दे ना यार, अपने भगवान का नाम ले रहा था, और किसका?'' अजय ने और छेड़ा।

''किसका नाम ले रहा था?'' मैं भी किसी अड़ियल घोड़े-सा अड़ गया—पूरे विश्वास के साथ। मुझे नींद में इस तरह गुहारने की आदत नहीं है।

''अच्छा, तो वो कौन था, जो मीनू-मीनू कर रहा था? मीनू...ऽऽ मीनूऽऽऽ।''

तुम्हारा नाम उनके मुँह से सुनकर मैं सकपका गया, एकदम। जैसे चोरी पकड़ी गयी। किसी तरह पूछा—''अच्छा, और क्या कह रहा था?''

''कह रहा था, आओ...मेरे पास आओ...।''

वे हँसने लगे। खूब दिल खोलकर, इतना कि कमरा हिलने लगा।

मैं शरमा गया, जैसे नंगा होऊँ! पहली बार इतनी शरम आयी कि लगा, कहीं छिप जाऊँ। सबसे। तुम्हारी नरम गोद में दुबक जाऊँ, जैसे चूजा दुबक जाता है मुर्गी के परों के भीतर।

हे भगवान! अब मैं तुमसे आँखें कैसे मिला पाऊँगा!

''मीनू...मैं तुमसे अलग नहीं रह सकता। कभी नहीं। सपने में भी नहीं। तुम्हें याद करते हुए मैं सब कुछ भूल जाता हूँ और सिर्फ तुम्हारे पास होता हूँ, सिर्फ तुम्हारे पास।'' तुम्हें लगता होगा, यह किसी अति रोमाण्टिक फिल्म का डायलॉग है, जहाँ हीरो, हीरोइन की गोद में पड़ा-पड़ा चरम भावावेश का अभिनय करते हुए बोल रहा है। मुश्किल यह है कि यही मेरी भी सच्चाई है। हमारे जीवन के ऐसे महत्त्वपूर्ण क्षणों को ये फिल्म वाले कमबख्त कितनी सफलतापूर्वक कैश कर लेते हैं, पर यह सच है। अकसर शाम को मैं तुम्हारी गली में आता हूँ...शायद तुम दिख जाओ। यों किसी लड़की की गली में घुसना मेरे लिए बहुत कठिन काम है, लगभग दुश्मन के किसी रहस्यमय, षड्यन्त्रों से भरे किले में घुसने जैसा। लेकन बहुत हिम्मत जुटाकर, साधकर आता हूँ किसी वीर योद्धा की ताकत भीतर समेटकर। और हमेशा लगता है, आज एक निर्णायक स्थिति बनेगी। आर या पार! वहाँ से गुजरते हुए मुझे हमेशा लगता है, सब के सब मुझे ही घूर रहे हैं...नालायक कहीं के! इसको कहते हैं, 'अनदेखना', दूसरों का सुख जिनसे

कभी देखा नहीं जाता। भला पूछा उनसे, इस तरह निशाना साधकर घूरने का क्या मतलब है ? हालाँकि सब पढ़े-लिखे हैं, 'शिक्षित' और 'समझदार' माने जाते हैं, पता नहीं क्यों और कैसे ? मैं तुम्हें बताता हूँ, ये सब हमारे रास्ते के अवरोधक हैं—प्रेम, स्वतन्त्रता, सुन्दरता और कला के अवरोधक। क्या प्रेम करना किसी कला से कम है ? मैं तो इस नतीजे पर पहुँचा हूँ कि जो प्रेम के अवरोधक हैं, वही समाज और राष्ट्र के भी अवरोधक हैं।

खैर, इन्हें छोड़ो। ये हमारा क्या बिगाड़ सकते हैं ? तुम्हारी दीदी और जीजाजी—जिनके साथ तुम यहाँ रहती हो—बहुत लापरवाह हैं। उन्हें अपने से फुर्सत नहीं। वह अभिभावकाना जिम्मेदारी नहीं है, जो कि होनी चाहिए। और तुम्हारी मकान-मालकिन, जिसे तुम 'आण्टी' कहती हो, उस मोटी 'फुटबाल' से मुझे सख्त चिढ़ है। मैं जब कभी उधर से गुजरता हूँ, वह जरूर टोह लेने की कोशिश करती है कि मैं उसके बॉब कट कॉन्वेण्ट बेबी को लाइन तो नहीं मार रहा या तुम खुद मुझसे मिलने के लिए आस-पास तो नहीं खड़ी हो।

इनसे बच-बचाकर मैं चैन की साँस लेता हूँ—चलो, सब ठीक रहा, जान बची, लाखों पाये।

तुम्हारा प्यार फिर मुझे नजदीक खींच लेता है। मेरी शिराओं में ऊर्जा भरने लगता है। मैं ताकतवर हो जाता हूँ। बड़ी से बड़ी कठिनाई पर पार पाने का हौसला बन जाता है—पक्का, लोहे की तरह मजबूत, और स्थिर।

...इस तरह मैं तुम्हें प्यार कर रहा हूँ। इस तरह मैं सीधे-सीधे साहस अर्जित कर रहा हूँ। ऐसा साहस, जो एक दिन अपनी बात के लिए, अपनी लड़ाई के लिए निर्णय ले सके—एक मुकम्मल निर्णय।

कभी-कभी लगता है, तुम अपने-आप में पूर्ण हो, कि तुम्हें हर बात का पता है। और कभी-कभी लगता है, तुम वैसी ही बहुत भोली और मासूम हो, जैसी फिल्म के पर्दे पर नजर आती हमारी नायिकाएँ, जिन्हें दुनिया का कुछ अता-पता नहीं होता। तब लगता है, कुछ ऐसे 'नहीं मालूम' हैं, जिनका तुम्हें मालूम होना जरूरी है—बेहद जरूरी कि यह दुनिया कहाँ से कहाँ जा रही है, इसके भीतर किसका साम्राज्य है, कि दिन-ब-दिन, पल-पल यह संसार कितना बदलता जा रहा है, भयानक जंगल में तब्दील होता जा रहा है, जहाँ हर जानवर दूसरे को फाड़ खाने को बेताब है। तुम्हें पता है मीनू, दुनिया में इतना उत्पादन होता है कि कोई भी आदमी भूखा नहीं मर सकता, लेकिन आधी, बल्कि इससे भी ज्यादा दुनिया भूखी रहती है, नंगी और बीमार रहती है, तुम्हें तो यह भी नहीं मालूम होगा कि पूरी दुनिया की सत्तर प्रतिशत आय किन दस प्रतिशत लोगों के पास है। मैं नहीं चाहता कि तुम उस हत्यारी और निर्मम दुनिया का हिस्सा बनो। कभी नहीं चाहता। मैं तुम्हें बचाकर रखना चाहता हूँ इनसे...अपने पास...अपनी सोच की तरह...अपनी सबसे प्यारी चीज की तरह। उस दुनिया के हर खतरे से सुरक्षित।

मैं तुम्हारा वह सब कुछ बचाकर रखना चाहता हूँ, जो तुम हो, जो तुम्हारे भीतर गहराइयों में है। तुम्हारे भीतर की असीम हरियाली को मैं कभी नष्ट नहीं होने दूँगा। उसे वैसे ही रहना चाहिए...हरा-भरा, कोमल और झरनों के संगीत से भरा हुआ।

मैं देखता हूँ, तुम जब से इस मुहल्ले में आयी हो, यह पिछड़ा और उपेक्षित मुहल्ला रौनकदार हो गया है। नये उम्र के छोकरों की तो छोड़ो, पकी उम्र वाले भी तुम पर नजर जमाये रहते हैं। तुम्हारे घर के सामने लेटेस्ट फैशन का बाजार चलता है, जो रोज-रोज बदलता है, जिसे तुमने जरूर देखा होगा। यहाँ का सब कुछ चमकदार और रंगीन है—जाँघिये से लेकर रूमाल तक! शाम होते ही इन लड़कों का यहाँ मजमा लगता है। उस नीली रोशनी वाले खम्भे के नीचे, जो तुम्हारे मकान से बस इतनी दूरी पर है कि वहाँ तुम आकर्षक लगती रहो और इधर हम। सबके सब हँसते हैं, गाते हैं, लड़ते हैं। इसलिए कि हम आशिक हैं, और अभी अधीर, उन्मादी और हत्यारे प्रेमी में तब्दील नहीं हुए हैं। फिर भी लड़ाई तो है। हम सबको विश्वास है कि तुम केवल 'उसी' पर मरती हो।

मैं भी उन्हीं में से एक हूँ।

यह मनीष है, जो सबसे ज्यादा चक्कर लगाता है तुम्हारे घर के, कोल्हू के बैल की तरह, और आज तक ऊबा नहीं है। उसने सबको बता रखा है कि तुम उसे रोज हँसकर 'फ्लाइंग किस' देती हो।

वह राजेन्द्र जिसने संजय दत्त का हेयर स्टाइल रखी है, कहता है—वो तो रोज स्कूल जाते हुए मुझे 'विश' करके जाती है।

और मुकेश, जिसके जोड़ का मुहल्ले में कोई डांसर नहीं, उस साले ने यहाँ तक बता दिया है कि उसने तुम्हें एक बार चूमा है।

विपिन को यह हिसाब करना मुश्किल है कि उसके साथ 'याम्हा' पर तुम कितनी बार होटल गयी हो और कितनी बार पिक्चर।

कभी खबर सुनने को मिलती कि तुम दूसरे पीरियड के बाद स्कूल से भागकर अखिल के साथ शहर के सबसे ऊँचे और महँगे होटल में 'लंच' करने गयी थीं।

और मेरे पास कोई चारा नहीं है सिवाय कुढ़ने के। बहुत मुश्किल से इन नीम कड़वी खबरों को निगल पाता हूँ। मैं उदास हो जाता हूँ। निराश। बहुत गहरे सोच में डूब जाता हूँ। यह क्या होता जा रहा है तुम्हें? यह मोटरसाइकिल...होटल...लंच...पिक्चर...मेरे दिमाग में लू चलने लगती है तेज, गरम, भाँय-भाँय! दबाकर छोड़े गये स्प्रिंग के समान उछलने-कूदने लगता है। मुझे लगता है तुम धीरे-धीरे अपने-आप को खोती जा रही हो, जैसे और लोग खो रहे हैं। यह आकर्षण का धारदार चाकू वह सब काटकर रख

देगा, जो मैं तुम्हारे भीतर बचाकर रखना चाहता हूँ...अपनी आखिरी साँस तक।

पढ़ाई में मन नहीं लगता। उकता गया हूँ, जबकि परीक्षा का भूत सामने खड़ा है। किताब देखता हूँ, तो पाता हूँ—हवा में बातें करती, फर्राटा भरती मोटरसाइकिल, चम-चम चमचमाती। मादक लाल रोशनी में भीगा, झिलमिलाता होटल का प्राइवेट कोना या फिल्म हाल का अँधेरे में डूबा आरामदेह एयरकण्डीशण्ड कोना।...दिमाग की नसें चटखने लगती हैं, मिट्टी की सूखी मूरत के समान।

फनफनाकर मैं सारे जहान को गालियाँ बकता हूँ। तुमको भी।

लेकिन मेरा सबसे बड़ा सहारा यह है कि मैंने यह सब सुना है, देखा नहीं। वह विश्वास अब भी कायम है—किसी पुराने किले की पकी हुई मजबूत दीवार की तरह।

यह तो बाद में पता चला कि वह सब झूठ था। वह तुम थीं ही नहीं। कोई और थी तुम्हारी तरह। लड़की।

रात में पढ़ते-पढ़ते थक जाता हूँ, ऊब जाता हूँ, कमरे की बन्द हवा से घुटन होने लगती है। बदहवास होकर कमरे से बाहर निकल आता हूँ खुली हवा में...जोर-जोर से साँस लेने के लिये, ठण्डी और सुखकर हवा अपने भीतर भरने के लिये।

लेकिन उस रात ठगा रह गया, जब देखा, सुखद आश्चर्य के साथ कि तुम भी बाहर टहल रही हो...ढेर सारी खुशबू, शीतल हवा और भरपूर चाँदनी के साथ। वह खूब उजली रात थी और बहुत हल्की...हवा की तरह। कुछ जल्दी ही हम एक-दूसरे के पास पहुँचे थे।

''मीनू...इतनी रात में? अकेली?''

''हाँ।''—तुम बस हल्के से मुस्करा दीं।

''लगता है, तुम्हें इस शहर के बारे में जानकारी नहीं, वरना अकेली इतनी रात में प्रेतनी की तरह नहीं घूमतीं।''

तुम बोलीं—''अरे-अरे, इतना मत डराओ कि घर से बाहर निकलने से घबराने लगूँ। बस, यूँ ही थोड़ा टहल रही थी।''

अब मैं भला मना क्यों करता। मिलने का अवसर कोई छोड़ता है?

यह कोई नियम नहीं बना था, फिर भी हमारी मुलाकात रात में होती। हम टहलते हुए निकल जाते हैं सूनी सड़कों पर। पूरे शहर की खामोशी सुनते हुए। रात के गहरे अँधेरे में डूबा शहर वह पहचाना शहर नहीं होता, जिसे हम दिन में देखा करते हैं। यह रात में उतना ही आत्मीय और उतना ही अजनबी—दोनों एक साथ होता है। एक साथ बेरंग और चमकदार। आश्रयदाता और हत्यारा!

मुझे याद है, उस दिन तुम बहुत चंचल और शरारती हो गयी थीं। बात-बात

में जिद करने वाली नटखट, मीठी और नमकीन बच्ची। एक बार तो इतनी जोर से चिकोटी काटी कि मैं चीखते-चीखते रह गया। तुम्हारे हँसने के कारण मैं रो भी नहीं सका था। मुहल्ला अँधेरे में डूबा था। उस गली की एक बिल्डिंग की दूसरी मंजिल में हरी रोशनी थी। उस कमरे की खिड़की सड़क की ओर खुलती थी। खिड़की की सलाखों के पीछे हमने देखा, एक खूबसूरत औरत है अट्ठाइस-तीस साल की। वह हमें बहुत संशय से घूर रही है।

तुम मूड में आ गयीं, ''चलो, इसको झटका दो।''

''क्या झटका?''

''अरे, सीटी मारो, किस करो।''—गजब का उत्साह था तुम्हारी आवाज में, शरारत से घुली-मिली और आँखों में गजब की चमक।

मैं हड़बड़ा गया, ''मुझे पिटवाना चाहती हो?''

तुमने मेरे कन्धे को झिंझोड़ा, ''अरे, चलो ना। तुम भी कैसे हो, बिल्कुल... ?'' तुम्हारा सहारा और इशारा पाकर भी यह लफंगई करने की मेरी हिम्मत नहीं हो रही थी। हिचक रहा था। आखिर थोड़ी ही देर बाद, अपने तई काफी हिम्मत दिखाते हुए जोर की सीटी बजा दी और अदा के साथ हवाई चुम्बन फेंक दिया।

मैं तुम्हारी परीक्षा में पास हो गया, लेकिन खिड़की गुस्सा होकर भड़ाक से बन्द हो गयी। और तुम खिलखिला पड़ी थीं निर्द्वन्द्व...झरने की तरह उजली खिलखिलाहट, ''वेरी गुड, शाबाश! आज तुमने साबित कर दिया कि...कि घोंचू नहीं हो तुम!''

मैंने तुम्हारी चोटी पकड़कर अपने नजदीक खींच लिया था तुम्हें। और चूम लिया था।

मीनू, तुम्हें नींद नहीं आती है।

तुम्हारे साथ रात में ऐसे घूमना मेरे लिए कितना सुखकर है, मैं बता नहीं सकता। ठण्डी हवा के नरम झोंके की तरह...तमाम तपिश और थकान से राहत देने वाली बरसाती फुहार की तरह...मुझे नहीं मालूम, यह तुम्हारे लिए क्या है। महज एक-दूसरे को जानना, महसूस करना और सब कुछ भूल जाना...या खुलकर अपने भीतर ताजगी और हवा बटोर लेने की तीव्र, बेचैन और पगली फड़फड़ाहट...या लगातार साँस लेते रहने की पथरीली कठोर इच्छा...।

मीनू, तुम सो नहीं पाती हो।

क्यों? अब यह किसी से छुपा नहीं है। तुम्हारी दीदी एक बदचलन औरत है—यह तुम खुद मुझे बता चुकी हो, और किस भयंकर उथल-पुथल के बाद तुमने मुझे बताया था—मैं यह भी जानता हूँ।

अब बात वैसी छिपी नहीं है, मैं गौर करता हूँ, लोग तुम्हारी दीदी को एकदम नंगी करके देखते हैं। अपनी कल्पना में छूकर, उघाड़कर। उसका शरीर उन्हें एक पाशविक उत्तेजना से भरने लगा है। तुम्हारी दीदी है भी बला की खूबसूरत और आकर्षक! वह दो बरस के एक बच्चे की माँ है, इसके बावजूद।

तुम्हारे दुबले-पतले और लगभग बीमार-से नजर आने वाले जीजाजी शहर से दूर, गाँव के सरकारी ऑफिस में दूसरे दर्जे के अधिकारी हैं। वह दिन के वक्त घर पर नहीं होते। तब दोपहर में तुम्हारी दीदी गायब रहती है—कहाँ? यह कोई नहीं जानता। या कभी-कभी कोई गाड़ी तुम्हारे घर के सामने खड़ी रहती है—मारुति, जीप या मोटरसाइकिल। सुनता हूँ, सरकारी अफसर भी आते हैं। और यह भी सुनता हूँ कि उसमें तुम्हारे मकान-मालकिन का भी प्रतिशत बँधा हुआ है। यह शायद झूठ भी नहीं है।

मैं तो देखता हूँ, लड़के तुम्हारी दीदी को कहीं जाते हुए देखते हैं, तो वासना से मचल जाते हैं। उस 'भूख' की मुस्कान उनके चेहरे पर खेलने लगती है।

'अबे, ये ऐसी-वैसी नहीं है, समझा! खास है, खास। स्पेशल! स्पेशल लोगों के लिए हाई क्वालिटी! स्टैण्डर्ड माल! समझा कुछ?'

इन बातों को लेकर लगभग रोज झगड़ा होता है दीदी का तुम्हारे जीजाजी से, तुमसे। और जरूरी तो नहीं है कि हर झगड़े में हो-हल्ला और मारपीट हो। खासकर पति-पत्नी के झगड़े में। कि एक गहन तनाव और चुप्पी की आँच में दो जन लगातार जलते रहें।

कल रात हम 'जहाज की डेक' पर थे। दरअसल यह डेक नहीं, डैम के किनारे बनी एक छोटी छत है। यहाँ से खड़े होकर देखो, तो नजारा कुछ ऐसा बन जाता है कि डैम समुद्र हो जाता है और यह छोटी-सी छत जहाज की डेक लगने लगती है...लहरों के बीच डोलती जहाज की छत। हम अकसर यहाँ आया करते हैं। शहर से कुछ दूर और सुनसान इलाके में होने की वज़ह से यहाँ प्रायः खामोशी रहती है। कभी-कभी गाड़ियों के गुजरने से उनकी रोशनी से झमक उठता है...उनके हॉर्न या घरघराहट से पूरा इलाका भर जाता है।

हवा में ठण्डक ही नहीं, नमी भी थी और ऊपर हल्की धूसर चाँदनी। रात में डैम का पानी और काला हो आया था, और चमकीला। बनती-बिगड़ती लहरियाँ चमक रही थीं। सरसराती हवा के बीच हम डेक की रेलिंग पर टिके थे। हम काँप रहे थे हल्के-हल्के।

"...अब तो यहाँ रहना बहुत मुश्किल हो गया है...।"

तुम धीरे-से फुसफुसायी थीं, जैसे खुद से कह रही हो, जो मुझ तक सरक आयी,

बेआवाज। तुम उदास थीं। बहुत-बहुत उदास। और बहुत निराश। मटमैली चाँदनी के हल्के उजाले में भी मैं तुम्हें पढ़ सकता था। मैं चुप था। चुपचाप सुन रहा था तुम्हें।

"मैं इसीलिए कहीं आ-जा नहीं सकती।" तुम्हारी आवाज ऊँची हो गयी थी सहसा। और तीखी। "कल कुछ लेने दुकान गयी थी, तो दुकानदार जैसे छील रहा था मुझे...जैसे भाव जानना चाहता हो मेरा। और यही कोई अकेला नहीं है ऐसा। आते-जाते लोग टॉण्ट मारते हैं, पता नहीं क्या-क्या...मैं अनसुना करने की कोशिश करती हूँ भरसक...लेकिन...स्कूल में भी यही सब है...सब जानते हैं, मुझसे छुपाना चाहते हैं, लेकिन मुझसे जानना भी चाहते हैं...हर जगह दीदी की बदबू...उसकी बदचलनी मेरे साथ चिपकी रहती है...मेरा पीछा नहीं छोड़ती...कहीं भी...मैं भी बदबूदार हो गयी हूँ...।"

मेरे पास शब्द थे। बढ़िया भाषा थी। बातों का गहरा सम्बल था। लेकिन तब जैसे सारे शब्द एकदम फालतू हो गये थे, बेमतलब। तुम मुझसे जरा सट गयी थीं। मैंने तुम्हें समेट लेना चाहा था तुम्हारा कन्धा पकड़कर।

तुम्हारी आँखों में नमी देख रहा था।

...आज तुम स्कूल जा रही थीं। स्कूल में प्रेयर की घण्टी साढ़े ग्यारह बजे लगती है। सफेद सलवार-कुर्ते का यूनिफॉर्म पहने और हमेशा की तरह सिर पर कसी हुई एक चोटी—घोड़ा-पूँछ स्टाइल की, जो मुझे हमेशा अच्छी लगती है। तुम अकेली जा रही थीं। पिछले कई दिनों से तुम अकेली ही जा रही हो। मुझे यह तुम्हारा अकेलापन बहुत डरावना लगता है। इतने-इतने लोग, फिर भी बात करने को कोई नहीं। मीनू, मैं सोच नहीं पाता, तुम किससे बातें करते हुए स्कूल जाती होगी। अपने-आप से...इस व्यस्त, धूल-गर्द से अटे शहर से, रास्ते के पेड़ों से, चिड़ियों से या अपनी कॉपी-किताबों से। यदि तुम अपने से कुछ आगे चल रही हँसती-गाती-चहचहाती लड़कियों के झुण्ड में पहुँच जाती हो, तो सारा कुछ अचानक बदल जाता है, एक बोझिल खामोशी वहाँ तन जाती है। तुम फिर और अकेली हो जाती हो, बल्कि पहले से कहीं ज्यादा पीड़ा के साथ अकेली।

तुम्हारे स्कूल के रास्ते में महावीर चौक है जहाँ लड़के जमा रहते हैं इस समय, लड़कियों से आँखें सेंकते। छेड़ते। फिकरा कसते। ये सब बाप की कमाई पर निश्चिन्त, आवारा लड़के हैं। आज अजीत खड़ा था अपने हमउम्र और हमशक्ल लड़कों के साथ। यह भी पैसे वाले बाप की बिगड़ी औलाद है। कुख्यात अपराधियों से इसकी उतनी ही दोस्ती है, जितनी पुलिसवालों से।

तुम जैसे ही वहाँ से गुजरीं, वे शुरू हो गये—

"क्यों रानी, चल रही है?"

"अरे इतने नखरे तो तेरी बहन नहीं मारा करती।"

"और बेबी डार्लिंग, तेरी दीदी का बिजनेस कैसा चल रहा है?"

"....................."

यह सब तुमसे बर्दाश्त नहीं हुआ था। वह न जाने कब से लगातार होते तुम्हारे अपमान का नतीजा था या तुम्हारे भीतर का हमेशा घुटता, कुचलता, उबलता हुआ दुख कि अगले ही पल तुम उस लड़के को तमाचे पर तमाचे जड़ रही थीं। तड़-तड़-तड़। गुस्से से पागल! अवश और शेरनी की तरह बिफरी हुई! तुम अपनी आवाज से कई गुनी ऊँची आवाज में चीख रही थीं, हाँफ रही थीं और रो रही थीं।

...तुम रो रही थीं। बिना किसी आवाज के। तुम्हारी उखड़ी-उखड़ी गर्म साँसों की भाप मैं महसूस कर रहा था। तुम्हारे आँसू अब सूख चले थे रोते-राते...।

वह हमारी आखिरी मुलाकात थी। इसके बाद हम फिर कभी नहीं मिल सके। तुम चली गयीं, पता नहीं कहाँ और लोगों को मालूम नहीं हुआ कि तुम यहाँ से चली गयी हो। आखिर एक लड़की का इस तरह चली जाना कौन-सी महत्त्वपूर्ण बात है? अब तुम किसी प्रधानमन्त्री की बेटी तो हो नहीं, जिसे सारा देश जानता है कि देश भर के अखबार मुखपृष्ठों पर तुम्हारा फोटो छापें और दूरदर्शन की पहली खबर बनो। तुम चली गयीं, उसे जानने की फुर्सत लोगों के पास नहीं है। जैसे वे कल थे, वैसे ही आज हैं—अपनी-अपनी राजनीति, जोड़ने-घटाने में लगे हुए, करोड़ों का घोटाला करते हुए, कमीशन खाते हुए या चुपचाप अपने काम में खटते हुए। अपने प्रमोशन की, इंक्रीमेण्ट की राह देखते हुए। उन्हें अपने बीसियों चैनलों से सारी दुनिया की ख़बरें मालूम हैं, लेकिन यह नहीं मालूम कि तुम पिछली कई रातों से सोयी नहीं थीं, या यह कि उस रात तुम कितना रोयी थीं!

पता नहीं, कहाँ चली गयीं तुम?

तुम्हें गये हुए जाने कितने दिन, कितने महीने बीत गये। मेरे लिए बहुत कठिनता से भरे दिन। इस बीच मैं पास हो गया हूँ और इस साल फाइनल है। मैं अपनी पढ़ाई उसी ईमानदारी और उतनी ही अदबी बेवकूफी से कर रहा हूँ—एक अनजाने भविष्य के लिए, अनजाने रोजगार के लिए, क्योंकि पढ़ने के अलावा कोई चारा नहीं है फिलहाल मेरे पास। खैर, इसे छोड़ो। तुम्हारे जीजाजी और दीदी अब अलग-अलग रह रहे हैं। तलाक की कार्यवाही चल रही है। बच्चा फिलहाल अपनी माँ के पास है, जो जाने किन-किन क्लबों की सक्रिय सदस्या है और महिला उत्पीड़न और स्वतन्त्रता पर भाषण देती रहती है। सारा आलम बदस्तूर है—वही लोग, वही फिकरे, वही पान-सिगरेट और

वही चाय-समोसा। और तुम? तुम अब हमारे बीच महज एक उड़ती-सी खबर बनकर रह गयी हो। एक ऐसी खबर, जो उतनी ही सच हो सकती है और उतनी ही झूठ। मुझसे सच और झूठ का फैसला नहीं हो पाता। मेरे लिए यह आज भी अनुत्तरित है।

—अरे, भाग गयी होगी अपने किसी यार के साथ।

—शायद बदनामी से तंग आकर अपने माँ-बाप के पास चल दी हो।

—मुझको लगता है, उसकी दीदी ने ही किसी मोटे आसामी को बेच दिया होगा। आज के जमाने में बाप बड़ा न भइया, सबसे बड़ा रुपय्या।

—या हो सकता है, एकाध रोज उसके जीजाजी की नीयत खराब हो गयी हो।

—मुझे तो उसकी मकान-मालकिन पर 'डाउट' है। सारा खेल उसी का कराया लगता है। जरूर उसी ने लड़की को 'पार' कराया होगा।

कोई कहता है कि आजकल तुम मुम्बई में एक मॉडल हो और उसने तुम्हें उन सब विज्ञापनों में देखा है, जिसमें लड़की धीरे-धीरे एक जिन्स में बदल जाती है, जिसमें देह का नंगापन वस्तु का पर्याय बन जाता है। और लाखों-लाख लोग उस चीज को भोगते हुए दरअसल तुम्हें भोगते हैं।

कुछ कहते हैं, तुम शाम को स्कूल से घर लौट रही थीं, उन लोगों ने तुम्हें बीच रास्ते में अपने साथियों के साथ उठवा लिया और जीप में शहर से दूर किसी खेत में ले गये। वहाँ तुम्हारे साथ सामूहिक बलात्कार किया गया। और बुरी तरह निचोड़कर तुम्हें छोड़ दिया—बिलकुल नंगी! तुम्हारे सारे कपड़े उन्होंने तुम्हारी आँखें के सामने जला दिये। फिर कह दिया—जाओ, अब तुम आजाद हो। तुम तब से वैसी ही पगलाई घूम रही हो और सब जगह घूमती रहती हो। उनका कहना है कि तुम्हें किसी भी जगह और किसी भी समय देखा जा सकता है।

यह सब एक खबर के पीछे गूँजती आवाजें हैं। हर खबर दूसरे दिन बासी हो जाती है, बल्कि अब तो दूसरे ही पल बासी हो जाती है, क्योंकि हम विराट सूचना-तन्त्र में जी रहे हैं, जहाँ चारों तरफ सिर्फ सूचनाएँ हैं, लेकिन मैं नहीं चाहता कि यह खबर कभी भी बासी हो। यह मेरे लिए आज भी उतनी ही ताजा है। लोगों के दिमाग में इसका ताजा रहना जरूरी है, बहुत जरूरी—जैसे हवा जरूरी है जीवित रहने के लिए।

मीनू, पता नहीं क्यों, आजकल मुझे तुम्हारे सपने नहीं आते। मेरे सपने किसी भयानक बीहड़ में घुस गये हैं, जहाँ बेहद खूँखार और आमदखोर जानवर जोरदार हुंकार भरते हैं—जैसे दुनिया की किसी भी बात का उनको भय न हो! एकछत्र साम्राज्य होने का विजयी और उन्मादी हुंकारा।

...लेकिन मैं यह सब नहीं देखना चाहता। मैं फिर से तुम्हें देखना चाहता हूँ। हमेशा-हमेशा देखना चाहता हूँ...।

□□□